Fantasy

Herausgegeben von Friedel Wahren

Das Schwarze Auge

BARBARA BÜCHNER

SEELENWANDERER

*Siebenunddreißigster Roman
aus der
aventurischen Spielewelt*

begründet von
ULRICH KIESOW

Originalausgabe

WILHELM HEYNE VERLAG
MÜNCHEN

HEYNE SCIENCE FICTION & FANTASY
Band 06/6037

Umwelthinweis:
Dieses Buch wurde auf
chlor- und säurefreiem Papier gedruckt.

Redaktion: Friedel Wahren
Copyright © 1999
by Wilhelm Heyne Verlag GmbH & Co. KG, München,
und Fantasy Productions, Erkrath
http://www.heyne.de
Printed in Germany 1999
Umschlagbild: Arndt Drechsler
Kartenentwurf (Seite 8/9): Ralf Hlawatsch
Umschlaggestaltung: Atelier Ingrid Schütz, München
Technische Betreuung: M. Spinola
Satz: Schaber Satz- und Datentechnik, Wels
Druck und Bindung: Presse-Druck, Augsburg

ISBN 3-453-14932-7

Inhalt

Je größer die Erstarrung eines Organismus, desto stärker ist sein Verlangen nach Auflösung, und je chaotischer die Auflösung, desto stärker das Verlangen nach der kristallinen Ordnung der Erstarrung. Die Struktur des Lebens jedoch ist weder Auflösung noch Erstarrung, sondern Wachstum und Wiederkehr. Daher ist alles, was erstarrt ist, und alles, was sich auflöst – so conträr die procedurae auch erscheinen mögen –, *zerzal*, alles jedoch, was wächst und wiederkehrt, ist *nurdra*.

Aus dem Beitrag ›Procedurae vitae‹
von Amyiel Sommerhauch in der ›Essentia obscura‹

SEIN Geist war wie ein gewaltiges Spielbrett, auf dem ER die Figuren seiner Pläne und Komplotte bewegte. Nun, nachdem ER eine Niederlage erlitten hatte, schob ER eine neue Figur aus den hinteren Linien vor, einen gewaltigen Turm diesmal, der bislang verborgen im Abseits gewartet hatte. Der Alte, der in den Steinen hauste, würde SEIN Werkzeug sein. Er würde in den Leib des aufsässigen Hexers Ofrim von Roswylde fahren und dessen Seele verdrängen, die ER als körperlosen Schatten hinausjagen würde ins Chaos. Und was den Inquisitor Kunrad von Marmelund anging – auch er würde das ihm gebührende Ende finden. ER hatte SEINE Rache nicht vergessen.

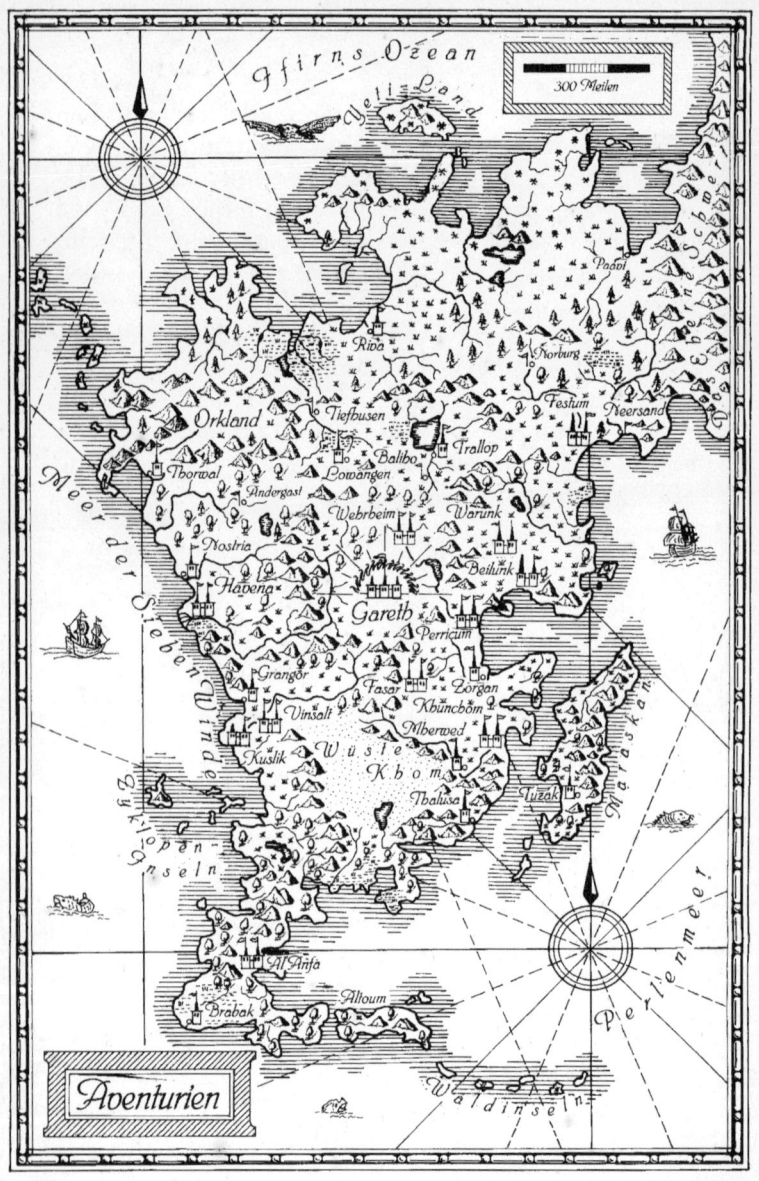

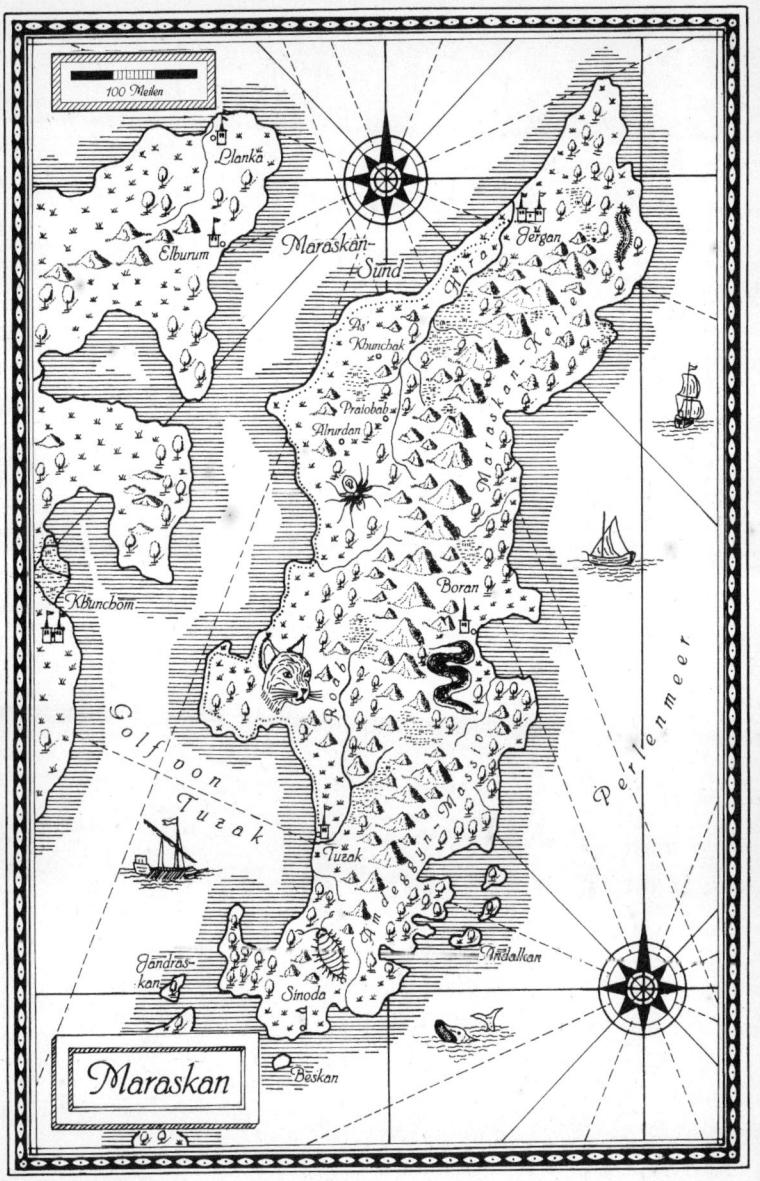

TEIL EINS

Das Ritual

Auf den windumtosten Kuppen der Yalaiad-Hügel, nahe der breiten Senke des Dairig Bhru-Passes, erhob sich ein altertümliches Bauwerk, aus grünlichen Quadern errichtet und blank wie ein Knochen: ein siebenstufiger Turm, den die Echsenvölker einst dort hingebaut hatten, um den Paß zu beschützen. Seit Jahrhunderten stand das Gebäude leer, und dennoch mieden es die Tiere des Gebirges. Selbst bei Schnee und Regen suchten sie keine Zuflucht unter seinem höhlenartigen Tor.

So war etwas Sonderbares daran, daß an einem Abend eine Bergziege die Stufen emporsprang, die zur höchsten Plattform führten. Ein unsichtbarer Schrecken jagte das Tier auf die schwindelerregende Zuflucht hinauf.

Schweratmend stand es auf der obersten Plattform, die einst dick vergoldet gewesen war. Die feuchten Augen glänzten im Mondlicht.

Da stieß aus der Höhe des Nachthimmels ein mißgebildeter großer Vogel herab, der mehr einer Flugechse als einem Gefiederten glich. Die Schwingen mannslang gespreizt, stürzte der gewaltige Jäger der Lüfte sich auf die Ziege, die sich eben in Sicherheit wähnte. Gewaltig schlugen seine Krallen zu, drangen nadelspitz in die zitternden Flanken des Opfers. Mit einem grellen, fast menschlichen Schrei brach die Ziege zusammen ... und rotes Blut floß über die uralten Steine.

Im Herzen des Turmes bebte es, als regte sich eine gewaltige Gegenwart. Etwas war erwacht. Aber noch mußte es gefangen bleiben.

Blut war geflossen, aber noch fehlte das Blut eines Menschen.

»Rastullah sei Dank, daß wir diese entsetzliche Nacht überlebt haben! Möge Er uns gnädig vor der nächsten Nacht bewahren!« Aytan ben Tuleyman, der würdige Älteste des Dörfchens Chag am Rande der Echsensümpfe, raffte seinen Kaftan zusammen und hob den altersschwachen, blinzelnden Blick zum Himmel, an dem die Praiosscheibe in silbrigen Nebeln gefangen hing wie eine Blüte in einem Spinnennetz.

Trotz der frühen Stunde war es hier, so nahe bei den Sümpfen, heiß und feucht. Wie jeden Morgen quoll Nebel aus den brackigen Gewässern und blieb in geisterhaften Fahnen an den weit ausladenden Ästen abgestorbener Bäume hängen. Die Feuchtigkeit der dampfenden, immergrünen Mangrovenwälder trieb den Schweiß aus allen Poren. Fremdartige, exotische Gerüche stiegen schwindelerregend in die Nase. Aus allen vier Windrichtungen waren das Summen von Insekten, das Quaken der Frösche und zuweilen das dumpfe Brüllen urweltlicher Echsen tief drinnen im Sumpf zu hören.

Als die Dorfbewohner sahen, daß ihr Häuptling wach war, strömten sie von allen Seiten zusammen. Es waren gedrungene, kräftige Menschen, Nachkommen tulamidischer Bauern, die sich an das Leben in dieser schwülen, abgeschiedenen Ecke Deres gewöhnt hatten – bis das Unheil begann.

Bis das todverkündende *Tomm Tomm* der Trommeln des Nachts durch den Sumpf rollte und die Vögel kreischend aus den Baumwipfeln stoben, wenn die Praiosscheibe in dampfenden roten Schleiern versank. Bis das ferne Winseln und Heulen wahnwitziger Litaneien die erschreckten Siedler aus den Betten trieb und sie die Nacht eng zusammengekauert und bewaffnet im Rundhaus in der Mitte des Dorfes verbrachten, geängstigt von den fürchterlichen Gesängen und dem rasenden Rollen der Trommeln.

»Bleibt ruhig!« versuchte Aytan sie zu beschwichtigen, als sie sich schreiend und hilfesuchend um ihn drängten. »Ihr wißt doch, daß ich einen Boten entsandt habe! Es kann nicht mehr lange dauern. Gewiß kommt er heute noch aus der Stadt Selem zurück!«

»Die Stadt ist fern, und niemand wird uns helfen!« rief einer argwöhnisch.

»Die Schurken werden unsere Kinder rauben und sie den alten Ungeheuern opfern«, klagte ein Weib.

»Was sollen wir tun, Aytan?« riefen die anderen entmutigt.

Er tat sein Bestes, um ihnen Zuversicht zu spenden, sah jedoch, daß sie am Ende ihrer Kräfte waren. Seit mehreren Nächten hatten sie kaum noch geschlafen, hatten angstvoll und wachsam in die faulige Schwärze der Nacht hinausgehorcht. Noch war niemandem ein Leid geschehen. Aber wie lange würde es dauern?

»Laßt uns ins Rundhaus gehen und zu Rastullah beten, damit Er uns beschützt«, schlug er vor. Es würde die Leute ein wenig trösten, sich ins Gebet zu versenken. Wer anders als Rastullah sollte ihnen helfen? Zu alt, zu finster war das Übel, das in den verfilzten Sumpfwäldern brütete. Die Zwölfgötterketzer behaupteten, es sei aus der Leere zwischen den Sternen gekommen, aus dem wirbelnden Chaos, in dessen unergründlicher Mitte die Dämonenfürstin Calijnaar auf ihrem Thron herrscht, von der wimmernden Musik gestaltloser Flötenspieler umpfiffen. Manche flüsterten hinter der vorgehaltenen Hand, es entstamme der Brut der Großen Vielleibigen Bestie.

Niemand wußte, was es wirklich war, und vielleicht war es tatsächlich nichts Wirkliches – nichts, was den Dimensionen und Gesetzen Deres entsprach, sondern etwas anderes, ein Eindringling, ein lauernder Unhold an der kalten Schwelle zwischen Wirklichkeit und Chaos …

Zur großen Erleichterung der Chager kehrte der Bote am frühen Nachmittag aus Selem zurück und brachte eine gute Nachricht. Der Vorsteher des Selemer Rastullah-Bethauses hatte zwanzig wehrhafte und fromme Männer entsandt, die dem nächtlichen Treiben auf den Grund gehen und die Siedler beruhigen sollten. Chag atmete auf, als die Männer ins Dorf ritten: Hochgewachsene Tulamiden waren es, mit edlen Zügen, blitzenden Augen und sehnigen Armen. Schwere Waffen klirrten an ihren Seiten, jedoch mehr als alles Eisen stärkten sie das unablässige Gebet und das feste Vertrauen auf den Herrn des Goldenen Zeltes.

Während der Nachmittagsstunden ruhten sie zurückgezogen im Rundhaus, während die Dorfbewohner mit offenen Mündern dastanden und sie ehrfürchtig betrachteten. Die Männer unterhielten sich leise miteinander.

»Man sagt«, bemerkte einer mit gedämpfter Stimme, »diese Sumpfleute verehren die Kreaturen, die man die Uralten Wesen nennt …«

»Wer sind die Uralten Wesen?« warf ein anderer neugierig ein. »Man hört dies und das, aber nichts Gewisses.«

Einer der Männer, Mhukkadin, der gebildeter war als seine Gefährten, erklärte: »Man redet heutzutage auch kaum mehr von ihnen. Sie sind Wesen, die lange vor aller Zeit Aventurien heimsuchten. Es heißt, sie seien von jenseits der Sterne gekommen, aus dem namenlosen Chaos, aber niemand weiß Näheres. Sie erweckten den Zorn Rastullahs, und dieser verbannte sie in die tiefsten Höhlen, die ödesten Moore und das tiefste Meer, wo kein lebendes Wesen jemals hingelangt, und versenkte sie in tiefen Schlaf.«

»Ich glaube nicht, daß sie schlafen«, murmelte einer hinter der vorgehaltenen Hand. »Habt ihr nicht auch gehört, daß die alten Stadtteile von Selem, die unter dem Meer liegen, von Monstern bewohnt sind? Ich hörte, da unten gebe es Kraken und Schlangen und Wasserdrachen ... und etwas noch Älteres, noch viel Schlimmeres ...«

Ein anderer, der wie dösend zusammengekauert dagesessen hatte, warf ein: »Wir alle haben die alten Geschichten gehört, unter dem Meer, dort, wo einst das alte Elem lag, befinde sich eine Stadt voll Ungeheuer ... und ihr Herrscher sei ein Wesen, das noch nie jemand gesehen hat. Wenn es nun eines von den Uralten Wesen ist?«

»Bei Rastullahs Lockenpracht!« rief einer laut. »Hört auf, von diesen unheiligen Dingen zu reden! Hört, was in den 99 Gesetzen geschrieben steht: ›Der Gottgefällige meidet es, von bösen Dingen zu sprechen!‹ Um wieviel weniger sollten wir da von den gottverfluchten Dämonen sprechen!«

»Du hast recht, Bruder«, stimmten die anderen beschämt zu. »Laßt uns von Dingen sprechen, die Rastullah wohlgefällig sind!«

Gegen Abend brachen sie in einem der Flachboote auf, mit denen die Leute von Chag auf die schillernden Sumpfgewässer hinausfuhren, um Fische zu fangen und Orchideen zu pflücken. Ihr Anführer war der Mann namens Mhukkadin, ein kühner Soldat und gewaltiger Streiter für Rastullah. Er versammelte alle seine Untergebenen zum Gebet, dann stiegen sie in das Boot und stießen ab. Acht Leute aus Chag fuhren mit, um sie zu rudern – oder besser zu staken, denn das Wasser war oft sehr seicht. Schon nach wenigen Schritt hatte die feuchte Dämmerung des Sumpfwaldes sie verschlungen.

Mhukkadin saß im Bug des Bootes, an dem eine Laterne hing, und spähte aufmerksam in die blauschwarze Dunkelheit. Er spürte, wie alles in ihm sich gegen diesen Sumpf aufbäumte. Aber er war einen schlimmeren Sumpf gewohnt, nämlich den Morast von Elend, Irrsinn, Verderbtheit und Sucht, der in den Straßen von Selem brodelte und der ihm, dem frommen Rastullah-Gläubigen, ungleich tückischer und gefährlicher als die fauligen Wasser der Mangrovensümpfe erschien.

Das Boot glitt lautlos übers Wasser. Die Laterne im Bug warf einen rötlichgelben Lichtstreifen über die stille, tintenschwarze Flut. Plötzlich dünkte es Mhukkadin, daß er etwas wie eine Spiegelung dieses Lichtscheins in der Ferne sah – ein rotes Glänzen im schwarz verfilzten Unterholz. Er wandte sich seinen Männern zu und wies wortlos mit der ausgestreckten Hand nach vorn.

Sie lauschten angespannt, und nun hörten sie auch einen weit entfernten Lärm. Zuerst klang es wie ein Kichern und das Zirpen von Grillen, aber je näher sie kamen, desto deutlicher unterschieden sie Kreischen und Schreien, Jauchzen und ein hohes, summendes Pfeifen, das wohl von einem Musikinstrument kam. Bald sahen die Rastullahni das Feuer in nächster Nähe zur linken Hand zwischen den Baumstämmen flackern, und die schaurige Litanei gellte ihnen in den Ohren.

Mit einem Stoßgebet auf den Lippen sprangen die Tapferen aus dem Boot und rannten geduckt zwischen den Stämmen hindurch. Mhukkadin stellte fest, daß sie sich auf einer länglichen, ziemlich trockenen Insel zwischen hoch aufragenden Sumpfzypressen befanden. Sie huschten bis an den Rand des Buschwerks, wo sie sich duckten – und nun lag die gräßliche Szene offen vor ihren Augen.

Mhukkadin hob, um Beistand flehend, die Hände zum Himmel. »Hilf uns, o Gewaltiger!« rief er laut.

Inmitten der Insel brannte ein mächtiges Feuer, und um diesen lodernden roten Brand tanzten in den wi-

17

derlichsten und abscheulichsten Verrenkungen mehrere Dutzend unbeschreiblich abnormer Geschöpfe. Es war unmöglich zu sagen, welcher Rasse sie angehörten. Manche – und das waren noch die am wenigsten abstoßenden – schienen degenerierte Menschen und Achaz zu sein, vielleicht auch Zwitterwesen aus beiden Völkern. Aber andere wirkten wie aus verschiedenen (und auch einigen längst untergegangenen) Rassen zusammengestückelt, und einige sahen so grausig verquer aus, daß sie mehr Chimären ähnelten als von Müttern geborene Wesen. Sie tollten heulend herum, splitternackt, mit dem blauschwarzen Schlamm der Lagunen beschmiert, in widerlichster Weise mit den eigenen Ausscheidungen besudelt. Sie lachten und kreischten im Wahnsinn und rissen sich an den Haaren, während sie auf blutigen Füßen ein steinernes Idol umtanzten, so alt und so scheußlich, wie man selbst in Selem noch keines gesehen hatte.

Mhukkadins Männer wären vor Schreck erstarrt stehengeblieben, hätte der Tapfere sie nicht mit einem scharfen Befehl zum Angriff getrieben. »Bei Rastullahs feurigem Atem! Tötet sie!« schrie er. Und augenblicklich stürzten sich die von gottgefälligem Zorn erfüllten Frommen auf die Lichtung, schwangen ihre Khunchomer über den Kopf und machten unter lauten Schreien alles nieder, was ihnen in den Weg sprang. Die Götzenanbeter waren so sinnlos berauscht, daß ihnen kaum bewußt wurde, was mit ihnen geschah. Ohne Gegenwehr fielen sie unter den Hieben der Säbel. Entsetzt sahen die Soldaten, daß manchen der zerhauenen Leiber kein Blut entquoll, sondern eine stinkende bräunliche Flüssigkeit, die nach Verwesung roch.

Atemlos vor Widerwillen schleiften sie die Leichen zusammen und warfen sie in das Feuer, das die Götzenanbeter selbst angezündet hatten. Das Steinbild stürzten sie um. Dann kehrten sie so rasch wie möglich zu ihrem Boot zurück, wo die zitternden Ruderer aus Chag sie erwarteten, und eilten ins Dorf zurück, um sich an Körper und Seele zu reinigen.

Die Kerzen in Morla Roswyldes Schlafgemach brannten mit lohgelben Flammen. Es war ein altertümlich, aber höchst geschmackvoll ausgestatteter Raum, den das Bett beherrschte – ein Bett mit einem spitzgiebeligen Himmel aus purpurgesticktem Gobelin, dessen Muster goldene Wiedehopfe in grotesk gewundenen und geringelten Bäumen zeigte. Die Frau, die eben aus dem Bad gekommen war und nun in ein wollenes Laken gehüllt vor dem Frisiertisch saß, war klein und zierlich, mit einem verlockend gerundeten Hinterteil und jungmädchenhaften spitzen Brüsten.

Sie wandte sich um; der Blick ihrer starren, von schweren Lidern halb verhangenen dunklen Augen glitt über die Gestalt des Mannes, der hinter ihr stand und ihre langen, ebenholzschwarzen Haarflechten mit den Fingern zerteilte und strählte.

»Ofrim ...« Sie griff nach einem Schildpattkamm und reichte ihn über die Schulter hinweg dem Mann. »Hier ... und zerr nicht an meinem Haar!«

Ihr Bruder nahm den Kamm und fuhr ihr damit vorsichtig durchs Haar. Seine eigenen glatten Flechten waren so lang und seidenschimmernd, daß man ihm den Beinamen Mawr Bian, Seidenhaar, gegeben hatte.

Die Frau saß mit halbgeschlossenen Augen da. Vom Bad erwärmt, atmete sie hörbar wie eine Katze. Der Feuerschein spiegelte sich glühend in ihren elfischen Augen. Der Mann – er war in ein wadenlanges purpurviolettes Hemd gekleidet, dessen Saum er durch den Gürtel hochgerafft und dessen Ärmel er aufgeschürzt hatte –, war damit beschäftigt, ihr Nacken und Schultern mit einem duftenden Öl einzureiben. Seine knochigen Finger glitten mit sanften, rhythmischen Bewegungen über das perlweiße Fleisch ihrer Schultern. Seine von tiefen Schatten umflorten schwarzen Augen waren ausdruckslos.

Die Finger bewegten sich mit leisem Druck auf und ab, hinter den Ohrläppchen unter das Haar, wieder zurück auf die Schultern, wieder aufwärts zum Hals. Die Frau seufzte wohlig. Ihr Körper wand sich mit leisen Bewegungen, schob einmal die Schulter, einmal den Nacken unter seine Hände, die sich trocken und seidig wie Schlangenhaut anfühlten. Die Nägel daran waren scharf und krumm wie Katzenkrallen.

Ofrim schwieg. Seine Lider senkten sich weit über die Augen. Er wollte nicht sprechen. In seinem Körper bebte noch so heftig die Erregung nach, daß er sich wie verwundet fühlte. Er hörte auf, Morla zu massieren, und begann wieder die Haarflechten zu entwirren, die ihr noch feucht vom Dampf des Bades auf die Schultern hingen. Die Zinken des Kammes glitten langsam und gleichmäßig durch sie hindurch, teilten und trennten, bis das Haar in schweren Strähnen auf ihren Schultern lag. Er beugte sich näher als nötig darüber. Feucht, wie es war, roch es nach Wasser und dem süßen Salböl darin. Ihm kam in den Sinn, wie er vor Lust hineingebissen hatte, und er schloß die Augen. Die Erinnerung überwältigte ihn.

Er begann zu flechten. Seine Hände – Hände so feinnervig wie die eines Gelehrten, so stark wie die eines Kriegers – legten Strähne auf Strähne, zogen sie zurecht, steckten sie mit den Nadeln fest. Die Berührung der feuchten Haare erregte ihn. Nicht mehr so heftig, wie er es eben noch empfunden hatte, sondern mit einem benommenen Wohlsein, einem Drängen nach dieser Beschäftigung. Er liebte es, Morlas Haare zu kämmen, zu flechten und aufzustecken. Er liebte es, ihre Kleider zu knöpfen und den Schmuck daran zu befestigen. Seit vielen Jahren tat er ihr diesen Dienst – diesen und andere. Er war ihr Bruder, ihr Knecht, ihr Geliebter.

Sie wandte sich halb um. »Du bist so still. Woran denkst du?«

»An nichts Besonderes«, antwortete er. »Welches Kleid willst du anziehen?«

Sie warf es ihm mit lässiger Gebärde zu und stand auf. Das wollene Laken glitt zu Boden. Der Körper mit den hoch über den Kopf gereckten Armen glänzte schlangenweiß im Dunkel. Sie lachte auf, hell und kalt. »Sei mein Spiegel, Bruder. Sag mir, ob ich schön bin.«

Seine Stimme verriet nichts von der Hitze, die ihn beim Anblick dieses Körpers durchzuckte, alle Erinnerungen der letzten Stunden so heftig aufwirbelte, daß es ihm wie eine zupackende Faust durch die Lenden fuhr. Er zwang den Aufruhr nieder. »Du weißt, daß du schön bist«, erwiderte er. »Komm her. Zieh dein Kleid an.«

Die kirschrote Seide glitt über ihre Hüften hinauf, umhüllte ihre Arme, ihre zarten Brüste mit den rosigen Höfen. Seine Hände streiften über Fleisch und Seide. Er hakte Verschlüsse fest, zupfte Spitzen und Häkchen zurecht. Dann kniete er nieder, um ihre Strümpfe und Schuhe zu richten. Als er fertig war, hob er mit einer Hand ihren Fuß im zierlichen roten Schuh auf und drückte einen Kuß darauf. Er fand Freude daran, ihr diese Zofendienste zu leisten.

Er genoß es, ihr untertan zu sein. Er hatte seine Freude daran, ihren Befehlen zu gehorchen, ihr seinen Körper zur völligen Verfügung preiszugeben, bis in die Bereiche hinein, wo sie ihm Schmerz bereitete; doch Morla hatte ihn immer geschont, hatte stets von ihm abgelassen, ehe die Qual unerträglich wurde. Er hatte es allezeit genossen, wenn sie ihm im Spiel mit einem seidenen Tuch die Hände fesselte und die Augen verband, so daß er blind und gebunden ihren schmerzhaften Zärtlichkeiten ausgesetzt war. Dann hatte er auf dem Höhepunkt der Lust oft gemeint, unter ihrer Grausamkeit zu vergehen; nichts war von ihm geblieben als das brennende Empfinden dessen, was sie ihm antat. Aber nach jedem bewußtseinsvernichtenden Untergang in den roten Schleiern der Lust hatte er sich wiedergefunden, müde, zerschlagen und glücklich. Er fragte sich zuweilen, wie es sein mochte, sich nicht wiederzufinden, auf ewig im bunten Meer der Leidenschaft zu versinken. Wäre es unvorstellbare Lust? Oder unvorstellbare Qual?

Sie weckte ihn aus seinen Träumereien. Lächelnd sagte sie: »Du schmeichelst mir, aber du belügst mich. Woran denkst du wirklich, Liebster?«

Er ließ sich mit einer eleganten Bewegung auf dem Boden nieder und lehnte die Wange an ihren Schenkel. »Du hast mich durchschaut. Ja, ich denke über etwas nach, das mich bedrückt. Nächste Woche ist der Vorabend des ersten Ingerimm. Wir müssen in die Hügel hinauf und das Ritual vollziehen.«

»Warum bedrückt dich das? Wir haben es seit achtzig Jahren jedes Jahr getan.«

»Da haben wir nicht gewußt, was wir taten.«

Sie lehnte sich zurück, und die steife Seide ihres Kleides raschelte. »Wir tun vieles nur noch deshalb, weil es in Amárandels Büchern steht. Auf dem Land ist das so. Man weiß nicht wirklich, warum man etwas tut, aber man möchte auch nichts versäumen. Es ist eben ein Brauch.«

Eine Weile herrschte Schweigen zwischen ihnen. Dann sagte er leise: »Ich muß immerzu daran denken, was der Inquisitor Kunrad mir sagte. Er war sehr aufgeregt, als er darüber sprach, fast von Sinnen.«

»Er war wahnsinnig.«

»Er behauptete, es sei ein Ritual, um die Grenzen zu öffnen. Um ein … Wesen zu beschwören, wie die Echsenpriester es taten.«

»Uns ist niemals ein Wesen erschienen.«

»Nein, das nicht«, gab er nachdenklich zu. »Vielleicht haben wir auch etwas falsch gemacht … etwas vergessen. Morla … ich will es dieses Jahr nicht tun.« Er schloß die Finger um ihren Knöchel und schmiegte sich bittend an sie. »Ich habe Angst.«

Mit gleichmäßigen Ruderschlägen flog ein Schiff über die Gewässer des Perlenmeeres auf die unheilumwobene alte Stadt Selem zu. Der Tag war hell, wenn auch dunstig. Die Praiosscheibe glomm schwach, als sähe man sie durch ein schillerndes Glas. Ein leichter, warmer Wind wehte. An Deck der altertümlichen Bireme, die von Khunchom kommend an der Küste entlangfuhr, standen zwei Männer. Der eine trug die weißgoldene Robe und die rote Kegelmütze des hohen Praiosgeweihten, der andere einen schlichten grauen Umhang. Beide waren ernst und angespannt.

»Wir fahren dem Rachen der Niederhöllen entgegen, Zachaban«, sagte der Priester. Er war ein auffallend schöner Mann, hochgewachsen, schlank, mit den edlen Zügen einer Marmorstatue. Sein blondes Haar lag in kurzen Locken um den Kopf. Seine Augen, blau wie Saphire, hatten den lodernden Blick, der den Inquisitor kennzeichnete, und tatsächlich war Kunrad von Marmelund einer der 132 Ordentlichen Inquisitionsräte der Praioskirche. In der Hand trug er offen sichtbar das Sonnenzepter.

Kunrad war kein Mann, der sich seines Amtes schämte. Furchtlos und ehrlich trat er dem Bösen entgegen. Selbst in der von Dämonen wimmelnden Stadt

Selem sollte man sehen, wer er war und mit welchem Auftrag er kam. Er wußte, daß er gesandt worden war, um dem Bösen in seiner entsetzlichsten und verderbtesten Form gegenüberzutreten, und seine Gegner sollten das ruhig auch wissen. Hatte nicht Praios selbst ihm das Versprechen gegeben, ihn zu beschützen?

Vor Jahren hatte ihm der Göttervater die Gnade einer Vision geschenkt. Darin war ihm die Sonne erschienen, allerdings nicht so, wie sie gewöhnlich am Himmel stand, sondern umflossen von einem silberglänzenden Strahlenmeer, das ein Drittel des Himmels bedeckte. Der Anblick war von so ehrfurchtgebietender Schönheit gewesen, daß Kunrad sich gescheut hatte, ein zweites Mal hinzublicken, und das Auge von der Erscheinung abwenden mußte.

Damals hatte das Orakel des Göttervaters ihm den Befehl erteilt: »Du wirst die Wurzeln der götterlästerlichen Hexerei erkennen und sie aus dem Boden Aventuriens ausreißen, das Echsenwerk, das die Luft und die Erde verpestet. Du wirst den Urvater des Bösen vernichten, dessen giftiger Hauch dieses Land verwüstet.«

Und der Gott hatte ihm ein Geschenk seiner Gnade hinterlassen: Kunrads Kopf war seitdem häufig von einem Lichtschimmer umflossen. Niemand außer ihm selbst konnte den Lichtschein sehen. Es war sein geheimes Zeichen, daß Praios seine schützende Hand über ihn hielt.

Nun, nach dreimonatigen Vorbereitungen in der Stadt des Lichtes, war er bereit, in diesen schrecklichen Krieg gegen die Dämonen der Finsternis zu ziehen.

»Bist du bereit für den Kampf, der uns bevorsteht, mein Zachaban?« fragte er und berührte sekundenlang die graue Kutte des Begleiters – der innigste Ausdruck der Zuneigung, den er sich jemals gestatten würde.

Seit Jahren war der grimmige Garetier Kunrads engster Vertrauter. Zachaban Malle war ein unauffälliger

Mensch mit grauem Gesicht, einem dünnen, dunklen Schnurrbart und leicht wäßrig wirkenden hellgrauen Augen, mit denen er sein Gegenüber abweisend zu mustern – oder überhaupt zu übersehen – pflegte.

Zachaban war kein Geweihter, aber ein Mitglied des Ordens *Bannstrahl des Praios,* dieser fanatischen Vereinigung glühender Praiosanhänger, die mit Feuer und Schwert für die reine Lehre kämpften. Seit zehn Jahren war der Ordensmann ein treuer Begleiter des Inquisitors. Er war bereits sein Freund, sein Beichtvater und engster Mitarbeiter gewesen, als Kunrad noch ein unbedeutender Tempelvorsteher in Perricum gewesen war. Jetzt teilte er seine Macht – und den unbarmherzigen Eifer, mit dem der Ordentliche Inquisitionsrat die finsteren Echsenkulte verfolgte.

»Ihr habt mir noch immer nicht gesagt, was das Ziel dieser Expedition ist, Euer Eminenz«, beklagte sich Zachaban. Insgeheim hatte er eine recht gute Vorstellung davon, welchen Zweck sein Gebieter mit dieser Reise verfolgte, aber offiziell hatte Kunrad ihm nichts erzählt, und so durfte er auch nichts davon wissen.

Der Priester gab ihm bereitwillig Auskunft. »Nun, da wir in Selem angekommen sind, kann ich es dir sagen. Ich möchte beweisen, daß die aventurischen – vor allem die aranischen – Hexen die Nachfolger der alten Echsen sind und ihre grauenhaften Kulte weiterführen. Schon das Wort verrät es: Echsen – Hechsen. H'Echsen. Das ›H‹ ist eine Vorsilbe, die Ehrerbietung ausdrückt, wie in H'Rabaal. Die ›Hechsen‹ sind nichts anderes als ›Echsen von hohem Rang‹ – Nachfolger der unheiligen Echsenpriester, Praios strafe sie!«

»Praios strafe sie!« stimmte Zachaban augenblicklich mit ein. Er wußte, wie besessen Kunrad von Marmelund von seiner Theorie war. Überall witterte sein Gebieter die Echsen, überall verfolgten sie ihn, hinter den harmlosesten Masken versteckten sie sich. Bei jeder

Befragung einer Delinquentin stellte er unbarmherzig drängend dieselben Fragen: Ob sie von Krr'Thon'Chh, dem Schlinger, wüßte? Von Charyb'Yzz? Von geheimen Ritualplätzen der Echsenpriester? Von den H'Ranga-rim, den uralten Götzen, deren Statuen in den Sümpfen zerbröckelten?

Kunrad redete sich – wie immer, wenn er auf das Thema zu sprechen kam – in Eifer. »Ich weiß, die meisten meiner Amtsbrüder lassen sich täuschen; sie fallen auf die verlogenen Masken herein, unter denen die Hechsen sich verstecken. Aber je eifriger ich forsche, desto mehr Beweise finde ich für meine Annahme. Schreibt der hochgelobte Gurvan Praiobur in seinem *Echsenhammer* denn nicht, daß sich die Zauberer der Echsen auf den Hexenfesten mit den menschlichen Ketzern vermischen? Die Kinder aus diesen abwegigen Verbindungen werden Hexen. Hast du nie von den Akrr'tzr gehört, den monströsen Bastarden der Fiebersümpfe? Und sieh nur nach Maraskan! Sitzt dort nicht das gräßliche Zwitterwesen, die Schlangenleibige, auf seinem Thron? Man sagt, ihr Haar bestehe aus zischenden Nattern, und ihr Blick töte wie ein Giftpfeil jeden, auf den er fällt! Alle Welt weiß, daß sie götterlästerliche Experimente anstellt, um den verderbten alten Echsenherrschern wieder zur Macht zu verhelfen – daß in den fiebrigen Dschungeln der Dämoneninsel Kreaturen herangezüchtet werden, die halb Mensch, halb Echse sind. Wenn es nach ihr ginge, wäre es in Aventurien wieder wie zu Pyrdacors Zeiten. Allein die Hexen und die Echsen hätten dann die Macht im Lande!«

»Praios strafe sie alle!« rief Zachaban von neuem und erntete damit ein beifälliges Nicken des Inquisitors. Er hatte von Anfang an geahnt, daß es Kunrad eines Tages in die Echsensümpfe ziehen würde, und er wußte auch, wer ihm den Floh ins Ohr gesetzt hatte: dieser elende Hexer nämlich, Ofrim Mawr Bian von Roswylde, der ihnen die schlimmste Niederlage ihrer Laufbahn einge-brockt hatte.

Daß sein Gebieter diesen Lügner noch immer nicht durchschaut hatte! Ein typischer aranischer Weiber-knecht war er gewesen, schön und verschlagen, eitel und feige und begabt mit einem Lügenmaul, das jeden Geschichtenerzähler unter den Toren von Fasar in den Schatten gestellt hätte. Um der Folter zu entkommen, hatte er dem Priester die haarsträubendsten Geschich-ten aufgetischt, und Kunrad – Praios sei's geklagt – war so verrannt in seine obskure Theorie, daß er ihm ge-glaubt hatte, statt ihm die Zunge mit einem glühenden Eisen durchbohren zu lassen!

Kunrad wußte, was hinter Zachabans bleicher Stirne vorging. Sein lodernder Blick ruhte nachdenklich auf seinem Gefährten. Längst hatte er dessen Gedanken er-forscht. Zachaban war ein wackerer Streiter für den Ruhm des Göttervaters und die Heilige Inquisition, aber die greulichsten Fallstricke der Verfluchten hatte sein sonst so scharfes Auge nicht erkannt. Der Garetier war der irrigen Meinung, die Hexen seien nichts weiter als Sklaven der Lustdämonin Belkelel, die sie unter dem Namen Satuaria anbeteten. Er ahnte nicht, wie heimtückisch, wie fein gesponnen die Verschwörung in Wirklichkeit war, welches uralte und abscheuliche Übel tief im Dunkel verborgen auf dem Grund aller satuari-schen Umtriebe lauerte!

Allein ihm, Kunrad von Marmelund, hatte Praios den Schrecken enthüllt, ihm hatte er das Angesicht des Feindes klar und offen gezeigt und ihm sogar seinen Namen genannt – eine Prüfung, die nur wenige Sterb-liche überlebt hätten.

Wenn Praios für ihn war, wer sollte dann gegen ihn sein?

Seine blauen Augen leuchteten triumphierend auf. »Mit Praios' Hilfe könnten wir ein Übel an der Wurzel

packen, das älter und schwärzer ist als die Fluchzauberei. Wir könnten den Kult der alten Echsengötter in
Aventurien ausrotten!«

Mhukkadin der Tapfere verließ das Bethaus der Rastullah-Gläubigen und schritt im warmen Sonnenschein
die Straße entlang, seinem Hause zu. In seinem Herzen
war es so hell, als sei das Goldene Zelt in ihn niederge-
stiegen. Er fühlte sich erfrischt und erbaut nach dem
Gottesdienst. Die verkommene Stadt störte ihn weniger
als gewöhnlich. Sein Blick glitt abwesend über die Häuser, von denen viele in einem ausufernden, überla-
denen Stil erbaut waren: Häuser mit Kuppeln und vorspringenden Terrassen, Säulen und fächerförmigen
Fenstern, Türmchen und Erkern. Mächtige mehrstök-
kige Häuser mit wunderlich verzierten, glänzenden
Kuppeln ragten himmelwärts; treppenförmige Türme;
schimmernde Obelisken.

Gewundene Säulen und Piedestale standen da, die
die Abbilder finsterer Unwesen zierten – Krakenmol-
che, Sphingen und namenlose Nachtmahre, aber auch
die starren Gestalten von Elfen, Menschen und Echsen.
Manche trugen einen noch phantastischeren Zierrat,
der das echsische Erbe der Stadt verriet: Harpyien und
Gargylen von absonderlicher, abstoßender Form, die
Balkone trugen und mit ausgereckter Zunge von den
Türmchen herabglotzten.

Manche waren sogar völlig widernatürlich. Diese
steinernen und metallenen Figürchen hatten die Gestalt
von Kreaturen, die – Rastullah sei Dank! – kein deri-
sches Auge je erblickt hatte. Sie waren tonnenförmig,
mit einem Kranz von seesternähnlichen Armen am oberen und unteren Ende, vorspringenden Knoten und
Wülsten um die Mitte und einem zierlichen Stachel-

kranz an der Stelle des Kopfes. Mhukkadin schüttelte betrübt den Kopf, als er daran dachte. Wie dunkel die Welt doch war, wo das Licht des Goldenen Zeltes sie nicht erleuchtete!

Er schreckte aus seinen Gedanken auf, als ein Vorübergehender ihn heftig anrempelte. Ein zorniges Wort auf den Lippen, wandte er sich um, aber der Fremde – den ein Umhang vom Scheitel bis zur Sohle verhüllte – war schon weitergestolpert. Wahrscheinlich ein Rauschkrautsüchtiger, dachte Mhukkadin. Diese Elenden irrten am hellen Tag wie verschreckte Nachtvögel durch die Straßen, das Hirn von den giftigen Dämpfen zerfressen, Wahnsinn in den hohlen, fiebrig glänzenden Augen. Der Mensch hatte ihn grob gestoßen; eine Stelle an seinem Arm brannte wie Feuer.

Er schritt weiter, merkte aber zu seinem Erstaunen, daß ihm das Gehen schwerfiel. Ihm war zumute, als stolpere er durch Treibsand. Jeder Schritt war langsamer als der vorhergehende. Gleichzeitig sank es wie Nebel über seinen Blick. Als er zum Himmel aufschaute, sah er drei Sonnen statt der einen, und alle drei gleißten in einem giftigen, fiebrigen Glanz.

Mhukkadin wankte und sank auf die Erde nieder.

Und plötzlich begriff er.

In wilder Hast schob er den Ärmel hoch und stierte die Stelle an, wo der Fremde ihn gestoßen hatte. Ein Seufzer entrang sich seinen Lippen. Da war es – ein winziges blutiges Fleckchen, wie von einer Nadel, die in sein Fleisch gedrungen war. Die Stelle hatte sich verfärbt und schwoll rasch an.

Mhukkadin wußte, daß er verloren war.

Sie hatten ihn erwischt – die verfluchten Tänzer im Sumpfwald, die Götzenanbeter, die ihr Idol umsprangen, die Ketzer, von denen so viele unter seinem Khunchomer gefallen waren. Aber jetzt war nicht die Zeit, darüber nachzudenken, wie sie es geschafft hatten, seine Spur zu verfolgen und ihn ausfindig zu machen. Der Tod war nahe. Hingestreckt auf der unratübersäten Straße, zog Mhukkadin seinen Umhang über den Kopf und richtete seine Gedanken in leidenschaftlichem Gebet auf Rastullahs Glorie, während seine Gedärme unter dem Ansturm des Giftes erkalteten.

Die Nacht breitete sich über Selem. Am Himmel funkelten schweflig und verschwommen die Sterne, halb verborgen in den Dünsten, die von den brütenden Echsensümpfen aufstiegen. Im Gästesaal des Praios-Tempels brannten Fackeln in den Wandhalterungen und vertrieben mit angenehm harzigem Geruch den Brodem, der aus der Stadt hereinwehte. Kunrad hatte Mühe, sich nach der dreimonatigen heiligen Ruhe in der Stadt des Lichts an den hitzigen Mißklang der Selemer Straßen zu gewöhnen. Zank und Streit, Schluchzen und Lachen, unzüchtige Zurufe und wüste Schimpfworte drangen in einem Vielklang von Sprachen bis zu den offenen Fenstern des Saales hinauf, untermischt mit greller Musik, die die vielen umherziehenden Musikanten machten, und den eintönigen Rufen der Händler, die Peraineäpfel und Zuckerwerk, Fischschnaps, in Öl gebackene Kuchen und kaum verhohlen auch Rauschkräuter anboten.

»Es ist ein wenig laut hier, nicht wahr?« fragte der Tempelvorsteher, ein behäbiger alter Mann mit schlohweißem Haar, rosigen Wangen und aufmerksamen graublauen Augen, die tief in die Seelen der Menschen zu blicken vermochten.

Kunrad nickte und beugte sich tiefer über den Napf mit Efferdsfrüchte-Suppe, die man in Selem ausgezeichnet zuzubereiten verstand. Zachaban saß, wie immer halb im Schatten seiner Kapuze verborgen, an seiner Seite.

Der Praiostempel in Selem war bei aller Pracht mehr ein Denkmal für die unerschütterliche Entschlossenheit der Heiligen und Reichskirche, allerorten die rechte Lehre zu verkünden, als ein gutbesuchtes Bethaus. Die Selemiten fühlten sich beklagenswert wenig zu dem Wahrer der Ordnung hingezogen – kein Wunder, versank ihre Stadt doch in sinnverwirrendster Unordnung! So stand das schöne Gebäude im Hafenviertel mit Blick auf die trägen, schillernden Wasser des Selemgrundes zumeist halb leer, und die fünf Geweihten und ihre Dienerschaft hatten viel Muße.

Kunrad hatte schon bald festgestellt, daß Cordovan der Weise, der Hochgeweihte des Tempels, über diese Gleichgültigkeit der ungläubigen Selemiten längst nicht so empört war, wie er hätte sein sollen. Cordovan war ein Gelehrter, und es lag ihm mehr, in alten Büchern zu forschen, als dem verrotteten Volk der Stadt die Furcht der Zwölfgötter einzubleuen. Kunrad tadelte ihn in seinem Herzen dafür, doch er mußte zugeben, daß der weißhaarige Würdenträger ein sehr angenehmer Unterhalter war und seinen Theorien weitaus mehr Beachtung schenkte, als man es in Fasar oder später in der Stadt des Lichtes getan hatte, wo der Inquisitor sich von der aranischen Katastrophe erholt hatte. Bald waren sie in ein angeregtes Gespräch versunken.

»Ihr müßt mit Ernst und Eifer geforscht haben, um so vieles über diese dunklen und geheimen Dinge in Erfahrung zu bringen«, bemerkte Cordovan höflich, während er dem dienenden Bruder seinen Becher hinhielt, um sich nachschenken zu lassen. »Nicht viele Menschen wissen Bescheid darüber.«

»Ich fand einen, der Bescheid wußte, und preßte ihn aus«, erwiderte Kunrad trocken.

»Einen Achaz?«

»Ja, obwohl er zu dem Zeitpunkt, als ich ihn zu fassen bekam, einen menschlichen Leib hatte. Er gestand mir, daß er die Kunst beherrscht, seine Seele in einen beliebigen Leib zu transportieren und so Jahrhunderte zu überleben.«

Cordovan trank einen Schluck von seinem Wein. »Habt Ihr ihn noch?«

»Nein«, mußte Kunrad eingestehen, »es gelang ihm, mir zu entfliehen, als er schon auf dem Blutgerüst stand. Zweifellos hatte er Hilfe von Mächten, die mir … nun, feindselig gegenüberstehen. Aber er erzählte mir genug, daß ich allein weiterarbeiten kann. Ich brauche allerdings Eure Hilfe und Unterstützung dazu.«

»Keine Sorge, Euer Eminenz, die sollt Ihr haben«, erwiderte Cordovan prompt. »Braucht Ihr Tempelwachen? Spione? Söldlinge Praios'?«

»Noch nicht«, erwiderte Kunrad. »Was ich fürs erste brauche, ist die Ausrüstung für eine Expedition in die Echsensümpfe. Ich möchte mit meinen Nachforschungen bei den Akrr'tzr anfangen.«

Cordovan ließ den Becher sinken und staunte ihn sprachlos an. »Ihr wollt zu den Akrr'tzr? Ihr seid wahrhaftig ein mutiger Mann, Eminenz! Selbst die Achaz, Praios strafe sie, meiden diese verfluchten Kreaturen, weil sie sich in götterlästerlicher Weise mit den Menschen vermischten!«

»Eben deshalb will ich zu ihnen. Ich bin überzeugt, daß bei den Akrr'tzr der Ursprung der Hexen zu finden ist.«

»Da mögt Ihr recht haben, aber …« Cordovan spielte unschlüssig mit der goldenen Kette, die ihm um den Hals hing. »Ihr kennt die Selemer Sümpfe nicht. Von all den schrecklichen und verfluchten Gebieten Deres ist dies eines der schlimmsten. Es ist dort feucht und heiß bei Tag, feucht und kalt bei Nacht. Die Schwüle in den dampfenden Wäldern treibt den Schweiß aus den Poren und macht Papier, Bogensehnen und Proviant in kürzester Zeit unbrauchbar. Schwärme von stechenden und blutsaugenden Mirbelfliegen peinigen den Wanderer. Aus den brodelnden, blubbernden Sumpflöchern entweichen übelriechende Gase, die selbst kräftige und gesunde Abenteurer ohnmächtig werden lassen oder ihren Geist verwirren. Nirgendwo findet man eine Stelle, wo ein Boot anlegen könnte, und glaubt man eine zu erspähen, ist es bei näherem Hinsehen nur eine schwammige, modrige Insel aus Filz und Tang ...«

»Genug«, unterbrach ihn Kunrad scharf. »Wollt Ihr mich von meiner Mission abhalten?«

»Was denkt Ihr von mir, Eminenz!« Cordovan hob abwehrend beide Hände, als er den aufflammenden Zorn in den Augen seines Gastes sah. »Ich wollte Euch nur warnen, daß Ihr einige Mühsal auf Euch nehmen müßt.«

»Das schreckt mich nicht«, erwiderte der Inquisitor kurz angebunden. »Besorgt mir Boote und alles Notwendige; ich will so rasch wie möglich aufbrechen.«

»Da ist noch etwas.« Cordovan drehte zögernd den Becher zwischen den Handflächen. »Vor ein paar Tagen wurde in dieser Stadt ein Mann ermordet ... ein Soldat namens Mhukkadin. Als man ihn fand, war sein Gesicht fleckig gedunsen, und seine Arme und Beine waren geschwollen. Kein Zweifel, daß ihn Gift getötet hat.«

»Und?« fragte Kunrad.

»Dieser Mhukkadin hatte im Auftrag des Rastullah-Bethauses eine Gruppe von Kultanhängern vernichtet.«

»Tatsächlich?« Der Inquisitor blickte mit glänzenden Augen auf. »Wißt Ihr mehr davon?«

»Nicht sehr viel mehr. Es scheint, daß ein Hilferuf aus Chag kam, einer der wenigen menschlichen Ansiedlungen am Rande der Sümpfe. Die Leute fühlten sich von Kultanhängern bedroht, die in den Sumpfwäldern Zeremonien abhielten. Mhukkadin und seine Leute fuhren hinaus und entdeckten tatsächlich eine

Gruppe scheußlicher Kreaturen – völlig verkommene Menschen, ja sogar einige Zwitterwesen zwischen Mensch und Achaz –, die dort ein steinernes Idol umtanzten. Die Rastullahni erschlugen sie bis zum letzten Mann und stürzten das Götzenbild um.«

»Welcher Art war dieses Idol?«

»Etwas höchst Eigenartiges. Die Soldaten erzählten, es sei von unvergleichlicher Abscheulichkeit gewesen, aber es stellte keinen der bekannten Götzen und Dämonen dar, sondern etwas völlig Unbekanntes. Es glich am ehesten einem Haufen von Blasen oder Bällen, zwischen denen sich unzählige Augen öffneten, und es war auf unbeschreibliche Weise verdreht und gewunden, erzählten sie, als stelle es ein Wesen dar, das sich in unnatürlichen Kurven und Krümmungen zu bewegen pflegte. Die Rastullahni stürzten es in den Sumpf, aber einige von ihnen erzählten später, daß sie sich davon verfolgt fühlten.«

Kunrad rieb sich nachdenklich und voller Wißbegierde das Kinn. »Wo liegt dieses Chag?«

»Nahe den Siedlungsgebieten der Akrr'tzr in den Sümpfen. Ich bin überzeugt, daß zumindest einige dieser lästerlichen Kultisten Akrr'tzr waren –, bei ihnen gedeiht jede nur denkbare Art von Übel und Unglauben.«

Eine Stunde später saß Kunrad am Fenster seines Schlafgemachs und blickte auf die Stadt hinunter, die in trübem Dunkel unter ihm lag. Es war spät, kaum eine Lampe brannte noch. Wer jetzt noch auf die Straße ging, befand sich in höchster Gefahr, überfallen, ausgeplündert oder vergewaltigt zu werden. Auf den Straßen wimmelte es von lichtscheuem Gesindel. Überall lauerten Schwärme von Huren, die meisten von ihnen dem Rauschkraut verfallen, hohläugig, hager und zu allem entschlossen, um das nächste Kräuterbüschel kaufen zu können.

Obwohl die Stadt auf dem Papier dem Großkönig unterstand, herrschten in Selem weder Recht noch Gesetz. Jeder mußte selbst zusehen, wie er Leib und Leben in Sicherheit brachte.

Kunrads Gedanken wanderten zurück in seine Jugend, und die schaurige Erinnerung erstand vor ihm, die sein Leben geprägt hatte und die ihn nie verließ. Er war in dem Dorf Marmelund in der Nähe von Baburin als Sohn eines bescheidenen Gutsherrn geboren worden. Seine Eltern hatte er verloren, noch ehe er zehn Jahre alt war – und es war die Fluchzauberei der Töchter Satuarias gewesen, die sie dahingerafft hatte.

Eine böse Hexe hatte damals das Dorf mit ihrem Fluchzauber heimgesucht. Des Bauern Bosper Töchterlein war tot zur Welt gekommen, und auf dem Hof der Bäuerin Norga war ein Schaf mit zwei Köpfen geboren worden. Ein Unglück folgte dem anderen: Wilde Tiere rissen die Schafe, den Männern fuhr beim Holzhacken die Axt ins Bein, Kinder ertranken im Dorfteich. Schuld an all dem Übel war die alte Bäuerin Girte, ein boshaftes Weib, das sich seit langem der Hexerei ergeben hatte. Als der Baron mit seinen Mannen kam, um sie auszuheben, floh sie in den Wald, und aus der Sicherheit ihres Verstecks heraus schleuderte die rachsüchtige Hexe einen mörderischen Fluch gegen die Hexenjäger ...

Bald mußten die Bauern und der Gutsherr selbst mit Schrecken erkennen, daß der Fluch wirkte. Unwetter zogen über das Land und schlugen die Blüte von den Bäumen, das Korn vom Halm. In die Mühle schlug der Blitz ein, so daß sie bis auf die Grundmauern niederbrannte. Alte und Junge siechten an nie gekannten Krankheiten dahin. Schließlich stürzte der Baron vom Pferde und starb, noch bevor er den Segen des Priesters empfangen hatte. Seine Frau sah schweigend zu, wie man den Toten auf dem Tisch in der Halle aufbahrte, dann ging sie in ihre Kammer und nahm sich mit Gift das Leben.

Der verwaiste Kunrad war bei Verwandten aufgewachsen –, ein bleicher, in sich gekehrter Knabe, in dessen Herzen unstillbarer Rachedurst brannte. Sobald er zehn Jahre alt war, bestürmte er seine Verwandten mit Bitten, ihn in die Tempelschule des Praios eintreten zu lassen. Sie kamen seinem Verlangen gerne nach, denn sie hatten gesehen, daß der schöne Knabe nie zu einem Adligen taugen würde: Er hatte keine Freude an Spiel und Gesang, Jagd und Lanzenlauf, sondern brütete immerzu unheilvoll vor sich hin. Und der Glanz, der zuweilen in seinen saphirblauen Augen aufleuchtete, war ätzend wie Brabaker Vitriol.

In der Tempelschule hieß man ihn willkommen. Er lernte mit stillem Fleiß, bildete sich im Lesen, Schreiben und Rechnen, in der Völkerkunde und in der Geschichte Aventuriens. Auf der Tempelschule lernte er auch den Sinn allen Handels: daß man nämlich stets sein Bestes geben soll, gleichgültig, ob man dafür Lohn, Lob oder Tadel erhält, so sinnlos oder unerfüllbar eine Aufgabe auch scheinen mag.

Am Ende seiner Ausbildung lehrte man ihn, das Sonnenzepter zu führen und unheilige Zauber und Flüche zu brechen. Er stieg auch in die Folterkammern des Tempels hinab und lernte von den erfahrenen Torturmeistern, wie ein Ketzer am schnellsten geständig zu machen ist. Er gewann den ›lodernden Blick‹ und vermochte bis in die Seelen der Menschen zu blicken …

Er wischte nachdenklich über den Einband des Folianten, der neben ihm auf dem Fenstersims lag: die *Inquisitorische Halsgerichtsordnung* des Priester-Kaisers Kathay mit ihrem berüchtigten III. Annexus von Gurvan Praiobur I., dem *Echsenhammer*. Das grimmige Buch begleitete Kunrad auf allen seinen Wegen. Es würde auch mit ihm in die Echsensümpfe ziehen.

Kunrad war glücklich. Noch war es nur Vorfreude auf seine Mission; die höchste Seligkeit erlebte er erst, wenn er das Todesurteil einer Hexe vollstreckt sah. Einen Lidschlag lang klaffte dann eine Lücke in den Reihen der gnadenlosen Feinde, die ihn Tag und Nacht bedrängten – Dämonengestalten mit Rüsseln und Fledermausflügeln, funkelnden Eulenaugen und struppig wie Baumwurzeln aufstehendem Haar. Dann atmete er leichter, der Alpdruck der Wut und Bitterkeit wich ihm für ein oder zwei Stunden von der Brust, und er fühlte sich als Sieger.

Freilich, kaum war der Todesschrei einer Hexe verhallt, fiel ihm sofort wieder ein, wie viele noch ungefangen und unbekannt ihre tödlichen Netze webten ...

Der Schwarze Baron lag bequem hingestreckt auf seinem Bett, eine Wasserpfeife neben sich, aus der süßlich duftender Rauch wölkte, und ließ sich von seinem Diener Ruban die nackten Füße massieren. Der dunkelhäutige Tulamide mit dem tätowierten Kahlkopf war ein Meister in dieser Kunst. Seine Hände bereiteten Ofrim eine Wonne, die sehr nahe an die herankam, die er in den Armen einer Frau empfand. Das Salböl, das er verwendete, strömte einen würzigen Geruch nach Honig und Thymian aus.

Die Vertraute des Hexers, die schwarze Katze Merewin, lag neben ihm, den Kopf auf seiner Schulter, die Pfoten quer über seinem Hals. Sie schnurrte laut, während sie mit der rauhen rosigen Zunge seinen Bart leckte.

Der Baron sog an der Wasserpfeife, wobei er das Mundstück in der hohlen Hand hielt, und atmete tief den Rauch ein. Er fühlte sich überaus wohl. Seine Gedanken wanderten und kreuzten wie ein Schiffchen, das sich müßig von den Winden treiben läßt, aber allmählich wandten sie sich wieder dem Thema zu, das ihn zur Zeit – drei Tage vor dem ersten Tag des Ingerimm – am meisten beschäftigte.

Seine Erinnerung kehrte zu der dunkelsten Zeit seines Lebens zurück. Er war froh, daß der Rauch der Wasserpfeife einen angenehmen Nebel in seinem Kopf hinterließ, der die harten Bilder der Vergangenheit gnädig abmilderte. Noch vor kurzem hatte er in den Kerkern der Inquisition gefangen gesessen, und der wahnsinnige Inquisitor, Kunrad von Marmelund, hatte alles darangesetzt, ihm das Geständnis abzuringen, daß er eine Echse sei. Zuletzt hatte er gedroht, ihm mit einem Anatomenmesser die Haut aufzuschneiden, um den Schuppenpanzer darunter bloßzulegen.

Ratlos und verzweifelt, hatte Ofrim Mawr Bian schließlich zu einer List gegriffen. Er hatte es herausgefordert, daß der Praiospriester ihn foltern ließ, und sich gestellt, als bekenne er aus Not. Kunrad war überzeugt gewesen, daß er ihm ein geheimes Wissen abgequält hatte. Er hatte begierig seinen Worten gelauscht und kein einziges Mal den Verdacht gehegt, daß Ofrim ihm das Blaue vom Himmel herunterlog.

»Was hätte ich sonst tun sollen?« fragte er, halb im Selbstgespräch, halb an Ruban gewandt. »Dieser Irre wäre tatsächlich imstande gewesen, mir den Bauch aufzuschlitzen … ich mußte ihn irgendwie überzeugen, daß ich ihm die Wahrheit sagte. Ich hatte nur Glück, daß er mir nicht so tief ins Herz sehen konnte, um meine List zu durchschauen, sonst hätte er mich foltern lassen, bis mir die Sonne durch den Leib geschienen hätte.«

»Das hätte er getan, Herr«, bestätigte Ruban, schob die samtenen Beinkleider seines Gebieters bis zum Knie hoch und begann mit gefühlvollen Fingern die Waden zu kneten.

Ofrim fuhr nachdenklich fort: »Es blieb mir nur noch übrig, mir eine gute Geschichte auszudenken. Ich kramte alles aus, was ich an Erinnerungen an die Echsen auftreiben konnte. Ich war sicher, Kunrad würde es nicht auffallen, wenn ich hin und wieder ein wenig stotterte und stockte; er dachte ja, daß er mir jedes Wort gegen meinen erbitterten Widerstand herausrisse. Ich sagte zu ihm: Mein Name ist Ssr'thon'choth, das ist ›Fieberfluch‹. Ich bin ein Priester der H'Rangarim. Ich bin unermeßlich alt, ich habe meine Seele von einem Körper zum anderen getragen, bis zu diesem menschlichen Leib. Der Kult, dem ich vorstehe, ist grauenhaft …«

»Das war sehr listig von Euch, Herr«, bestätigte Ruban. »Wenn Ihr wollt, daß ich Euch die Schenkel auch massiere, müßt Ihr Eure Beinkleider ausziehen.«

»Nein, laß es. Danke. Du kannst gehen. Ich will noch ein wenig liegen und nachdenken.«

Ruban zog sich mit einer tiefen Verbeugung zurück.

Der Hexer rekelte sich behaglich auf den üppig bunten tulamidischen Decken und Teppichen. In seiner Erinnerung tauchte das Bild des sonderbaren siebenstufigen Bauwerks auf, das verwittert und vergessen einen Paß im Yalaiad bewachte – ein Bauwerk aus uralter Zeit. Die Zeichen auf den gewaltigen Quadern und Platten waren Yash'›Hualay‹ Glyphen; Ofrim vermutete, daß sie noch aus dem H'Chuchas stammten, der Priesterschrift der alten Echsenwesen. Er konnte sie nicht lesen, und im Grunde war er froh darüber – schon die bloßen Lettern strömten etwas so Unheiliges aus, daß ihn schauderte.

Ein solches Gebäude war freilich nichts Besonderes. Jeder Ort der Kraft in Aranien wies irgendwelche echsischen Spuren auf. Schließlich waren die Echsen Jahrtausende vor den Menschen hier die Herren gewesen: ein weises und mächtiges Volk, das auf seinen Stufentürmen nicht nur seinen Göttern opferte, sondern auch die Sterne beobachtete und ihren Lauf zu deuten wußte. So hatte seine Mutter es ihm erzählt, als sie ihm den Turm in den Bergen gezeigt hatte – damals, als er noch ein Knabe gewesen war und sich vor dem finsteren Bauwerk gefürchtet hatte.

Wenn er ehrlich war, machte ihm der Echsenturm auch jetzt noch angst. Er wußte eigentlich nicht, warum; es gab dort nichts weiter zu sehen als kahle Räume und bröckelnde Treppen. Aber die Atmosphäre, die darin herrschte, war sonderbar. Es war ein fremdes Gefühl darin, etwas Nichtmenschliches.

Die Geschwister hatten den Turm regelmäßig einmal im Jahr aufgesucht. Seit Jahrhunderten waren alle Hexen von Roswylde am Vorabend des ersten Ingerimm zum Turm hinaufgeritten, um ein bestimmtes altes Ritual auf der schwindelerregenden höchsten Plattform zu vollziehen – ganz im Gegensatz zu ihrer sonstigen Gewohnheit, sich möglichst nahe an die Erde zu halten.

Damals, im Kerker, hatte der Baron natürlich andauernd von Echsen geträumt. Das Seltsame an der Sache war jedoch, daß diese verrückten Träume irgendwie folgerichtig gewesen waren. Sie schienen eine Geschichte zu erzählen, die sich in allnächtlichen Folgen fortsetzte. Immer wieder träumte er von haushohen, scharfkantigen Basalt-Monolithen, die wie vom Himmel gestürzt in einer flachen, sumpfigen Landschaft standen. Ihre Wände und Flanken, die von grünem Schlamm troffen, waren mit Hieroglyphen bedeckt. Aus der stickigen Luft um ihn war eine Stimme erklungen, die in Worten sprach, aber in welchen Worten! Selbst die zungenbrecherischen Laute des Rssahh vermochten die chaotische Unordnung von Buchstaben kaum wiederzugeben, die einem unsichtbaren Schlund entquollen – *n'chrzz h'ch'hnrachay, zzgllu raach h'mglui ph'tagn* –, aber sie fraßen sich quälend in das Gehirn wie ein unlösbares Rätsel.

Immer war er in seinen Träumen in solchen schlammtropfenden Unheilsstätten damit beschäftigt gewesen, blutige Opfer zu bringen, und allmählich wurden deren anfangs völlig verschwommene Umrisse klarer. Er sah, daß es Kinder waren, die er tötete, Kinder jeden Alters vom Säugling bis zum fast erwachsenen Zwölfjährigen. In noch späteren Traumsequenzen erkannte er, daß es sehr schöne Kinder waren, als wären sie besonders für dieses Ritual ausgesucht worden.

Im Traum warf er ihre Glieder und Köpfe in einen Topf und kochte sie, bis das Fleisch von den Knochen fiel. Den gräßlichen Brei schütteten die Zelebranten auf den Boden, einem unbestimmbaren dunklen Etwas zur Nahrung und zum Opfer. Wenn er dann erwachte, schauderte ihn vor dem Traum, denn er mochte Kinder, und der Anblick der zarten Glieder, die zerstückelt auf dem Blutaltar lagen, erfüllte ihn mit Grauen und Schmerz.

Später waren es nicht mehr die finsteren Monolithen, unter denen er stand, sondern es war eine vom Mondlicht blau überstrahlte, bleigraue Stadt. Sie wirkte unbeschreiblich alt, und doch wußte er, daß sie erst lange nach den Opferstätten unter den Felsen erbaut worden war. Das dumpfe Trommeln primitiver Dablas hallte in den Gassen und Durchgängen wider. Ein anderes Instrument brachte ein hohes, auf- und abschwellendes Pfeifen hervor, das dem bösartigen Singen des Windes ähnelte, wenn er über eine Paßhöhe streicht.

Wieder stand Ofrim vor einem Altar, den ein fahles Feuer umzuckte, und um ihn herum wieherten, heulten und pfiffen Scharen ekstatischer Zelebranten, als er das im Madalicht funkelnde Messer hob und das wimmernde Opfer zerfleischte ...

Er träumte, daß er danach ein abstoßendes Ritual vollzogen hatte, das sicherstellen sollte, daß seine Seele schon zu Lebzeiten ihren Körper wechseln konnte. Er dachte daran, was er dem wißbegierigen Inquisitor gesagt hatte: »Ich suchte einen, in dessen Körper ich weiterleben konnte. Da sah ich den Knaben – einen hübschen Knaben mit Elfenblut in den Adern, dem ein langes Leben bevorstand. Ich tauschte meine Seele mit der seinen und schickte ihn in meinem wurmzerfressenen Krötenkörper zurück in die Sümpfe, während ich seinen Platz einnahm. Meine Gefährtin Ych'thszz tat dasselbe mit seiner Schwester. Wenn unsere Körper abgelebt waren, tauschten wir sie …«

So hatte er es dem Inquisitor erzählt und sich gefragt, warum der Priester wohl bereit war, ihm alle seine irrwitzigen Lügenmärchen zu glauben.

Allmählich hatte sich der Baron jedoch noch über etwas anderes gewundert. In stillen Stunden, wenn er allein in seiner Zelle lag, hatte er über die Träume nachgedacht. Es stimmte, er war immer schon ein Lügner und Geschichtenerzähler gewesen, diese Traumgesichte schlugen allerdings seine wildesten Phantasien. Und wie verblüffend folgerichtig sie waren!

Es schien ihm zuweilen, daß er damals nicht wirre Traumbilder nacherzählt hatte, sondern einem vom Staub der Jahrhunderte bedeckten alten Geheimnis auf die Spur gekommen war. Hin und wieder überkam ihn sogar der Gedanke, daß seine Erinnerung auf geheimnisvolle Weise tatsächlich zurückgewandert war in eine Zeit lange vor seiner Zeit.

Einem Impuls folgend, stand er vom Bett auf, schlüpfte in seine Pantoffeln und nahm die Kerze zur Hand, um den Raum aufzusuchen, in dem seine Zauberbücher aufbewahrt wurden.

Kunrad von Marmelund drängte zum Aufbruch, und so dauerte es keine vierzehn Tage, bis die Expedition ausgerüstet war. Den heiligen Mann begleiteten vier dienende Brüder und zwölf Soldaten der Tempelwache. Der Troß sollte auf dem Landweg nach Chag reiten und dort in zwei Boote umsteigen, die sie durch die Sümpfe zu den Behausungen der Akrr'tzr bringen sollten.

Cordovan hatte noch das eine oder andere Mal versucht, seinem Amtskollegen die Gefahren der Reise vor Augen zu halten, aber Kunrad war allen Vorhaltungen unzugänglich gewesen, ja er war zornig geworden, als Cordovan auf seiner Ansicht beharrte, und es fehlte nicht viel, daß er den weisen Alten verdächtigt hätte, mit den Echsen im Bunde zu stehen! So konnte Cordovan nichts weiter tun, als sich seinem Willen zu beugen und ihn mit allen guten Wünschen zu verabschieden.

Als die Karawane um eine Biegung der Straße entschwunden war, kehrte Cordovan nachdenklich in seine Gemächer im Tempel zurück. Eine Weile saß er dort, das Kinn in die Hand gestützt, dann begab er sich in sein Archiv und stöberte in den alten Folianten. Das Kerzenlicht malte zuckende Schatten an die Mauern des fensterlosen Raumes, dessen Mauern mit Regalen aus kostbarem dunklen Holz bedeckt waren.

Cordovans Finger glitten nachdenklich über die schweren, kostbar geprägten Einbände der *Essentia Obscura – Das Wesen des Unbekannten* und *Praios' größtes Geschenk · Intelligenz: Wirkungen und Auswirkungen*. Er war ein hochgebildeter Mann, und das Leben in Selem, diesem Schmelztiegel aller Rassen, Völker und Religionen, hatte ihn vor der Engstirnigkeit bewahrt, die für so viele Praiosgeweihte charakteristisch war.

Es erschien ihm nicht notwendig, mit Feuer und Schwert unter den Ungläubigen und Ketzern zu wüten. Wenn diese Elenden sahen, daß die Diener des Praios ein gerechtes und glückliches Leben führten, so würden sie von selbst kommen und fragen, wie ein solches Leben zu erlangen sei, und so würde man mehr Seelen gewinnen als durch Folter und Scheiterhaufen. Er mußte freilich zugeben, daß die Anziehungskraft der Heiligen und Reichskirche für die Selemiten äußerst gering war.

Ich hätte diesen Hexer, Ofrim Mawr Bian von Roswylde, gerne persönlich kennengelernt, dachte er. Er muß ein seltsamer Bursche gewesen sein. Ich bin überzeugt, daß er ein Lügner war, aber wer weiß? Kann nicht ein Lügner die Wahrheit sagen, ohne es selbst zu ahnen? Und kann nicht, fügte er tief in Gedanken hinzu, ein Narr dasselbe tun?

Mit einem komplizierten Schlüsselchen, das er an einer Kette um den Hals trug, öffnete er ein Schränkchen aus Rosenholz und entnahm ihm den Brief der Stadt des Lichts, den das Sekretariat des Wahrers der Ordnung, des Erhabenen Pagol Greifax von Gratenfels, ihm geschrieben hatte. Las man das Schreiben nur oberflächlich durch, so war es eine herzliche Empfehlung an Cordovan, den Amtsbruder Kunrad von Marmelund aufzunehmen und ihm bei seinen Forschungen auf jede Weise behilflich zu sein. Wer jedoch – wie jeder erfahrene Praiosgeweihte – zwischen den Zeilen zu lesen verstand, las etwas anderes.

Kunrad war in der Stadt des Lichtes untragbar geworden. Sein Wahnsinn war offenkundig geworden. Er verdächtigte alle und jeden, verkleidete Echsen zu sein, und belegte sie mit Bannflüchen. Nachts rannte er oft schreiend in seiner Kammer herum, von fürchterlichen Visionen gepeinigt, und seine Predigten waren eine einzige Tirade wüster Verfluchungen der Echsen geworden. Man stand vor der Wahl, ihn in ein Kloster der Noioniten zu stecken oder ihn unauffällig beiseite zu schaffen. Sein Wunsch, in die Echsensümpfe zu ziehen, war dem Wahrer der Ordnung nur zu willkommen gewesen. Dort unten konnte Kunrad kein Unheil anrichten, und es bestand die berechtigte Hoffnung, daß ihn das Sumpffieber, ein Giftpfeil oder ein hungriger Schlinger dahinraffen würde.

Daß Kunrad verrückt war, hatte Cordovan auch schon gemerkt, spätestens dann, als der Inquisitor nachts im Hemd aus seiner Kammer stürmte, weil es darin von geflügelten Hexen und Echsen in den greulichsten Gestalten wimmelte. Er nahm an, daß man in Neu-Gareth nichts dagegen gehabt hätte, wenn Kunrad in Selem zufällig etwas Unzuträgliches gegessen hätte oder von einem Straßenräuber erschlagen worden wäre. Freilich, solche Mittel und Wege mißfielen Cordovan grundsätzlich, und außerdem ... außerdem hegte der Weise den Verdacht, daß der Lügner und der Wahnsinnige beide weitaus näher an ein Geheimnis herangekommen waren, als ein vernünftiger Mensch glauben mochte. Deshalb hatte er beschlossen, abzuwarten, welchen Weg die Götter weisen würden.

Er versperrte die Türe hinter sich, trat an die geschnitzten Regale und berührte mit ausgestreckter Hand eine der hölzernen Spiralen. Der Mittelpunkt sank unter dem Druck seiner Finger ein. Es knarrte leise, und das Regal drehte sich halb um die eigene Achse. Dabei gab es einen Hohlraum frei, aus dem der in der Nase beißende Geruch alter Bücher drang. Cordovan beugte sich in die geheime Nische und nahm eines nach dem anderen die Bücher heraus, die darin lagen.

Altertümliche Folianten waren es, zum Teil so vergilbt, daß man die Seiten mit Vorsicht wenden mußte, um sie nicht zu beschädigen. Alle hatten runzlige Rücken und abgegriffene Deckel. Einige waren in Bosparano geschrieben, andere in Tulamidya, ein oder zwei sogar in echsischen Glyphen. Eins nach dem anderen legte Cordovan sie auf den Tisch. Er achtete sehr darauf, daß niemand außer ihm sie vor Augen bekam, sonst hätte er eine Disziplinaruntersuchung der Stadt des Lichts befürchten müssen, die vermutlich mit seinem Tod geendet hätte.

Cordovan war der Meinung, daß ein weiser und im Glauben gefestigter Mann durchaus auch solche Werke lesen durfte wie das *Arcanum*, den *Codex Dimensionis*, ja sogar den berüchtigten Commentarius des wahnsinnigen Novadi Haman al Schaitan zu dem fürchterlichen *Ma'zakaroth Schamaschtu*, dem ›Daimonicon‹. Zu wissen bedeutete, gewarnt zu sein.

Ich wüßte gern, sagte der weißhaarige Alte zu sich selbst, von welchem Ritual dieser Hexer redete. Alle Rituale der Uralten Wesen sind blutmagische Rituale, aber die beiden Hexen haben kein Blut vergossen. Kunrad war überzeugt gewesen, daß die Geschwister Blut geopfert hatten, obwohl der Baron es leugnete, aber Cordovan glaubte das nicht. Kunrad selbst hatte ihm erzählt, daß sie Halbelfen waren, und so hatten sie zweifellos die Blutscheu ihrer elfischen Verwandten geerbt. Kein Elf vergoß fremdes Blut in magischen Ritualen, und wenn diese beiden nur ein Tröpfchen Elfenblut in den Adern hatten, so hatten sie es auch nicht getan.

Das hieß wohl, daß sie eine fehlerhafte oder unvollständige Abschrift benutzt hatten, was kein Wunder gewesen wäre bei der Sorglosigkeit, mit der die aranischen Hexen mit Geschriebenem umgingen, wie Cordovan nebstbei bemerkte. Sie behandelten alte Niederschriften nicht besser als Küchenzettel, benutzten sie gerade nur, um Vergessenes oder Zweifelhaftes nachzusehen, und waren imstande, den Text eines Rituals wegzuwerfen, wenn sie ihn auswendig kannten.

Cordovan haßte die Hexen nicht, aber er hatte keine hohe Meinung von ihnen. In seinen Augen waren sie ein hohlköpfiges, kindisches Pack, das nichts anderes im Kopf hatte, als wie unvernünftige Tiere ihren Trieben und Instinkten zu leben. Sie waren gierig, genäschig und lüstern, jähzornig und boshaft, faul und bequem und zu jedem höheren Gedanken unfähig. Der Weise fand, daß man sie behandeln sollte wie törichte und ungezogene Kinder, die reichlich Ermahnungen und häufig die Rute brauchten, aber es dünkte ihn allzu grausam, sie auf den Scheiterhaufen zu bringen.

Er konnte nicht recht glauben, daß eine Verbindung bestand zwischen den alten Echsen, die ein starkes und weises, magie-erfahrenes und kunstreiches Volk gewesen waren, und dem verspielten Hexenpack, das nur zauberte, um sich Lust und Genuß zu verschaffen oder seinen Groll loszuwerden. Aber er wußte, daß magisches Wissen zuweilen seltsame Wege ging, und er war entschlossen, diesen Wegen nachzuforschen.

In tiefe Gedanken versunken, entzündete Cordovan eine zweite Kerze und holte aus einer Schatulle den goldgefaßten Kneifer, den er zum Lesen verwendete. Sein Blick glitt prüfend über die Bücher, dann entschloß er sich, mit dem *Arcanum* anzufangen. Wenn er darin nichts fand, konnte er immer noch zu den noch tieferen und dunkleren Werken greifen.

Zur selben Zeit saß auch Ofrim Roswylde über einem Stapel von Büchern. Seine Vertraute Merewin lag ausgestreckt zwischen den staubigen Folianten und beobachtete ihn bei der Arbeit. Ein Becher mit gewürztem Wein stand neben ihm, der längst kalt geworden war, so versunken war der Hexer in seine Lektüre.

»Höre das hier«, sprach er mit gedämpfter Stimme das Tier an, »wer soll das verstehen? Dieses magische Diagramm ist so krumm und schief hingeschmiert, als hätte ein Betrunkener es gezeichnet, und die Schrift auf dieser Seite ist so verwischt, daß man sie kaum noch lesen kann ... Es ist ein Elend mit unseren Büchern, Merewin.«

Die Katze miaute verständnisvoll und fuhr ihm flüchtig mit der rosigen Zunge über die Hand, um ihr Mitgefühl auszudrücken.

Schließlich hob der Hexer den Kopf und rief seiner Schwester zu, die am anderen Ende des Gewölbes in ihrer Alchimistenküche werkte: »Wie soll ich in diesen Büchern jemals etwas finden? Sie sind voll dunkler Andeutungen und rätselhafter Sentenzen, die Hälfte fehlt, und überall stehen Querverweise auf Werke, die um nichts klarer sind. Es wundert mich, daß wir mit diesen wurmstichigen alten Wälzern jemals einen vernünftigen Zauber zustande gebracht haben.«

Morla blickte lächelnd von dem Mörser auf, in dem sie etwas Runzliges und Übelriechendes zu Pulver stampfte. »Was suchst du so eifrig? Forschst du immer noch dem Ritual am Echsenturm nach?«

»Es läßt mich nicht los. Morla, ich fürchte, wir haben etwas bewirkt, ohne es zu wissen.«

»Sei nicht albern. Es ist nie etwas geschehen. Du weißt, wie viele Rituale es gibt, deren Sinn man nicht hinterfragen darf.« Als sie seine verdrossene Miene sah, holte sie ein Döschen von einem Regal und schraubte es auf. »Komm und koste«, lockte sie ihn. »Das klärt deine Gedanken.«

Er stand rasch auf. »Ich kann es brauchen. Mein Kopf ist so voll Spinnweben wie diese Folianten hier.« Mit raschelnden Kleidern schritt er zu ihr hinüber, schaufelte sich mit dem spitzen Nagel des kleinen Fingers ein paar Skrupel auf den Handrücken und leckte ihn ab. Augenblicklich durchlief ihn ein Schauder, als hätte ihn etwas Unsichtbares geschüttelt. Er rang nach Atem, hustete und setzte sich rasch auf den nächstbesten Stuhl, als eine schwindelregende heiße Welle ihn packte. Ein paar Lidschläge lang funkelten ihm bunte Kreise vor den Augen. Dann breitete sich eine helle, behagliche Ruhe in seinem Herzen und seinem Verstand aus.

Gierig wollte er den Finger ein zweites Mal in das Pulver stecken, aber Morla entzog es ihm und schloß die Dose. »Bruder!« mahnte sie lächelnd. »Bezähme deine Gier! Du hast genug, um die nächsten zwölf Stunden wach und tüchtig zu sein.«

Er beugte sich nieder, zog ihren Kopf an seine Brust und küßte zärtlich ihr Haar. »Hilf mir suchen!« schmeichelte er.

»Nein«, wehrte sie ab. »Ich habe noch genug zu tun. Du bist derjenige, der unbedingt ein Geheimnis entdecken will, also forsche selbst danach.« Mit einer sanften, aber bestimmten Geste schob sie ihn weg. »Geh an deine Arbeit, und ich will an die meine gehen.«

Also machte Ofrim sich von neuem auf die Suche. Jetzt ärgerte es ihn, daß die Hexen weitaus weniger Wert auf geschriebene Bücher legten als Geweihte und Magier. Ihr Wissen ging von Hexenmund zu Hexenohr und wurde meist nur schlampig niedergeschrieben. Ofrim und Morlas Mutter hatte zwar mehr Sorgfalt walten lassen, aber auch ihre Bibliothek bestand größtenteils aus gesammelten Abschriften. Sie enthielt Exzerpte aus Büchern wie dem hesindegefälligen *Die Macht der Elemente*, aber auch aus *Die Wege ohne Namen* und sogar einzelne Stellen aus dem *Ma'zakaroth Schamaschtu*, die selbst der Schwarze Baron nicht ohne Furcht und Widerwillen lesen konnte.

Die Niederschriften bezogen sich hauptsächlich auf Anweisungen, wie Frieden, Sicherheit und gutes Gedeihen auf Roswylde zu gewährleisten waren. Das Tagewerk einer Hexe bestand ja aus weitaus mehr, als hin und wieder einen Besen zu besteigen und sich auf dem Hexenfest zu vergnügen. Roswylde war voll rätselhafter und ehrfurchtgebietender Kräfte und Wesenheiten, und sie alle mußten besänftigt, in Schach gehalten oder verehrt werden, je nach ihrer Natur und Stellung. Die wichtigsten Hüter des Hauses Roswylde waren die mächtigen alten Bäume, deren Stämme acht Männer nicht umspannen konnten. Ihnen waren mehrere Rituale gewidmet. Aber außer ihnen gab es noch Wasser- und Feldgeister, Nachtvolk und Waldvolk, um die man sich kümmern mußte.

Stundenlang kämpfte der Baron sich durch die pfeffrig riechenden, von Bücherläusen befallenen Wälzer, die oft nur aus gebundenen handschriftlichen Notizen bestanden. Die Beschreibung des Rituals war ihm vertraut, und er wollte sie erst nur flüchtig überfliegen, aber dann fiel ihm etwas auf. Stirnrunzelnd griff er nach der halbkugelig geschliffenen Linse, die er verwendete, um die Schrift lesbarer zu machen, und schob sie über die Stelle. Jetzt sah er es deutlich.

Die gehefteten Blätter waren oft von unterschiedlichem Format, je nachdem, was dem Schreiber oder der Schreiberin gerade in die Hände gelangt war, und so war es ihm vorher nicht aufgefallen: Die Seite, auf der in grüner Tinte das Echsenturm-Ritual beschrieben war, war kürzer als die anderen. Und zwar nicht von Natur aus. Sie war abgeschnitten worden.

Unter der Linse sah Ofrim deutlich, daß sie mitten im Text abgeschnitten war, denn ein paar zackige Oberlängen waren noch sichtbar.

Er lehnte sich zurück, tastete nach dem Becher und nahm einen Schluck, ohne zu merken, daß der Trank kalt geworden war und fade schmeckte. Sein Blick wanderte immer wieder über die Zeilen. Sie waren in der scharfzackigen, stark nach links geneigten Handschrift seiner Ururgroßmutter geschrieben, der Elfin Amárandel, die sich vor langer Zeit in den schönen Hexensohn Tar-Balasan von Roswylde verliebt und ihm zuliebe unter Hexen gelebt hatte. Die wichtigsten Teile der Bibliothek stammten von ihr.

Der Baron beugte sich vor und las jedes einzelne Wort noch einmal, während er mit dem Fingernagel die krummen Zeilen nachfuhr. Der Text, in altertümlichem Garethi geschrieben, lautete übersetzt:

›Begrüße sie alle, die Winde, die Wasser, die Erdgeborenen, Sumus Kinder, und auch sie, die in den Lüften gehen. Gib ihnen Opfer zu ihrer Zeit und bedenke sie mit Höflichkeiten, damit sie dir nicht gram werden und dir schaden. Die in den Lüften grüße von der Plattform des Turmes auf dem Dairig-Bhru-Paß, verweile aber dort nicht länger, als die Begrüßung dauert, und öffne kein Tor, damit sie nicht hereinkommen können, denn sie sind nicht von unserer Art, sondern kommen aus der kalten Leere zwischen den Sternen.‹

Dann folgten die genauen Anweisungen des Rituals, und später setzte sich der Text fort: ›Bring kein Blut zu der Opferstätte, und mach dich nicht an den alten Steinen zu schaffen. Geh nach dem letzten Wort der Begrüßung von dannen, und gib keine Antwort, wenn etwas ruft. Anders könntest du Leben und Seele verlieren.‹

Hier, am Ende der Zeile, war die Schrift verschwommen. Ofrim legte die Linse auf das Pergament und studierte die daumennagelgroße Stelle. Kein Zweifel, hier hatte noch etwas gestanden. Jemand hatte es mit einem Federmesser auszukratzen versucht, doch die schwachen Umrisse waren noch zu lesen, wenn man genau hinsah. ›… könntest du Leib und Seele verlieren, wenn du es wagst, die verfluchten …‹

Offenbar hatte Amárandel also erst Genaueres aufgeschrieben, dann allerdings hatte sie (oder vielleicht eine ihrer Nachfolgerinnen) es für besser befunden, den gefährlichen Text wegzulassen.

Der Baron nippte von neuem an seinem kalten Würzwein. Diesmal merkte er, wie schal das Getränk schmeckte, und schob es mit einer ärgerlichen Handbewegung beiseite.

Ofrim stand auf und wandte sich seiner Schwester zu, die an einer Rezeptur schrieb. »Darf ich dich stören?«

Sie schrieb mit kratzender Feder weiter. »Laß mich das hier zu Ende bringen, dann habe ich Zeit für dich.«

Gehorsam setzte er sich wieder hin und wartete, bis sie die Tinte mit Streusand gelöscht hatte, dann wandte er sich an sie. »Ich habe hier etwas Merkwürdiges gefunden ...«

Auch Cordovan hatte etwas gefunden. Seine Bücher waren in weitaus besserem Zustand als die Bibliothek von Roswylde, und so dauerte es nicht lange, bis er in dem unschätzbaren *Al-Raschid nurayan schah Tulachim (Die Sieben Wahrheiten des menschlichen Geistes)* mit seinen zahlreichen Bezügen auf die Echsenzauberei einen wertvollen Hinweis fand. Übersetzt lautete der in frühem Garethi geschriebene Text:

›Was die Zauberer der Akrr'tzr angeht, so verehren sie alle die Wesen des Himmels, die Schatten und Schemen, die Windläufer und Gestaltlosen, so aus der kalten Leere zwischen den Sternen herabkommen, wo Asfaloth in ewigem Chaos herrscht, vor allem den großen Uob, den Alten im Zentrum des Mahlstroms, den Wächter der Schwelle zum Nicht-Sein. Etliche haben sogar gelernt, solche Wesen herab- und hereinzurufen, wozu sie ein scheußliches Blutritual vollziehen, das zur Gänze in den verfluchten Schriften des *Daimonicon* beschrieben ist.

Die Akrr'tzr sind bekannt dafür, daß sie nichts auf ihre natürliche Gestalt geben, sondern sich immerzu mit anderen Rassen vermischen und paaren, um eine neue Gestalt anzunehmen, die ihnen gefälliger ist. Die Hohen, wenn sie gerufen und beschworen werden, versprechen ewige Jugend und Dauer zu schenken, ja das ewige Leben selbst, so daß ein solcher Beschwörer nicht mehr stirbt, sondern nach Belieben seinen Leib wandeln und verjüngen kann.

Es möge sich aber beim Heil seiner Seele kein Mensch unterfangen, diese abscheulichen Geheimnisse zu wecken und ins Leben zu rufen, will er nicht Leib und Seele verlieren. Denn die Wesen der Siebenten Sphäre sind den Menschen nicht freundlich gesinnt. Sie sind Diener der Asfaloth, auch genannt Calijnaar, der furchtbaren Verderberin und Fürstin des Chaos, und Chaos wird jeden verschlingen, der ihre Schwelle betritt.‹

Cordovan schob das Buch mit einem leisen Schauder beiseite. Diesen Ofrim von Roswylde träfe der Schlag, wenn er wüßte, woran er da herumgepfuscht hat, dachte er. Er wußte wohl, daß nur die mächtigsten Zauberer sich daran wagten, Asfaloths Diener zu beschwören oder gar mit der Herrin des Chaos selbst zu paktieren. Die Verworfenen, die ihre Hilfe anriefen, taten es meist – wie die Priester der Akrr'tzr –, um mit einem Wink Verwandlungen scheußlichster Art zu bewirken, beliebig die eigene Form zu ändern, vor allem aber um im Alter ihre Jugend zurückzugewinnen und das ewige Leben zu erlangen.

Schrecklich war der Preis, den ein solcher Dämonenknecht am Ende dafür zahlte, Asfaloths Gunst zu erringen: Vielgestaltig wurde der Beschwörer, seine Körperkonturen verschwammen. Fleisch formte sich dort, wo es nicht hingehörte, ein Mund in der Handfläche, ein sechster und ein siebter Finger, ein Horn auf der Stirn. All dies mochte Bestand haben oder auch nicht; vielleicht erschien er am nächsten Tag schon wieder als ein anderer, um schließlich sogar allzeit und ständig Form, Gestalt und Farbe zu wechseln. Deshalb wurden auch die Akrr'tzr ängstlich gemieden, nicht nur von Menschen, sondern auch von den Echsen, denn allzu wunderlich und abartig waren die Wandlungen, denen sie unterlagen.

Im letzten Kreis der Verdammnis aber gab die Seele selbst ihre Form auf, um als Dämon neu zu erstehen. Der Körper eines solcherart Verdammten verwandelte sich schließlich in eine gedankenlose Masse ohne Umriß, die ständig neue Gestalt anzunehmen versuchte, dies jedoch nie erreichte. Der Anblick war genug, um einen schwachen Geist in den Irrsinn zu treiben, und selbst willensstarke Männer verfolgte ein solches formloses Chaos zumeist noch lange in ihren Träumen ...

Cordovan sah jetzt klarer. Auf welchen Wegen das uralte Ritual der Akrr'tzr in den Besitz der Familie Roswylde in Aranien gelangt war, blieb noch zu erforschen – hatte tatsächlich einer der Echsenmagier seinen Körper mit einem der ihren getauscht? Es würde sich lohnen, den Stammbaum dieser sonderbaren Familie einmal näher unter die Lupe zu nehmen. Vielleicht fand er den Wechselbalg, der im Körper ein Mensch, im Geiste aber ein Echsenpriester war.

Zuerst jedoch mußte er Genaueres über das Ritual erfahren.

Er zögerte, dann trat er zu einem anderen Schrank und schloß ihn auf. Drei versiegelte Amphoren standen darin. Cordovan entkorkte eine, schenkte ein Gläschen voll ein und stürzte es hinunter. Den Trank hatte ihm eine Hesindegeweihte gemischt, der er seinerseits einen wertvollen Dienst getan hatte: Er stärkte und erfrischte nicht nur, er bot auch einen gewissen begrenzten Schutz gegen die Auswirkungen so übler Lektüre, wie Cordovan sie vorhatte. Es würde ihm nichts anderes übrigbleiben, als al Schaitans *Commentarius des Daimonicon* selbst zu befragen, sosehr ihn auch davor schauderte.

Mit widerwilligen Händen ergriff er den mächtigen Quartband mit dem eisernen Verschluß, der zuhinterst in dem geheimen Bücherschrank lag. Das bleiche Leder des Einbands war sehr weich und fein strukturiert: Das tödliche Buch war in gegerbte Menschenhaut gebunden. Cordovan schlug es auf und blätterte darin. Der Commentarius war eine der modernsten Übersetzungen und Kommentierungen des fürchterlichen Werkes.

Von Haman al Schaitan, dem Kommentator und Übersetzer des *Daimonicon* ins Tulamidya, war nichts weiter bekannt. Eine Sage erzählte, er sei ein wahnsinniger Novadi gewesen, ein verfluchter Abtrünniger des Rastullah-Glaubens, der sein Leben, von seinen Verwandten versorgt, in einem abgedunkelten Raum verbrachte, wo er die widerwärtigen Rituale vollzog und die gehirnzerfressenden Visionen erschaute, die er in seinem Buch niederschrieb. Die Seiten aus bleichem Pergament waren teils beschrieben, teils mit grotesken und widerwärtigen Zeichnungen bedeckt, die Kreaturen mit Echsen- und Wespenflügeln, Elefantenfüßen und Menschenköpfen, Käferleibern und Skorpionzangen darstellten. In schillernder purpurner Chorhoper Tinte ausgeführt, gab es da Bilder von Dämonen, Chimären und Golems, Levschijes und dem unheimlichen Gefolge des Levthan, aber auch magische Diagramme und zaubrische Zeichen.

Cordovan blätterte, bis er zu dem Abschnitt kam, der sich mit Calijnaar befaßte. Einen kurzen Augenblick zog er das Exzerpt zu Rate, das er sich aus dem *Arcanum* gemacht hatte. In seiner klaren, sauberen Handschrift, die den Vergleich mit der eines berufsmäßigen Schreibers nicht zu scheuen brauchte, stand da geschrieben:

›Müßig ist es, Calijnaars Reich zu beschreiben, denn wie ich es gestern gesehen, so wirst du es morgen nicht finden. Wo einst die Berge aus lebendem, schreiendem

Fleisch waren und die Lebewesen aus schweigenden Steinen, da sind sodann die Himmel aus Blut und das Unterste zuoberst, denn es ist nichts, das Bestand hat, in ihrer Domäne, nicht einmal sie selbst, wiewohl sie ewig ist und unvergänglich wie das Chaos der Siebenten Sphäre selbst ...‹

Dann wandte er sich dem Kommentar zum *Ma'zakaroth Schamaschtu* zu. Das Buch war in einem atemlosen Stil geschrieben, der den Gedanken nahelegte, daß der Verfasser nicht nur wahnsinnig gewesen war, sondern zumeist auch unter dem Einfluß von Rauschkräutern gestanden hatte. Cordovan las:

›Habe die Dunklen Pforten durchschritten & sah den Wächter. Ai-yä! Die Gestalt, die ohne Gestalt ist! Mein Wesen zerfloß unter seinem Ansturm, ward verwandelt, ich weiß nicht wie, & verlor nicht nur meine äußere Form, sondern auch mein inneres Wesen, das zerfleischt ward in den Klauen des Chaos. Starb und gewann neues Leben. Gewaltig über die Maßen ist Calijnaar, die schwarze Fürstin, die Mutter des Chaos! Unablässig gebärt sie die dröhnenden Abgründe des Wesenlosen, Tausende Junge bringt sie zur Welt, jedes von anderer Gestalt. Blind, taub und rasend herrscht sie inmitten der brodelnden Leere; von verrückten Flötenspielern umpfiffen, rekelt sie sich auf dem niederhöllischen Thron. Laßt mich an euch vorbeigehen, o Uob! Akklo! Zagastaroth! Die vielgestaltigen Wächter des Mahlstroms! Öffnet mir die Pforten der Finsternis!‹

Cordovan fuhr sich mit dem Handrücken über die Augen. Das Buch des Wahnsinnigen war schwer zu lesen, und die bloße Lektüre drohte seine Gedanken mit einer purpurschwarzen, schleimigen Schicht zu beflecken, als quelle das niedergeschriebene Böse aus den Seiten in sein Gehirn. Seine Augen und Ohren unterlagen unheimlichen Täuschungen.

Es war ihm, als formten die Schatten, welche die beiden flackernden Kerzen auf die bücherbedeckten Wände warfen, erschreckend kopflose, geflügelte und mit klauenbewehrte Silhouetten. An sein Ohr drang ein leises, trockenes Rascheln, als kratze etwas mit Krabbenscheren an den Mauern des Archivs. Aus den Seiten des Buches stieg ein süßlich-fauler Geruch auf, der seine Sinne benebelte. Übelkeit überkam ihn, aber er stärkte sich mit einem Gebet und las weiter.

›Sprach das Ritual des Uob & ward fortgetragen in die äußersten Sphären, wo die Wogen des Chaos an den Strand der Wirklichkeit schlagen. Sah die Öffnung. Sah IHN über mir wie einen geflügelten Berg. Ai-yä! Das Ding mit den tausenden Augen! Sprach Neshta, sprach Ab'rchaim, sprach Gorgramoth. Neshta ruft, Ab'rchaim öffnet, Gorgramoth zieht hinein. Tausend Tode, die mein sterblicher Leib starb. Tausend Verwandlungen. War Ich & Nicht-Ich. Sah die dröhnenden Abgründe. Abysmaroth ... Abyssabel ... Abyssandur ... oh, ihr dienstbaren Dämonen, tragt mich durch die Öffnung in Calijnaars schlangenumwundene Arme ... *n'chrzz h'ch'hnrachay, zzgllu raach h'mglui ph'tagn ...*‹

So ging es noch seitenweise weiter. Es dauerte seine Zeit, bis Cordovan diesem wirren und abstoßenden Text einen klaren Zusammenhang entnommen hatte, aber schließlich – als die Kerzenflammen nur noch schwach im zerrinnenden Wachs flackerten – gelang es ihm doch.

Wie es aussah (völlige Klarheit war aus dem Buch des verrückten Novadi natürlich nicht zu gewinnen), mußte das Ritual in der Nacht vor dem ersten Ingerimm durchgeführt werden, an bestimmten Stellen – wohl an den Kultplätzen der alten Echsenpriester – und unter Anrufung der Namen Neshta, Ab'rchaim und Gorgramoth, bei denen es sich vermutlich um niedrige Dämonen handelte, die so etwas wie Pförtnerdienste an den Dunklen Pforten versahen. Sobald sie ihr Werk getan hatten, erschien ein bedeutenderes Wesen, das der Novadi den Uob nannte, und zweifellos waren auch Akklo und Zagastaroth solche Dämonen der Schwelle, die in die Tiefen von Calijnaars Reich führte. Der gestaltlose Uob mit den Tausenden von Augen trug den Sphärenreisenden dann durch die dröhnenden Abgründe und über die Gipfel der Berge des Wahnsinns – poetische Umschreibungen für das unbeschreibliche Innere des Dämonenreiches.

Daß Hexen dieses Ritual aufbewahrt hatten, konnte nur einen Grund haben: Es mußte ein lustvolles Erlebnis sein, diese Reise in die Siebente Sphäre zu machen. Hexen widmeten ihre Aufmerksamkeit grundsätzlich nur solchen Dingen, die Lust bereiteten. Vielleicht kam die Höllenfahrt durch die kakophonischen Abgründe und über die ungeheuerlich aufragenden Schneegipfel der Berge des Wahnsinns der Dunklen Wonne gleich, die den Hexen den köstlichsten Lohn ihrer Anstrengungen bedeutete. Für dieses Erlebnis küßten sie dem Widder den haarigen Hintern, dafür ergaben sie sich seiner grausamen, übermenschlichen Wollust, so sehr sie ihn auch fürchteten.

Cordovan schüttelte den Kopf. Er begriff nicht, wie jemand seine unsterbliche Seele aufs Spiel setzen konnte, um ein paar Augenblicke flüchtiger, wahnwitziger Lust zu erleben. Nur – die Hexen wußten ja nicht einmal, daß sie eine Seele hatten; sie erlebten sich selbst als ein Strömen und Fließen ständig wechselnder Bedürfnisse und Wünsche, ein müßiges Kreuzen vor den Winden des Verlangens und der Lust. Sie kannten keine Götter, keine Gebote, keine hohen Ziele und edlen Motive. Sie waren, kurz gesagt, dumm wie Selemer Sauerbrot.

Der greise Aytan ben Tuleyman hockte im Bug eines Flachbootes und starrte auf die unheimliche Landschaft der Sümpfe hinaus, während drei seiner Söhne das Boot für die fremden Reisenden stakten. So weit das Auge reichte, sah er Schilf und Sumpfschachtelhalm. Nur selten unterbrach eine Insel den eintönigen Anblick – und die meisten dieser Inseln waren nicht, was sie zu sein vorgaben.

Der Boden in den Sümpfen war nur von scheinbarer Sicherheit. Trügerische Gräser und Flechten verbargen oft tückische Sumpflöcher. An anderen Stellen, wie in den Mangrovenwäldern mit ihren verflochtenen Luftwurzeln, konnte selbst ein Boot nicht anlegen. In diesen Regionen, in denen immer ein schummriges, dämmriges Licht herrschte, war es nur einem geübten Kletterer möglich, sich über die feuchten und glitschigen Wurzeln einen Weg zu bahnen, und oft schien es, als ob die kreischenden Affen in den Wipfeln sich darüber lustig machen wollten. Bei Flut saßen die Kronen der Bäume auf dem Wasserspiegel auf, bei Ebbe standen die Luftwurzeln entblößt da. Eine dumpfe Hitze herrschte, und Schwärme beißender, stechender und blutsaugender Insekten tanzten summend im Zwielicht.

Aytan warf unter dem überhängenden Kopftuch hervor einen vorsichtigen Seitenblick auf den Praiosgeweihten. Unter dem Schutz des Burnus machten seine Finger ein geheimes Schutz- und Abwehrzeichen. Aytan ben Tuleyman war ein Rastullahgläubiger von echtem Schrot und Korn und verabscheute die götzendienerischen Zwölfgöttergläubigen, die statt des einen rechten Herrn einen Haufen von untereinander zerstrittenen Göttern anbeteten – von Göttern, die nichts Besseres waren als aufsässige Elementargeister, die sich gegen ihren Herrn und Schöpfer empört hatten. Und welche Unordnung in diesem ketzerischen Glauben herrschte! Für alles und jedes hatten sie einen eigenen

Gott oder Heiligen, und ihre Geweihten nahmen viel Silber dafür, den Leuten in diesem Durcheinander den rechten Weg zu weisen.

Nein, Aytan war froh, daß er mit solchen Dingen nichts zu tun hatte. Nun gut, er hatte das Geld genommen und die Boote und Floßleute zur Verfügung gestellt, aber das hieß noch längst nicht, daß er den Praiosgeweihten billigte!

Es wunderte ihn nicht, daß diese Götzendiener sich mit dem verfluchten Volk der Akrr'tzr abgaben. Kein ehrbarer und ehrlicher Mensch hatte mit den Zwitterwesen zu tun, die tief in den Sümpfen lebten. Sie waren Ausgestoßene, weder Achaz noch Menschen erkannten sie als die Ihren an. Aytan war überzeugt, daß der Praiosgeweihte zu ihnen fuhr, um ihre Schwarze Magie zu erlernen, die altertümlichen und abscheulichen Rituale, mit denen sie den Mächten der Finsternis dienten.

Er schlug rasch den Blick nieder, als der Gefährte des Geweihten an ihn herantrat. Rastullah sollte ihn strafen! Aytan hatte niemals einen so schleimigen, tückischen Menschen gesehen wie diese graugekleidete Schlange, deren Augen im Schutz der Kapuze glitzerten. Rasch wiederholte er das Schutzzeichen.

»Wie lange fahren wir noch?« fragte der Mann.

»Eine halbe Stunde etwa«, gab Aytan zurück. »Die Akrr'tzr wohnen tief im Sumpfzypressenwald auf einer der wenigen trockenen Inseln. Wir werden noch vor Einbruch der Nacht bei ihnen sein.«

Sie hatten ihr Ziel beinahe erreicht, als ein schriller Pfiff die schwüle Luft durchschnitt. Und noch während sie nach allen Seiten um sich sahen, tauchten Gestalten zwischen den Mangroven auf: Krummrückige Wesen mit Froschgesichtern waren es, die sich von allen Seiten an das Boot heranschlichen. Nie hatte Kunrad von Marmelund etwas dergleichen gesehen: Kahl und bucklig, kinnlos und bleich wie saure Milch, mit lattichblattförmigen Ohren und Nasen, die nur aus zwei aufgewölbten Nasenlöchern bestanden, hatten sie weitaus mehr Ähnlichkeit mit stumpfschnäuzigem Meeresgetier als mit Menschen. Ihre Haut war stellenweise grün gezeichnet wie Schlangenhaut.

Mit ihren flossenähnlichen platten Füßen liefen sie über den Sumpf, als wäre es fester Grund. Sie trugen großteils primitive Waffen, Messer, Holzknüttel und Stangen, einige hatten sich aber auch mit rostigen Piratensäbeln und schartigen Piken bewaffnet. In wilder Eile hangelten sie sich an den Mangrovenwurzeln ins Wasser, um die beiden Boote schwimmend anzugreifen, wobei sie ihre Messer zwischen den Zähnen festhielten.

»Rücken an Rücken, Männer!« rief der Hauptmann der Soldaten, als er sie sah. Er zog die Bogensehne an die Wange, und im nächsten Augenblick rollte schon einer der Fischmenschen zuckend über den sumpfigen Grund. Die anderen stießen ein grelles Geschrei aus, das wie Ziegenmeckern klang, und rückten näher.

Kunrad war erst heftig erschrocken, als er sich der Übermacht gegenübersah – es mochten gut fünfzig Sumpfwesen sein. Dann hörte er die Stimme des Soldaten und faßte sich. Neben ihm schoß ein zweiter seiner Begleiter einen Pfeil ab, der ein säbelschwingendes großes Sumpfwesen – einen der Anführer – ins Herz traf. Es brach mit einem gellenden Schrei zusammen und verschwand kopfüber zwischen den Luftwurzeln der Mangroven.

Die anderen zischten und knurrten vor Wut und sprangen ins Wasser. Kunrad sah, daß sie schwammen wie Alligatoren, Augen und Nasenlöcher knapp über der Wasserfläche. Schon hatte einer von ihnen den Bug des Bootes gepackt und zog sich daran hoch. Im nächsten Augenblick folgten ihm zwei andere.

Aytan ben Tuleyman sprang vor, als eins der Fischgesichter auf ihn zukam, packte den Unhold an seinem mißgestalteten Ohr und schnitt ihm mit dem Stoßgebet: »Bei Rastullahs feurigem Atem!« mit seinem Messer die Kehle durch.

Eines der Wesen trug eine rostige Pike, sprang über die Ruderbank und traf Zachaban an der Brust. Er taumelte, fing sich aber rasch wieder. Mit einem flinken Griff entriß er dem Wesen die Stange und griff nun seinerseits an. Das Ungeheuer stieß einen blökenden Laut aus und floh platschend und prustend zurück ins Wasser.

Dann tat Kunrad das Seine: Er richtete sich hoch auf, hob die rechte Hand zur Schulter, so daß der Ärmel zurückglitt, und hob das Sonnenzepter. Seine Lippen murmelten ein Stoßgebet. Mit der Kraft eines Kriegers schwang er das Sonnenzepter wie einen Streitkolben und schmetterte die strahlenförmigen Stahlblätter über den Schädel eines der Ungeheuer. Die anderen paddelten in Panik zurück zum Ufer. Ihr Ziegengemecker schallte weithin über den Sumpf, als sie in wilder Hast flohen. Gleich darauf waren sie hinter Bäumen und Lianen verschwunden.

»Waren das die Akrr'tzr?« fragte der Praiosgeweihte, nachdem sich die Schiffsmannschaft wieder gefaßt hatte. »Ist das die Art, wie sie uns begrüßen?«

Aytan schüttelte den Kopf. »Das waren keine Akrr'tzr, Euer Eminenz. Wir nennen diese Geschöpfe die Sumpfleute. Es ist eine üble Rotte, die plündernd und mordend durch die Sümpfe zieht. Sie haben wohl nicht damit gerechnet, daß Ihr über so große Kraft verfügt.«

Da tauchte plötzlich etwas Neues auf: Ein riesiger Wurm, wie es schien, totenbleich und mit Tentakeln bestückt, schlang sich um eine der Mangrovenwurzeln und peitschte mit dem losen Ende gierig nach allen Seiten. Im nächsten Augenblick geschah das Unglaubliche. Die schillernde grüne Flut geriet in Bewegung, bildete einen Strudel, um sich dann unvermutet zu teilen. Eine schleimtriefende, von runzliger, scheckiger Haut überzogene Kuppel stieg aus dem Wasser auf. Ein Kopf war es, obwohl das Ding kein Gesicht hatte; seine halbkugeligen Glotzaugen waren an den verschiedensten Stellen der Kopfes verteilt und pulsierten sichtbar. An der Vorderseite, wo das Gesicht hätte sein sollen, hing ein dickes Büschel armlanger Tentakel herab, die alle in klickenden, schnappenden Scheren endeten.

Was weiter sichtbar wurde, schien völlig ohne Gestalt zu sein. Wie ein mißfarbener Haufen erhob es sich, so groß wie ein Ochse, aus der schmierigen Flut –, eine knochenlose Masse, die in rhythmischer Bewegung anschwoll und wieder nachließ. Immer wieder tauchten die bleichen Fangarme, wohl an die drei Schritt lang, aus dem Sumpfgewässer auf und tasteten hierhin und dorthin.

Der Glanz des Sonnenzepters freilich gefiel ihm nicht, denn mit einer gewaltigen Bewegung seiner Fangarme gab es sich einen Stoß rückwärts und schwamm in den dunklen Flußarm zurück, in dem es langsam versank.

»Was war das?« rief Zachaban. Er hatte die Hand aufs Herz gepreßt und stierte fassungslos dem monströsen Ding nach. »Höre, Alter – was war das?«

Aytan zuckte die Achseln. Es ärgerte ihn, daß er so respektlos mit ›Alter‹ angeredet wurde. »In den Sümpfen gibt es viele seltsame Wesen«, murmelte er nur.

»Wie nennt man diese niederhöllische Brut?«

»Ich weiß es nicht.«

»Ist es das einzige, oder gibt es mehrere?«

»Ich weiß es nicht.«

Zachaban wandte sich mit einem verdrießlichen Schnauben ab.

Aytan war froh, als der Mann ihn wieder in Ruhe ließ. Im stillen dankte er dem Herrn des Goldenen Zeltes, der Chag davor bewahrt hatte, von solchem Geschmeiß wie dem Graugekleideten beherrscht zu werden.

Dann verzerrte ein boshaftes Lächeln seinen zahnlosen Mund. Der Praiosgeweihte fuhr in die Sümpfe, aber es war nicht zu erwarten, daß er jemals wieder zurückkehrte! Pflanzen und Tiere waren hier gleichermaßen gefährlich und nicht selten tödlich für einen unbedachten Wanderer. Sumpfechsen, Schlinger, Alligatoren und andere Reptilien verwandelten die Sümpfe in tückische Fallgruben. Auch winzige Blutsauger, Bremsen, Moskitos, unter denen die gefürchteten Borbarbad-Moskitos noch nicht einmal die gefährlichsten waren, machten einem das Leben schwer. Schlangen, Sumpfratten, Egel, Spinnen und andere Kleintiere sonderten nicht nur Gift ab, sondern verbreiteten auch so ekelhafte Krankheiten wie den Blutigen Rotz oder das gefürchtete Sumpffieber, den Brabaker Schweiß.

Und was die Akrr'tzr anging – die waren Mörder – und wie man behauptete, auch Menschenfresser. Sie opferten greulichen Götzen in Gestalt von Kaimanen und Kraken und noch schlimmeren Kreaturen, die nachts auf dem Wind geritten kamen und aus den äußeren Sphären hereinstürmten.

Rastullah beschütze mich! dachte der Alte. Er konnte es kaum erwarten, wieder in sein sauberes, sicheres Dorf zurückzukehren, wo man den rechten Gott ehrte und die Götzen verabscheute.

Es dauerte danach nicht mehr lange, bis das Boot an einer Insel anlegte. Aytans Söhne sprangen heraus und zogen es halb auf den von Sumpfpflanzen überwucherten Strand. Sie waren kaum fertig damit, als die ersten Akrr'tzr in einiger Entfernung auftauchten – neugierig, aber argwöhnisch. Ihre krummbeinigen, dunklen, buckligen Gestalten duckten sich in den Schatten der Bäume. Augen glommen im Zwielicht, vorquellend wie Krötenaugen und von einem kalten, schwefligen Feuer erfüllt. Einige von ihnen hatten eine merkwürdige Ähnlichkeit mit den seltenen Krakoniern, gedrungenen, breitschultrigen Echsenwesen mit halslosen Köpfen. Niemand wußte, wie der Same dieser alten Rasse überlebt hatte.

Aytan kletterte aus dem Boot und winkte dem Händler Mariwan, der als Übersetzer mitgekommen war. Mariwan war ein Mittelreicher, ein großer, fülliger Mann mit ursprünglich blondem Haar, dessen zottige Locken er mit Pflanzenpulver brandrot gefärbt hatte. Er trug rote und blaue Kleider und an den Handgelenken und um den Hals eine Unmenge Kettchen aus Gold, Kupferkugeln und roten Beeren.

Er handelte mit jedem, der in den Sümpfen lebte, sogar mit den Akrr'tzr, deren Sprache er verstand – ein wüstes Gemisch aus Tulamidya, Garethi und eingestreuten echsischen Brocken. Er kaufte und verkaufte Schlangenhäute, Orchideen, Gifte und Tinkturen, Alligator-Leder und seltene, kostbare Hölzer. Die Echsensümpfe brachten viel Gefährliches hervor, jedoch auch viel Schönes: Magnolien, Sumpflilien und Orchideen, die wie Juwelen im sonst so eintönigen Grün leuchteten, buntschillernde Insekten, allen voran die bis zu spannenlangen Libellen, und farbenprächtige Vögelchen. Getrocknete Blüten, aufgespießte Käfer und ausgestopfte Vögelchen waren in Selem gefragte Artikel.

Aytan war überzeugt, daß der Händler mit einem halben Dutzend Dämonen im Bunde stand, die ihn vor Sumpffieber und Giftpfeilen beschützten, aber was sollte er machen? Ein abgeschiedenes Dörfchen wie Chag brauchte einen Mariwan, um an der großen Welt teilzuhaben. Schließlich verkaufte der Händler nicht nur alles Lebensnotwendige, er brachte auch Geschichten und Neuigkeiten mit, die für die Chager fast noch wichtiger waren als Arzneien und Lebensmittel.

»Bist du bereit?« fragte Aytan auf Tulamidya.

Der Händler nickte und erwiderte in derselben Sprache: »Sag den Reisenden, sie sollen hier warten. Und daß mir keiner von diesen Soldaten seine Waffe hebt! Ich werde zu den Leuten gehen und mit ihnen reden, damit sie uns wohlwollend empfangen.«

Und er schritt furchtlos auf die schattenhaften Gestalten zu, die halb zwischen Bäumen und Buschwerk versteckt lauerten.

Ein Sichelmond stand am Himmel, als die Hexengeschwister – trotz Ofrims Protesten – am Vorabend des ersten Ingerimm zum alten Echsenturm auf dem Dairig Bhru-Paß hinaufritten. Im schwachen Schein des Madamals und dem Licht der Sterne erkannten sie den uralten Weg, der sich vor ihnen erstreckte. Mächtige Könige der alten Echsenwesen hatten einst ihre Straßen und Festungen in diesen Hügeln gebaut, vor langer Zeit, als Dere noch jung gewesen war, noch bevor die Güldenländer übers Meer gekommen waren. Zwischen dem Yalaiad und der Küste hatte sich damals eine gewaltige Stadt erstreckt, die so vollkommen ausgelöscht wurde, daß nicht einmal mehr ihr Name überliefert war. Längst waren vom Imperium der Echsen nur noch Ruinen geblieben, die kaum ein menschliches Auge erblickte. Die Bauern stiegen nicht auf die Hügel. Sie fürchteten sich vor den Geistern in den einsamen Schluchten und vor den heulenden Windkobolden, Schabbogg genannt, die auf den Pässen ihr Unwesen trieben. Kein Fremder wagte sich in die steinige Einöde. Nur die Hexen kamen zuweilen hierher, und auch sie kamen nicht gern.

Der Schwarze Baron biß sich auf die Lippen. Er fröstelte trotz seines wollenen Umhangs. Die Nacht in den windumtosten Hügeln war kalt, der Wind pfiff eisig vom Dairig Bhru-Paß herab. Hier im Reich der alten Echsenkönige hatten Dinge überlebt, von denen selbst die Töchter und Söhne Satuarias nichts mehr wußten. Manchmal erzählten sich die Bewohner des Yalaiad nachts am Feuer von unheimlichen Erscheinungen in den Schluchten, aber sie taten es nur, wenn sie hinter verschlossenen Türen in ihren Hütten unten im Tal saßen.

Die beiden bogen eben um eine Felsnase, als ihre Pferde plötzlich scheuten. Die Vorderhufe in der Luft, wieherten sie angstvoll und versuchten zurückzuweichen. Im nächsten Augenblick sah Ofrim auch schon, was die Tiere erschreckt hatte: Auf der Felsnase oben hob sich deutlich die zum Sprung geduckte Silhouette eines Berglöwen ab!

Als die Bestie ein rauhes Knurren ausstieß, verließ Ofrims Pferd der Mut, es warf seinen Reiter ab und galoppierte mit rollenden Augen und geblähten Nüstern davon. Der Baron fand sich mit schmerzenden Gliedern auf der kahlen, mondbeschienenen Erde wieder – und sah über sich den Berglöwen, der zähnefletschend auf ihn herabsprang.

Morla reagierte blitzschnell. Sie spornte ihr Pferd, so daß es vorsprang, dem Untier in den Weg. Überrascht wich der Berglöwe aus und verfehlte sein Ziel. Seine Pranke fuhr haarscharf an Ofrims Gesicht vorbei, riß ihm den Ärmel auf und hinterließ nur eine blutige Spur auf dem Unterarm. Freilich hielt ihn das nicht lange ab; Ofrim hatte kaum Zeit gehabt, sich aufzuraffen, als das Tier mit rotglühenden Augen und aufgerissenem Rachen von neuem zum Sprung ansetzte.

Benommen und verwirrt von dem heftigen Sturz, wußte Ofrim im Augenblick nicht, was er tun sollte. Da rief Morla ihm mit durchdringender Stimme zu: »Bruder! Radau!« Und gleichzeitig warf sie ihm mit geschicktem Schwung den Stab zu, den sie als Schutz und Stütze bei sich getragen hatte. Rasch streckte Ofrim die Hand aus und fing den kunstvoll geschnitzten Stab aus rotem Zedernholz auf. Der Löwe sprang mit einem so gewaltigen Satz auf ihn zu, daß es aussah, als flöge er wie ein Greif. Sein dumpfes Brüllen zerriß die Nachtluft.

Der Hexer wirbelte den Stab um die rechte Hand, warf ihn dem Tier entgegen und rief laut: »Radau!«

Der Zauber wirkte.

Wie von unsichtbaren Händen geführt, fuhr der Stab auf den Löwen los und erwischte ihn noch mitten im Sprung mit einem gewaltigen Hieb auf die Schnauze, so daß er sich vor Schreck und Schmerz überschlug und mit allen vier Pranken in der Luft herumruderte. Es blieb nicht bei diesem ersten Schlag. Schnell wie der Blitz und mit der Kraft von fünf Männern prügelte der Stecken auf die verdatterte Bestie los. Jaulend und kreischend rollte der graue Löwe von einer Seite zur anderen, schnappte und fauchte nach dem zauberischen Feind, bis er begriff, daß er hier den kürzeren zog. Mit einem wilden Satz begab er sich außer Reichweite des Hexenholzes und verschwand in hinkenden Sprüngen zwischen den Felsen.

Der Hexer stand da und lachte, daß ihm die Seiten weh taten, und das war ein Fehler. Er hätte besser daran getan, seine Kraft auf die Beherrschung des tobenden Steckens zu konzentrieren. Um die eigene Achse wirbelnd, fuhr das Hexenholz auf ihn zu, und ehe er sich's versah, hatte es ihm einen saftigen Hieb quer über den Hintern versetzt. Er wehrte mit erhobenen Armen ab, aber da hatte es ihn schon an den Beinen erwischt, und gleich darauf fuhr es ihm ins Kreuz, so daß ihm ein paar Lidschläge lang der Atem stockte.

Es war sein Glück, daß er diesen Zauber nicht zum ersten Mal ausführte (er schätzte ihn sehr als probates Mittel, aufsässige Bauern zu züchtigen). Ohne auf die Hiebe zu achten, die er einstecken mußte, konzentrierte er sich, und bald gelang es ihm, den rasenden Stab zu bezwingen – allerdings nicht bevor er eine herzhafte Tracht Prügel abbekommen hatte.

Morla bog sich vor Lachen und wies ihm eine lange Nase, als er mit schmerzverkniffenem Gesicht zu seinem Pferd hinüberhinkte, das sich inzwischen beruhigt hatte und zurückgekehrt war.

»Armer Bruder! Was hast du angestellt, daß du Stockprügel bekommen mußt?« neckte sie ihn, streckte die Hand nach ihm aus, und als er sich im Sattel zu ihr hinüberbeugte, küßte sie ihn zärtlich auf die Nasenspitze.

»Lach nur!« maulte er. »Du weißt genau, wie verflucht schwer es ist, das Holz wieder in die Schranken zu weisen. Und sei ehrlich, es hat dich auch schon einmal erwischt.«

»Ich werde dich überall küssen, wo er dich geschlagen hat«, flüsterte sie. Einen Augenblick lang versanken ihre Blicke ineinander, so tief und innig, wie es nur Elfenaugen zustande bringen. Ihre Seelen umarmten einander.

Morla hörte zu lachen auf und küßte ihn noch einmal, zärtlich und leidenschaftlich diesmal. Ihre Handfläche fuhr kosend über seine bärtige Wange. »Komm!« rief sie dann mit entschiedener Stimme. »Wir haben heute noch ernsthafte Dinge zu tun.«

Endlich erreichten sie die Paßhöhe. Kahl und steinig erstreckte sich im kalten Madalicht die Senke des Dairig Bhru vor ihnen. Zur Linken erhob sich der Echsenturm, einst ein prunkvolles Bauwerk voller Ritter und Priester der alten Echsenwesen, die den Paß bewacht hatten, jetzt eine finstere Ruine.

Vor dem Turm stiegen sie von den Pferden und näherten sich dem Bauwerk. Der Schwarze Baron fühlte, wie es ihn kalt überrann, als ströme ein eisiger Luftzug aus dem türlosen hohen Eingangstor. Er griff nach Morlas Hand und hielt sie fest. Seine Träume in den letzten Tagen waren unheimlich und verworren gewesen und hatten alle mit diesem Bauwerk zu tun gehabt. Immer wieder hatte er geträumt, daß er sich an den Steinen zu schaffen machte, daß er an ihnen drückte und rückte und daß dann etwas Unaussprechliches geschah. Morla dagegen war der Meinung, er sei nur verstört, weil der Inquisitor ihm so hart zugesetzt hatte, und würde sich mit der Zeit wieder beruhigen … und Ofrim Mawr Bian war es gewohnt, sich dem Willen seiner Schwester zu beugen.

Ihre Schritte hallten in dem zwielichterfüllten Raum, der einst die Kammer des Torwächters gewesen war. Wo das Mondlicht durch ein fächerförmiges Fensterloch fiel, sah man die verstohlenen Eingänge des Labyrinths – staubige, von trockenen Gespinsten überzogene Schliefgänge, manchmal einzeln, manchmal zu mehreren nebeneinander, als hätten monströse Maden ihre Gänge in den Stein gebohrt. Tunnel und Treppen führten dort in die Tiefe zu Räumen, die seit Jahrhunderten kein Fuß mehr betreten hatte. Trockene Moose hingen aus Öffnungen in der Mauer, die mit kunstvoll geformten Mäulern und Fratzen verziert waren. In die Pfosten und den Sturz, die die Türöffnung zierten, waren groteske Leviathanim eingemeißelt, die gleichsam Wache hielten über dem Eingang. Ein kalter Lufthauch, den es gar nicht hätte geben dürfen, wehte geisterhaft aus den Tunneln.

Die Geschwister tasteten sich durch den Raum bis zu einer Treppe aus grünen Ziegeln, die schmal und steil durch ein Oberlicht auf die erste Plattform hinausführte. Mühsam und vorsichtig kletterten sie die vom Alter bröckelnden Stufen hinauf.

Der Baron spürte, wie sich etwas ihm entgegenstemmte, seinen Schritten Widerstand leistete. Vor langer Zeit waren Echsenpriester hier heraufgestiegen, um dem Großen Schlinger Krr'Thon'Chh zu opfern, damit er ihr Reich beschütze, und halbvergessene Sagen erzählten, daß sie noch unsäglicheren Göttern geopfert hatten als den H'Rangarim, Göttern, die man die Uralten Wesen nannte, und Kreaturen wie dem entsetzlichen Uob, die aus dem brodelnden Chaos um Calijnaars Thron auf Dere herabgestiegen waren.

Der Baron atmete auf, als er am Ende der Treppe wieder ins Freie trat und das Madamal und die Sterne über sich sah. Morla folgte ihm. Sie standen auf der ersten quadratischen Plattform, über der sich sechs weitere zu einem abgestuften Turm erhoben. Der Boden und die schrägen Mauern waren mit bröckelnden Flachreliefs bedeckt, die Kraken und Molche, Echsen und Tausendfüßler zeigten. So kraftvoll und lebendig waren diese Werke längst zu Staub zerfallener Bildhauer, daß es Ofrim schien, als glotzten ihn die vorquellenden Augen der Kreaturen an, als hätte sich da und dort ein Tentakel bewegt. Auf seine Seele legte sich etwas wie die würgende Umschlingung eines Nachtmahrs. Zu deutlich war die Erinnerung an das Ritual, das der fluchwürdige Levthansgeweihte Bunsegur an diesem Ort für sie vollzogen hatte. Damals hatte eine gnädige Ohnmacht seine Sinne umfangen, als das Unaussprechliche auftauchte – mit einem einzigen mächtigen Flügelschlag aus den Dimensionen hervorfuhr, in die der Götter Fluch es verbannt hatte.

Er war darauf gefaßt gewesen – wenn auch klopfenden Herzens –, daß Bunsegurs Beschwörung ihnen die grausamen alten Götter der Echsen vor Augen führen würde: Krr'Thon'Chh, den gefräßigen Schlinger, die Seeschlange Charyb'Yzz, Chr'Ssr'Ssr, die monströse Flugechse ... und so war es geschehen, aber er hatte den Anblick der H'Rangarim ertragen. Dann jedoch war etwas aus dem dunklen Himmel gekommen, das noch älter sein mußte, vielleicht eines der Uralten Wesen, ein Kind der Großen Vielleibigen Bestie.

Die anderen hatten eine Gestalt besessen, bei deren Anblick allerdings das Blut stockte und die Zähne wie im Fieberfrost zusammenschlugen. Dieses Geschöpf, das da in einer Wolke aus bleichem, brodelndem Dampf erschien, hatte keine Gestalt.

Stundenlang war es nach diesem Anblick fraglich gewesen, ob Ofrim jemals ans Licht der Vernunft zurückkehren oder ob sein Verstand durch die Schrecken des Abgrunds verdunkelt bleiben würde. Ein Dämon des Entsetzens war in seine Seele gefahren und hatte ihn in Umnachtung gestürzt.

Eine grausige Besessenheit war es gewesen, die ihn gefangen hielt: Jene, die davon befallen waren, versanken in Schwermut, gaben sich abseitigen Gelüsten und jäh aufflammendem Zorn hin. Sie irrten wie von Sinnen herum, solange man sie frei laufen ließ, achteten nicht auf die Bedürfnisse ihres Leibes, sondern tranken schmutziges Wasser, aßen Kot und besudelten sich selbst. Man mußte sie in Ketten legen, um sie selbst und andere zu schützen, denn unbewacht endeten sie oft auf blutige Weise durch eigene Hand.

Wieder zog es wie ein dunkler Vogelschwarm durch seinen Kopf. Der Erhabene ... das Grauen an der Grenze ... es kommt aus den eisigen Sphären herab ... sprich Neshta, sprich Ab'rchaim, sprich Gorgramoth ... *n'chrzz h'ch'hnrachay, zzgllu raach h'mglui ph'tagn ...*

Nur Morlas Weisheit und Zauberkraft hatten ihn damals davor bewahrt, für immer in heulendem Irrsinn gefangen zu bleiben, nachdem er das Etwas gesehen hatte: diese ungeheure, völlig gestaltlose Masse, diese

Anhäufung Tausender vergänglicher Augen, die sich rot und schillernd im stinkenden Dampf öffneten. Flüchtig wie Nebel dünkte ihn das Gebilde und zugleich von einer geballten Kraft, daß es den Echsenturm unter sich hätte zermalmen können.

Wie seine feurig zuckenden Augenschwärme war auch seine Gestalt völlig unbeständig gewesen. Brodelnd wie kochender Schlamm, war es Ofrim anfangs wie eine Säule erschienen, gleich darauf wie ein zerklüfteter Hügel. Einen Augenblick hatte seine bizarre Form ihn an einen nachtdunklen Wald erinnert, dessen Blätter, riesenhaft und urtümlich wie die Gewächse des Regengebirges, im Nachtwind fächelten, dann war es wieder zur schleimigen Pfütze zerflossen.

Das abstoßendste daran war jedoch, daß das unablässig seine Gestalt wechselnde Monstrum in jeder seiner Formen etwas grotesk Sinnliches an sich hatte, seien es die lüstern schwellenden, von einem öligen Saft triefenden Organvorsprünge, seien es die glitschigen Höhlen, die sich zu allesverschlingenden Saugmäulern öffneten. Eine formlose Masse urstofflicher Blasen, äffte es nicht nur den Schoß menschlicher Wesen nach, sondern auch den von Tieren, wobei es sich unaufhörlich selbst begattete, neue Massen gebar, die wiederum brodelnd zerschmolzen. *Uob* hatte Ofrim es in seinem Wahnsinn genannt, dieses Ding an der kalten Grenze – den Wächter des augenlosen, hirnlosen Strudels chaotischer Lust, der im Zentrum des Mahlstroms der dröhnenden Abgründe tobte und Calijnaars dunklen Thron in rasenden Wirbeln umströmte.

Unbehaglich berührt wandte er sich von den gemeißelten Fratzen ab und beeilte sich, auf die nächste Plattform zu gelangen, die Morla bereits erklettert hatte.

Die Stufen führten nun im Freien den Turm hinauf.

Der Wind sang um die alten Steine, und die Schritte der beiden Hexen hallten laut in der schweigenden Nacht des Gebirges.

Die Insel der Akrr'tzr lag düster in den schwarzgrünen Sumpfgewässern. Wie Säulen ragten schwärzliche Zypressen über den Resten verfallener Gebäude auf. Fettes, ungesund grünes Buschwerk wucherte um diese Ruinen, in denen das Zwittervolk hauste, und fingerlange samtige Insekten schwirrten in der stickigen Luft herum.

Zwischen den Ruinen waren kunstlose hölzerne Stege gebaut, die sich bisweilen zu Plattformen erweiterten und mit Schutzdächern gegen die Sonne und die heftigen Regengüsse versehen waren. Der Händler Mariwan saß breithüftig, mit untergeschlagenen Beinen inmitten der Ältesten der Akrr'tzr unter einem solchen Schutzdach und versuchte ihnen klarzumachen, was der fremde Besucher von ihnen wollte.

Er hatte Kunrad dringend angeraten, den Leuten Geschenke mitzubringen, aber davon hatte der Geweihte nichts wissen wollen – ja, er hatte gedroht, jeden auspeitschen und hängen zu lassen, der ihm keine Auskünfte gab. Mariwan hatte ihm geantwortet, wenn er das ernst meine, solle er schon einmal anfangen, ein Grab zu schaufeln, denn dann würde keiner von ihnen die Sumpfinsel lebendig verlassen.

Nun hockten die beiden Parteien sich in mürrischem Schweigen gegenüber, während Mariwan mit samtener Zunge redete. Die Akrr'tzr warteten auf die Geschenke, auf die sie ihrer Meinung nach ein Anrecht hatten, während der Praiosgeweihte auf die Auskünfte wartete, auf die er – seiner Meinung nach – ein ebenso großes Anrecht hatte. Es sprach für Mariwans Geschick, daß es ihm nach längerem Palaver gelang, die Echsen-menschen von den guten Absichten des fremden Prie-sters zu überzeugen. Was er ihnen erzählte, war freilich nicht ganz dasselbe, was Kunrad ihm zu übersetzen aufgetragen hatte.

Er erzählte ihnen kurzerhand, der Fremde sei ge-kommen, um ihre erhabene Religion kennenzulernen – und dieses Begehren wurde nicht unfreundlich aufge-nommen. Allerdings wollten die Zwitterwesen dafür die goldenen Sphärenkugeln und das Sonnenzepter haben.

Mariwan handelte seit Jahren mit den Akrr'tzr, aber er staunte bei jedem neuen Besuch über ihre Häß-lichkeit, als hätte er sie noch nie gesehen. Die Alten des Stammes, die ihm in grün und gelb gefleckte Al-ligatorhäute gehüllt gegenübersaßen, waren halb Mensch, halb Echse. Ein starker Fischgeruch strömte von ihnen aus. Ihre Haut war am ganzen Körper hart, lederähnlich und von spinnenförmigen Mu-stern überzogen. Die Augen waren teils winzig und geschlitzt, teils groß und froschartig vorquellend; der Mund war bei allen breit und so schlaff, daß die wulstige Unterlippe herabhing. Alle hatten Horn-ansätze auf den schütter behaarten Schädeln. Zwi-schen den Fingern und Zehen glitzerten Schwimm-häute. Am Ende jedes Fingers saß ein horniger langer Nagel.

Immer wieder brachte die echsische Natur Verände-rungen hervor. Ganze Stämme wandelten über Gene-rationen ihr Aussehen und entfernten sich von den Wurzeln des alten Volkes. Auch einzelne Wesen, die sich vom restlichen Volk bisweilen stark unterschie-den, entstanden durch das Wirken Zzsahs oder H'sints. Die Akrr'tzr verehrten ein solches Wesen, das sie kurz ›der Heilige‹ nannten: einen außergewöhnlich häßlichen Mischling, der wohl durch seine erstaunliche Größe – er maß runde zweieinhalb Schritt – zu halbgöttlichen Ehren aufgestiegen war.

Mariwan wandte sich an den Praiosgeweihten, der ungeduldig die Hände knetete. »Euer Eminenz, sie sind bereit, Euch mit ihren Priestern sprechen zu lassen, vielleicht sogar mit dem Heiligen selbst. Sie wollen freilich die Sphärenkugeln und das Zepter dafür.«

Kunrad schüttelte augenblicklich entschieden den Kopf. »Niemals.«

Die Verhandlungen begannen von neuem, während die kurze tropische Dämmerung über den Sumpf sank. Sterne tauchten am Himmel auf, groß und verschwommen wie Kerzenflammen. Kunrad beharrte eisern auf seinem Standpunkt, die Akrr'tzr ebenfalls. Erst kurz vor Sonnenuntergang gelang es Mariwan – der inzwischen heiser vom Übersetzen war –, eine Einigung zu erzielen.

Die Echsenmenschen gaben sich damit zufrieden, daß ihnen am Ende des Besuchs Gold geschenkt würde, und Kunrad hatte es durchgesetzt, daß er mit dem Heiligen selbst sprechen durfte. Allerdings erst am nächsten Tag.

Bis dahin führte man die Gäste in eines der Gebäude unter den bitter riechenden Sumpfzypressen und bewirtete sie mit Fischen, Früchten und einem erstaunlich angenehm schmeckenden Trank. Kunrad aß wenig; er brannte darauf, mit dem Heiligen zu sprechen, und konnte an nichts anderes denken.

Er gab auch nichts auf den eigentümlichen Sonnenuntergang über dem Sumpf: Der Himmel war braun und rotorange verfärbt, mit Bahnen von eisigem Türkis und glühendem Gold darin. Die Sonne wirkte ungewöhnlich groß und rot, als sie in dieses abwegige Farbenspiel tauchte. Kunrad von Marmelund hielt nichts von Vorzeichen.

Aytan ben Tuleyman freilich ahnte, daß eine solche

Sonne ein böses Omen war, und an diesem Abend betete der Greis mit verdoppelter Inbrunst. Er wußte nicht, daß es sein letztes Abendgebet sein würde.

Die Hexengeschwister hatten die höchste Plattform erklommen und legten nun auf dem einstmals vergoldeten Boden alles zurecht, was sie für das Ritual brauchten: das Buch mit Amárandels Anweisungen, Kerzen, Kräuterbüschel, eine Opferschale auf drei Füßchen, einen Beutel, der frischgebackene Kuchen und zwei Blumensträuße enthielt. Das Madamal leuchtete hell auf die Plattform, und der Wind strich kalt von den Hügelkuppen zu beiden Seiten herunter.

Der Baron fröstelte, halb vor Kälte und halb vor Angst. Bislang war ihm das Ritual nur widerwärtig gewesen, jetzt versetzte es ihn in Furcht. Er mußte immerzu daran denken, was wohl auf dem abgeschnittenen Teil der Seite geschrieben stand. Und er hatte das Gefühl, daß sie diesmal nicht allein auf der obersten Plattform waren.

Morla bemerkte es auch. Sie sprach zwar kein Wort, aber sie vollzog die Vorbereitungen des Rituals hastiger als sonst, und Ofrim fiel auf, daß sie immer wieder zum Mond hinauf- oder in die schattenverhangene Tiefe hinunterblickte, als fühle auch sie sich beobachtet.

Sie füllten die Opferschale mit Kuchen und Blumen, dann knieten sie jeder auf einer Seite der Schale nieder und entzündeten die Kerzen. Morla legte das Buch vor sich hin und las im flackernden Kerzenschein die ›Begrüßung‹. Ihre helle, kalte Stimme hallte weithin in der frostigen Gebirgsluft. Und hörte ihnen nicht jemand zu?

»Sprich Neshta, sprich Ab'rchaim, sprich Gorgramoth.
Neshta ruft, Ab'rchaim öffnet, Gorgramoth zieht hinein.

Ai-yä! Die Göttin, die tausend Junge gebiert –
jedes von andrer Gestalt!
Lobet die Herrin der dröhnenden Abgründe!
Abysmaroth! Abyssabel! Abyssandur!«

Der Schwarze Baron zuckte. Er hatte sich eingebildet,
deutlich zu spüren, wie eine Hand seine Schulter berührte. Er fuhr so heftig herum, daß er beinahe die
Kerze ausgelöscht hätte. Niemand war da.

Morla sah beunruhigt auf, legte den Zeigefinger auf
die Lippen und starrte wieder in die Schale. Mit me-
chanischen Bewegungen schwenkte sie die Kräuterbüschel, die über der Flamme einen zugleich scharfen und
aromatischen Geruch verströmten.

Dasselbe wie immer geschah: Aus dem nächtlichen
Himmel sank eine Rauchsäule nieder, die wirbelnd
über der Opferschale schwebte ... und augenblicklich
verloren die Blumen Farbe und Duft, die Kuchen trock-
neten und bröckelten. Einige Lidschläge später war nur
noch ein wenig mißfarbener Schleim zu sehen, wo die
Blumen gelegen hatten, und ein wenig Staub anstelle
der Kuchen. Der Wind trug eine neue Note an ihr Ohr,
ein hohes und nicht unmelodisches Summen ... ein
Pfeifen ... ein Klicken und Scharren wie von mächtigen,
klauenbewehrten Scheren ...

Die Rauchsäule breitete sich aus wie ein Flügelpaar
und hüllte sie beide ein. Ofrim fühlte, wie ihn Benom-
menheit überfiel. Er griff rasch nach Morlas Hand und
ließ sich mit ihr zusammen hintenübersinken, in den
Rausch hinein, der sie immer überkam, wenn sie das
Ritual zelebrierten. Wie ferne Gongs dröhnte es in seinen Ohren. Er meinte sich liegend von der Plattform zu
erheben und zu schweben, während die Sterne um ihn
herumtanzten. Es war ein ähnliches Gefühl, wie er es
beim Flug empfand, nur noch ungleich lustvoller – und
zugleich bedrohlich.

Diesmal dauerte es lange, bis er die innere Sammlung aufbrachte, sich in den Rausch sinken zu lassen, und entsprechend kurz war das Erlebnis. Als die Rauchsäule sich um sie beide herum auflöste, war er kaum ein paar Minuten in dem träumerischen Zustand gewesen. Und auch das Wohlgefühl, das er früher – trotz seines gelegentlichen Mißbehagens – empfunden hatte, wollte sich nicht einstellen; er blieb angespannt und ängstlich und wartete ungeduldig darauf, daß Morla die Augen aufschlug.

Er hatte das eigentümliche Gefühl, als sei eine gewaltige dunkle Höhlung hinter ihm zurückgeblieben, aus der noch etwas hervorkroch, etwas wie ein riesiger, vielzangiger Skorpion … aber da zerfloß die Gestalt auch schon wieder …

Ofrim biß die Zähne zusammen, und nur die Angst, vor Morla als Feigling dazustehen, hielt ihn davor zurück, aufzuspringen und Hals über Kopf die schwindelerregenden Stufen hinunterzustürmen. Mit geballten Fäusten kniete er vor der Schale, während die Kerzen glosend in den Wachspfützen versanken.

Er merkte nicht, wie ein einzelner Blutstropfen an seinem Arm entlangrollte, wo die Löwenklaue die Haut aufgerissen hatte, und mit kaum hörbarem Aufschlag in die Schale fiel.

Die Kerzen flammten hoch auf wie von neuem Leben erfüllt.

Ofrim spürte, wie ihn eine neue Welle des Rausches überkam. Diesmal war sie stärker als zuvor. Etwas Unsichtbares zerrte ihn – wie es ihm in seinem überspannten Zustand erschien – zurück in die Kammer am Eingang, hin zu den unheimlichen Öffnungen, aus denen ein eisiger Lufthauch quoll … wollte ihn tiefer und tiefer hinabziehen, in die Untergeschosse des Turmes, in eine grausige, lichtlose Leichenstadt, in unendliche Keller, in deren Finsternis Wasserströme rauschten und todkalte Seen sich ausbreiteten, Seen, auf deren unauslotbarem Grund verkalkt und versteinert die Wracks von Schiffen und die Ruinen von Gebäuden stumm in die Finsternis ragten ...

Und diese Stadt, so fühlte er, war bewohnt: von daimoniden Geschöpfen bewohnt, die jedes für sich seinen Weg gingen und ihre schweren Schatten hinter sich herschleppten. Wie sie aussahen, blieb ihm verschlossen, aber etwas beklemmend Unheiliges sprach aus ihren schattenverwischten Umrissen. Aus ihrer langsamen Fortbewegung, ihrem schleichenden Gang, ihrer buckligen Haltung wehte wie Eiswind der Schrecken böser Träume: die Ahnung, daß sie sich einmal – vielleicht bald, vielleicht später – unweigerlich umdrehen und ihm Gesichter zeigen würden, deren Anblick unerträglich war.

Gedankenfetzen wirbelten ihm wie Vögel durch den Kopf. Die Schwingen ... die Augen im Dunkeln ... Uob, der Gewaltige ... im Zentrum des Chaos ... Oh! Ach! Yä! Ein Ding, das in der Mitte endet ... sah die dröhnenden Abgründe ... Abysmaroth ... Abyssabel ... Abyssandur ... o ihr dienstbaren Dämonen, tragt mich durch die Öffnung in Calijnaars schlangenumwundene Arme ...

Er meinte sogar, mit einem dieser Wesen ein geheimnisvolles Gespräch zu führen, von dem ihm später nur noch verworrene Bruchstücke in Erinnerung blieben.

»Völlige Hingabe an einen Stärkeren, das ist völlige Erlösung von den Nöten und Zwängen des Ich. Hast du es nicht gespürt, wenn du dich Levthans mächtiger Umarmung hingabst? Und doch konnte Levthan nur deine Sinne gefangennehmen, nicht deinen Geist. Überantworte deinen Geist, deine Seele einem anderen, und du wirst eine Wonne verspüren, wie du sie in deinen höchsten Augenblicken noch nicht erlebt hast.«

Er lag auf einem harten, niedrigen Bett aus Rohr und Binsen. Eine Öllampe glomm in einem Winkel des Raumes. Vier Tempelwächter saßen draußen vor der türlosen Öffnung.

Kunrad erhob sich, fuhr sich mit beiden Händen übers Gesicht und tastete nach seinen Kleidern, die sauber gefaltet auf einem Hocker aus geflochtenem Rohr lagen. Er war erst richtig er selbst, wenn er sich in seine Amtstracht gekleidet hatte. Jeden Tag erfüllte es ihn von neuem mit Stolz und Befriedigung, wenn er die Insignien seiner Würde anlegte: das Untergewand mit weiten Ärmeln, darüber das Hauptsymbol der Hierarchie, die dreifach gefältelte Robe aus goldenem Brokat, die Schleifen mit dem Schmuck der Sphärenkugeln, mit denen das Gewand gegürtet wurde. Dazu gehörten Kopftuch und Kegelmütze aus rotem Filz und die Zwölfkrone aus goldenem Brokat mit dem Sonnenemblem, der zwölfflämmigen Scheibe.

Er griff im Licht des grauenden Morgens nach seinem Gewand – und sah sofort, daß die Sphärenkugeln und die Sonnenscheibe an der Kopfbedeckung fehlten!

Mit einem erstickten Aufschrei fuhr er herum, schob die Hand unter die Bettdecke und atmete gleich darauf erleichtert auf. Sein kostbarster Besitz, das Sonnenzepter, war noch da. Mit hämmerndem Herzen preßte er es an die Brust und fühlte, wie die Kraft der geweihten Waffe auf ihn überging. Erst dann weckte er Zachaban.

Eine Viertelstunde später war alles in Aufruhr. Kunrad tobte wie ein Rasender. Er packte die Soldaten an der Kehle und schüttelte sie, er bedachte das Dorf der Akrr'tzr mit Flüchen, nicht einmal Zachaban blieb von seinem Zorn verschont. Aber sein ganzes Wüten brachte die Sphärenkugeln und die Sonnenscheibe nicht zurück. Die Soldaten konnten nichts anderes sagen, als daß sie nach dem Abendessen von bleierner Müdigkeit befallen worden waren – kein Zweifel, daß die tückischen Sumpfbewohner den Trank, den sie ihnen so freundlich kredenzt hatten, mit Vragieswurzel vergiftet hatten! Die Akrr'tzr bestritten dies freilich aufs entschiedenste – und wer sollte ihnen etwas beweisen?

Zachaban schob sich an die Seite seines Gebieters. »Bezähmt Euren Zorn, Herr«, riet er ihm mit gedämpfter Stimme, »und erbittert sie nicht weiter. Sie sind in der Überzahl, auf jeden unserer Soldaten kommen zehn von ihnen.«

»Ich lasse sie alle hängen!«

Zachaban antwortete trocken: »Dazu brauchtet Ihr sehr viele Ellen Strick, Euer Eminenz. Seht Euch nur einmal um.«

Kunrad folgte dem Rat und sah sich auf allen Seiten von Echsenmenschen umzingelt. Aus den vierzig oder fünfzig, die sie am vergangenen Abend im Dorf empfangen hatten, waren über Nacht gute zweihundert krummrückige, braunscheckige Kreaturen geworden, die sich schlurfend auf ihren Flossenfüßen bewegten und nach Fisch stanken. Überall lauerten sie in der Dämmerung zwischen den Sumpfzypressen, und die Hände unter den ledernen Umhängen waren nicht unbewaffnet.

Mit einem tiefen Atemzug bezwang der Inquisitor seine Erregung. Sein kluger Zachaban hatte recht, wie schon so oft. Wenn sie sich auf einen offenen Konflikt mit den Akrr'tzr einließen, würden sie vermutlich bis zum letzten Mann erdrosselt oder mit Giftpfeilen getötet.

Kunrad konnte durchaus vernünftig und bedachtsam sein, wenn es seinen Zwecken diente, und so redete er nicht mehr vom Hängen, sondern winkte Mariwan zu sich heran. »Sag ihnen, daß die Sphärenkugeln und die Scheibe die Finger des Diebes verbrennen werden, bis ihm das schmorende Fleisch von den Klauen hängt. Er sei verflucht, in Praios' Namen!«

»Ich werde es übersetzen, Eminenz«, erwiderte Mariwan bedächtig, »nur – es wäre klüger gewesen, ihnen die Kugeln gutwillig zu geben. Sie bekommen immer, was sie wollen.«

»Mein Sonnenzepter bekommen sie nicht.« Kunrad knirschte vor Zorn mit den Zähnen. Dann jedoch sprach er in gemessenem Ton weiter: »Da sie mir das Meine genommen haben, sollen sie wenigstens das Ihre tun und uns mit dem Heiligen sprechen lassen.«

Die Akrr'tzr erhoben weiter keine Einwände dagegen; sie schienen jetzt, nachdem sie sich angeeignet hatten, was sie begehrten, durchaus freundlich gesonnen.

Frieden und Wohlwollen waren wieder hergestellt, als sie den Inquisitor nach einem hastigen Frühstück aus Fisch und Früchten zu dem Langhaus geleiteten, in dem der Heilige wohnte. Eine feierliche Prozession zog unter den dunklen, muffig riechenden Bäumen des Sumpfwaldes dahin: Voran schritten die Ältesten der Echsenmenschen, dann die Besucher und zuletzt die Soldaten und dienenden Brüder. Das übrige Volk hielt sich in respektvollem Abstand.

Kunrad fühlte, wie eine ungeheure Spannung ihm die Brust zu zerreißen drohte. Er hatte keinen Blick für die glühend gefärbten Orchideen, die sich mit ihren Luftwurzeln an die Bäume klammerten, noch für die faustgroßen, goldgrünen Käfer, die über den Weg huschten. Nicht einmal die Stechmücken und Mirbelfliegen beachtete er. Mariwan hatte ihm bedeutet, der Heilige der Akrr'tzr sei tatsächlich etwas Besonderes, nicht nur ein Riese von Gestalt, sondern auch … nun, etwas sehr Ungewöhnliches.

»Man hält ihn in hohen Ehren«, betonte der Händler. Mariwan hatte Angst, der Besucher könnte sich vermessen, den Heiligen zu beschimpfen oder gar anzugreifen, wenn sein Groll geweckt wurde, und er wußte, daß sie dann einer wie der andere ihr Leben auf dem

Grund der schwarzen Sumpfgewässer beschließen würden. Also schärfte er Kunrad noch einmal ein: »Behandelt ihn mit Höflichkeit, Euer Eminenz.«

Kunrad dachte nicht daran, der zwielichtigen Kreatur Ehrerbietung entgegenzubringen, aber er war listig genug, sich dies nicht anmerken zu lassen. Ohne dem Händler zu antworten, schritt er hocherhobenen Hauptes hinter den Priestern und Ältesten der Akrr'tzr her.

Keine zehn Minuten vom Dorf entfernt erreichten sie ein Langhaus, das auf vielen Pfählen inmitten einer Sumpfwiese stand. Die Wände und das Dach waren aus braunem Rohr geflochten und mit geometrischen Mustern geziert. Die gekreuzten Sparren des Giebels waren zu phantastischen Fischköpfen geschnitzt. Echsenmänner mit gefährlich aussehenden Speeren standen davor Wache.

Mariwan seufzte unauffällig. Er war alles andere als begeistert von der Aufgabe, die ihm bevorstand. Der Praiospriester war verrückt und unberechenbar, und der Heilige um nichts weniger; er konnte von Glück reden, wenn es zu keinem wilden Zusammenstoß kam, der mit einem Gemetzel endete.

Die Lippen fest zusammengebissen, stieg er hinter Kunrad die hölzernen Stufen zu dem Pfahlbau hinauf und wappnete sich gegen den Anblick des Heiligen, der ihn stets aufs neue mit Übelkeit und Entsetzen erfüllte. Er fragte sich, was dieses Wesen wohl war, woher es kam, ob es von einer Frau ausgetragen oder aus einem Echsenei geschlüpft war. Es schien nirgends hinzugehören, war weder Mensch noch Achaz, war ein einziger götterlästerlicher Widerspruch zur Ordnung der Welt.

Wenn es überhaupt von dieser Welt stammte!

Es wurde bereits hell hinter dem Zedernwald, als die Geschwister endlich nach Roswylde heimkehrten, beide verstört von dem unerwarteten Erlebnis und durchfroren von der kalten Nacht in den öden Hügeln. Sie hatten kein Wort miteinander gesprochen, sondern waren heimgeritten, so schnell die Pferde sie in der Finsternis tragen wollten. Erst im Schutz ihres eigenen Hauses wagten sie, über das Erlebte zu sprechen.

Der Baron saß in seinem seidenen Nachthemd inmitten der Kissen und Decken des Bettes und erzählte seiner Schwester von der Vision, die er gehabt hatte. Dazwischen nippte er immer wieder an dem Goldkelch, den Morla mit einem besonderen Trank gefüllt hatte. Er konnte eine Aufmunterung brauchen; das nächtliche Erlebnis lag ihm immer noch schwer wie ein Stein auf der Brust. Das Kerzenlicht malte weiche, unruhige Schatten auf sein verstörtes Gesicht, sein verwirrtes Haar.

Nachdem er erst alles wild und wirr hervorgesprudelt hatte, gelang es ihm beim zweiten Anlauf, Ordnung in seine Erzählung zu bringen, und die vorwurfsvollen Falten auf Morlas Stirne glätteten sich. »Die verfluchten alten Echsenwesen!« stieß er hervor. »Sie haben Kinder geopfert, um hinüberzugelangen in ... in das, was jenseits aller Dinge liegt. Sie machten die Reise zu den Quellen des Chaos und kehrten von dort zurück – neugeboren, verwandelt. Ich bin überzeugt, daß Amárandel davon wußte, daß erst später sie selbst oder jemand anders den Rest der Niederschrift wegschnitt, damit niemand sich an so lästerlichem Tun befleckte. Das Blut war es, Schwester, das Blut! Schrieb sie nicht: ›Bringt kein Blut zu der Opferstätte?‹ Als ein Tropfen meines Blutes in die Schale fiel, begriff ich. Was wir auf dem Turm getan haben, war ein schwacher und verstümmelter Schatten dessen, was dort zu Zeiten der Echsen geschehen ist – und vielleicht auch noch später.«

»Da hast du recht«, bestätigte seine Schwester.

Ofrim fuhr ermutigt von ihrem Beifall fort: »Erinnerst du dich, was mir der Hohe Herr Levthan antwortete, als ich ihn – Narr, der ich war! – um Hilfe anrief? ›Sieben Männer und sieben Weiber aus euren Dörfern sollt ihr euch wählen. Liebt sie und tötet sie danach, laßt ihr Blut in ein Becken fließen und badet darin, so kann euch kein Inquisitor mehr etwas anhaben.‹« Er streckte die Hand aus und packte seine Schwester an der Schulter, als hätte er Angst, irgend etwas könne ihn von ihr wegreißen. »Morla«, flüsterte er mit gepreßter Stimme, »meinst du … sie haben es getan? Hier, in Roswylde? Auf unserem Turm?«

Sie legte beschwichtigend die Hand auf die seine und umschloß seine unruhig zuckenden Finger. »Es muß sehr lange her sein – noch vor Amárandels Zeit.«

»Sie haben es getan, nicht wahr?«

Morla zuckte stumm die Achseln.

»Dann muß irgend jemand in unserer Familie das Herz einer Echse gehabt haben.«

Sie stierten einander an, großäugig, atemlos. Dann begann der Baron zu lachen. Das Gesicht in den Händen verborgen, wiegte er sich vor und zurück und wieherte in die gefalteten Hände – ein kaltes, freudloses Lachen. Schließlich blickte er auf. »Dann hatte der wahnsinnige Inquisitor also recht, nicht wahr?« stieß er mit zuckenden Lippen hervor. Seine Stimme kreischte.

»Fasse dich und hör auf, dummes Zeug zu schwatzen«, ermahnte ihn die Schwester. »Was ist schon geschehen? Du hast recht, daß etwas daran faul ist, und wir werden das Ritual eben nächstes Jahr nicht mehr vollziehen. Der Inquisitor ist weit fort und kann uns nicht mehr schaden, seit Rahjas Bäumchen uns beschützen. Komm jetzt! Du bist erschöpft. Sieh zu, daß du schläfst. Ich werde über die Sache nachdenken.«

Ofrim streckte sich gehorsam neben ihr aus und

schloß die Augen, aber er konnte nicht einschlafen. Die Schramme an seinem Arm brannte, wo die Löwenklaue ihn gestreift hatte.

Ich wüßte gern, dachte er, ob dieser Berglöwe nur zufällig des Weges kam oder ob ihn jemand schickte. Ein Tropfen Blut, ein einziger Tropfen Blut nur ...

Cordovan der Weise war in den vergangenen Tagen oft in das Archiv im Tempelturm hinaufgestiegen und hatte in den alten Folianten geblättert. Die merkwürdigen Andeutungen in al Schaitans *Commentarius zum Ma'zakaroth Schamaschtu* ließen ihn nicht los. Je länger er studierte, desto überzeugter war er, daß Kunrad von Marmelund bei all seinem Wahnsinn auf eine alte und schreckliche Wahrheit gestoßen war, deren Bruchstücke er nun aus den Büchern zusammenklaubte.

Die verdorbenen Echsenpriester längst vergangener Zeiten hatten es also zustande gebracht, daß sie ihre Seelen mit denen menschlicher Wesen vertauschten. Warum sie sich dazu gerade die Hexen ausgesucht hatten, war nicht schwer zu erraten: Hier stießen sie auf wenig Widerstand. Das innere Wesen der Hexen war unstet und wechselhaft, nur in Augenblicken gewaltigen Zorns oder starker Begierde konzentriert. Alles, was Lust bereitete, lockte und verführte sie; sie waren – das war jedenfalls Cordovans Meinung – einfältig und lenkbar wie Kinder, die man mit einem Spielzeug hinter jeden Busch locken konnte. Die tückischen Echsenpriester hatten sie mit der Sphärenreise gelockt, und wenn sie aus den donnernden Abgründen zurückkehrten, waren ihre Seelen vertauscht ...

Cordovan wußte nicht, wie viele Priester der H'Rangarim diesen Weg gewählt hatten, sich schon zu Lebzeiten einen neuen Körper zu beschaffen, anstatt auf

Zzah's Geschenk zu warten. Es konnten nicht allzu viele gewesen sein, denn das Ritual war selbst nach echsischen Maßstäben blutig und lästerlich. Nur die kühnsten und verderbtesten unter den Echsenpriestern konnten es gewagt haben, sich Zzah zu widersetzen und über ihr Fortleben selbst zu bestimmen. Was war aus ihnen geworden?

Cordovan lehnte sich auf seinem Stuhl zurück und schloß nachdenklich die vom Lesen ermüdeten Augen.

Ich wüßte gern mehr über diesen Ofrim Roswylde, dachte er.

Die genealogischen Bücher von Roswylde waren in kaum besserem Zustand als die Zauberbücher des Hauses. Die Hexen legten nicht viel Wert auf ihre Stammbäume. Sie waren überzeugt, daß ihre Verstorbenen als Satuarias Lebenshauch wiederkehrten, sei es als Mensch, als Tier, als Pflanze oder vielleicht sogar als elementare Manifestation, als eine Meereswelle oder Gewitterwolke. Also beschäftigten sie sich nicht allzu ausführlich damit, den Toten Ehre zu erweisen. Entsprechend wenig kümmerte sie ihre Abstammung. Nur besonders bedeutsame Mitglieder der Familie – wie die Elfe Amárandel unter den Roswyldes – lebten in der Tradition weiter.

Als der Baron sich auf die Suche machte, fand er sich in der Ahnengalerie des Schlosses vor einem mannshohen, wurmstichigen Schrank voller Bücher, Rollen und gebündelter und loser Papiere. Er hatte sich bislang selten hierher begeben, weil ihn die Vergangenheit ebenso wenig kümmerte wie die Zukunft. Aber jetzt suchte er etwas.

»Wo in aller Welt fangen wir an?« fragte er Merewin, die aufmerksam neben ihm saß und ihn aus glühenden

Augen betrachtete, in denen sich die Kerzenflamme spiegelte. »Wir werden im Staub ersticken, bevor wir irgend etwas finden.« Er zog eines der alten Bücher heraus und blies darauf. Die Katze sprang blinzelnd davon, als eine Staubwolke aufflog, und nieste vorwurfsvoll. Das Buch half ihm nicht weiter – es war ein altes perainegefälliges Werk über Arzneipflanzen. Erst wollte ihn angesichts der Stapel vergilbter Papiere der Mut verlassen, dann begann er scharf nachzudenken.

Morla hatte recht: Wenn es je Echsen in der Familie gegeben hatte, mußte dies zu Amárandels Zeit oder früher gewesen sein, denn über die letzten vier Generationen wußte er aus den Erzählungen seiner Mutter Bescheid, und an seine Großmutter konnte er sich selbst noch erinnern – eine höchst eindrucksvolle alte Frau, die immer reich geschmückt und mit einem perlbestickten Schleier auf dem Kopf durchs Schloß gewandelt war.

Seinen Vater hatte er nur sehr unbestimmt in Erinnerung, ebenso wie seinen Großvater. Sie hatten in seinem Leben und bei seiner Erziehung keine Rolle mehr gespielt, nachdem er einmal den Kinderschuhen entwachsen war. Er konnte sich erinnern, daß beide träge, freundliche Männer gewesen waren, die ihn oft liebkost und ihm Zuckerwerk in den Mund gesteckt hatten, das war alles. Sobald er einigermaßen vernünftig geworden war und etwas Nützliches lernen konnte, hatten sich Mutter und Großmutter um ihn gekümmert.

Der einzige Mann, der es in der Familie je zu einigem Ansehen gebracht hatte, war Tar-Balasan Roswylde gewesen, der Schöne, der die Elfe Amárandel in die Familie eingeheiratet hatte. Amárandel hatte ihren Gatten sehr verehrt und darauf bestanden, daß ihre Kinder entgegen aller aranischen Konvention den Namen ihres Vaters trugen, Roswylde.

Auf ihr elfisches Blut waren alle Roswyldes sehr

stolz, und so war Tar-Balasan einer der wenigen Männer, deren Porträt in der Ahnengalerie hing. Der Baron
hatte oft gestaunt, welche Ähnlichkeit er mit seinem
Vorfahren hatte – bis auf die weiße Haut, die hatte er
von der Elfe geerbt. Tar-Balasan hatte mit seiner zimt-
farbenen Haut eher den Tulamiden ähnlich gesehen,
und sein Haar war nicht so glatt gewesen wie Ofrim
Mawr Bians Haar, sondern lockig.

Der Baron schob die Papiere beiseite und schritt
nachdenklich die Reihe der altersdunklen Porträts ab.
Merewin folgte ihm mit hochaufgerichtetem Schweif.
Bis auf zwei oder drei Ausnahmen waren nur die
Frauen der Familie porträtiert worden, und eine dieser
Ausnahmen fesselte seine Aufmerksamkeit.

Das Bild – ein Kniestück wie alle Gemälde in der
Galerie – stellte einen Greis dar, dessen Name mit
Ben'buzzorak angegeben war. Der Schwarze Baron
hatte keine Vorstellung, wie weit zurück in der Ahnenreihe dieser Ben'buzzorak auftauchte, denn die
Zählungen auf den Gemälden folgten verschiedenen
Zeitrechnungen und waren kaum zu entschlüsseln.
Der alte Mann trug ein dunkles, um die Schulter ge-
schlungenes Gewand, das ebenfalls keine Rückschlüs-
se zuließ. Er stand vor einem Spitzbogenfenster, das
deutlich erkennbar zu Roswylde gehörte; Ofrim wußte sogar, welches Fenster es war. Die Hand des Darge-
stellten ruhte auf dem Sims, und er blickte über ein
nebliges Tal hinaus, das mit einiger Phantasie als das
Tal von Roswylde zu erkennen war.

Zwei Dinge an dem Bild waren merkwürdig. Zum
einen war es beschädigt worden – quer über die Lein-
wand klaffte ein Schnitt, der nur oberflächlich geflickt
worden war. Zum anderen erinnerten Ausdruck und
Haltung des Abgebildeten weder an Tulamiden noch
an Mittelreicher, sondern viel eher an einen Krakonier.
Ofrim hatte nie einen lebend gesehen, aber er kannte

die alten Rassen von den Zeichnungen, die ihm seine Mutter gezeigt hatte.

Der Mann war nicht mißgebildet, er wirkte eher, als nehme er eine unnatürliche und gekünstelte Pose ein, die nicht seiner üblichen Haltung entsprach. Er schien Mühe zu haben, gerade und aufrecht zu stehen. Seine Schultern waren gerundet, als pflege er krummrückig, mit hängenden Armen dahinzuschlurfen. Seine Lider hingen halb über die Augen, die Unterlippe hatte etwas Loses, Weichliches an sich, das abstoßend wirkte. Es sah aus, als stimmten das innere und das äußere Wesen des Mannes nicht überein, als stecke er in einer Haut, die nicht die seine war.

Ofrim Seidenhaar hallten seine eigenen Worte im Kopf wider. »Mein Name ist Ssr'thon'choth, das ist ›Fieberfluch‹. Ich bin ein Priester der H'Rangarim. Ich bin unermeßlich alt, ich habe meine Seele von einem Körper zum anderen getragen, bis zu diesem menschlichen Leib. Der Kult, dem ich vorstehe, ist grauenhaft ...«

Er schauderte, als hätte ihn das Fieber ergriffen. War er wahnsinnig? Hatte der Inquisitor ihn in seine irrwitzigen Träume hineingezogen? War es möglich, daß dieser Ben'buzzorak von Roswylde tatsächlich kein anderer war als die Seele des Ssr'thon'choth in einem menschlichen Körper?

Der Baron sank auf den nächstbesten Stuhl nieder und verbarg das Gesicht in den Händen. Es war unmöglich, unmöglich! Er wußte doch, daß er sich alle diese Geschichten zusammengesponnen hatte, um in seiner Angst und Not vor der Folter zu fliehen; er selbst hatte kein Wort davon geglaubt, hatte sich gefragt, wie dieser Narr ihm glauben konnte ... Jetzt wurden seine Träume zu Harpyien mit feurigen Schwingen, die ihn von allen Seiten bedrängten und ihn mit sich zu reißen drohten, in die Lüfte hinauf bis in die äußersten Sphären ...

»Höre, Merewin«, flüsterte er der Katze zu, die aufmerksam lauschend vor ihm saß. »Wir wollen Morla nichts davon erzählen. Noch nicht. Wenn wir uns geirrt haben, lacht sie uns aus. Wir müssen erst weiterforschen, um Gewißheit zu erhalten.«

Er kauerte sich nieder, und Merewin sprang wie gewohnt auf seine Schulter, wo sie thronte, während er zu dem Schrank mit den Papieren zurückkehrte.

Cordovan legte ein Buch nach dem anderen beiseite, das *Arcanum*, den *Codex Dimensionis*, die *Essentia obscura*. Seine Augen waren müde vom Lesen, sein Kopf brummte von den verschlungenen Diagrammen und verschrobenen Geheimnissen, die auf den vergilbten Seiten in Tinte festgebannt standen. Es ging schon gegen Morgen, und er hatte nicht einmal gemerkt, daß er seit Stunden las. Schließlich jedoch stieß er in den *Wegen ohne Namen* auf einen weiteren Hinweis.

›Seynd ettliche der Ecksen, so sich auf die Kunst verstehen, in eyn menschlichen Körper einzufahren und ihr Seel dort einzubringen, welche sie umwechseln gegen die Seel desjenigen, so vorher in dem Körper gewohnet. Solcherley Schwartz-Kunst ist verfluchet, selbst bei denen Ecksen, und zieht Zzsahs Zorn auf sich, wie sie selbst sagen. Selbige können nur mit mächtiger Zauberey wieder ausgetrieben werden, für welche viel Krafft vonnöten. Die procedurae seynd dieselben wie beim Geister-Austreiben, männiglich brauchst du eine starke Krafft und ein gewappnet Herz, damit der Ecksen-Zauber dich nit überwältige und werdest selbst ein Sklave des Ecksenmagicus …‹

Cordovan schlug das Buch zu und starrte nachdenklich ins Leere. Ich bin ein Priester der Echsen, hatte der Hexer gesagt, und Kunrad hatte ihm geglaubt, aber

Cordovan hatte seine Zweifel. Der Bursche hatte nach allem, was er gehört hatte, kaum das Format eines jahrhundertealten Echsenpriesters. Und doch hatte er etwas gewußt – ohne es selbst zu wissen!

›Mein Name ist Ssr'thon'choth‹, hatte er dem Inquisitor gesagt, ›und meine Gefährtin war Ych'thszz ...‹

Cordovan kehrte zu seinen Büchern zurück und holte die Halsgerichtsordnung des Priester-Kaisers Kathay mit dem berühmten *Echsenhammer* im III. Annexus herbei. Ich will sehen, dachte er, ob ich den Namen finde.

Und er fand ihn tatsächlich!

In neues Garethi übersetzt, lautete die Stelle:

›Von einem ihrer bösen Priester, Ssr'thon'choth mit Namen, das ist ‚Fieberfluch', heißt es, daß er nie starb, sondern seine Seele nach eigener Wahl von einem Körper zum anderen trug, selbes sagt man auch von Priestern mit Namen ...‹ (Hier folgte eine Aufzählung weiterer echsischer Namen, darunter der von Ych'thszz.)

War es möglich, daß der Dämonenknecht Ssr'thon'choth immer noch lebte? Und wenn er nicht Ofrim von Roswylde war, wer war er dann? Oder: Wo war er dann? Hatte irgend jemand die Kraft gefunden, ihn auszutreiben und in die planastrale Anderwelt zu schleudern? Irrte er ohne Körper herum?

Cordovan stärkte sich mit einem Schluck aus der Amphore, bevor er sich daran machte, das dunkle Geheimnis weiter zu entschlüsseln. Er war überzeugt, daß der Baron seine Erinnerungen nicht aus der leeren Luft gegriffen hatte, auch wenn er selbst nichts davon wußte. Nach allem, was Kunrad ihm von dem Gefangenen erzählt hatte, war Ofrim kein weitgereister Mann, im Gegenteil, er war im Leben kaum je aus seinem Winkel Araniens herausgekommen. Also konnten die Erinnerungen nur aus seiner Familie stammen. Und das hieß, daß Ssr'thon'choth sich in der Familie Roswylde eingenistet hatte.

Warum war er dann nicht in Ofrims Körper gefahren? Was hätte sich Besseres angeboten als dieser langlebige Baron, der nach Kunrads Schilderungen ein schöner und wohlgestalteter Mensch war? Hatte es mit dem Elfenblut in der Familie zu tun? Oder war es irgend jemand in der Ahnenreihe gelungen, den Echsenpriester auszutreiben – ihn aus dem Körper zu werfen, in dem er Fuß gefaßt hatte? Dazu war freilich eine gewaltige Kraft nötig, eine Kraft, wie sie nur …

… nun, beispielsweise eine Elfe besaß, wenn sie sich mit anderen Elfen zur *Unitatio Geistesbund* vereinigte!

Cordovan stand auf und verließ das Archiv, nachdem er die verbotenen Bücher sorgfältig wieder versteckt hatte. Die Geschichte schlug ihn in ihren Bann. Er hatte vor, einiges in den tiefen Gewölben unter dem Tempel nachzuschlagen, wo die vertraulichen Mitteilungen archiviert wurden.

Dort fanden sich unter anderem Aufzeichnungen aus der Zeit, als Aranien noch dem Mittelreich unterstanden hatte und der Schmugglerhandel zwischen der Provinz Aranien und Maraskan florierte. Damals hatte die Kaiserlich Garethische Informations-Agentur Untersuchungen zu ›Subversiven Elementen der Aranischen Lande‹ erstellt; und in diesen Akten wäre vielleicht auch etwas über die Hexen auf Burg Roswylde zu finden, was Cordovan wissen mußte!

Ofrim saß auf dem Boden vor dem Schrank mit Papieren und achtete nicht darauf, daß sein Gewand vom Staub schmutzig wurde und daß er seit Stunden nichts gegessen hatte. Er las und las und unterhielt sich gelegentlich mit Merewin, die treu an seiner Seite ausharrte.

»Wir werden etwas finden, Merewin«, versprach er,

»das Morla überzeugt. Ich möchte wissen, was es mit diesem Ben'buzzorak auf sich hat. Siehst du nicht, daß der Bursche in einer falschen Haut steckt?«

Merewin blickte aufmerksam zu dem Gemälde hinüber und bejahte mit einem Miauen.

»Und ich glaube, daß er nicht sehr beliebt war, sonst hätte nicht jemand sein Bild zerschlitzt«, fuhr der Hexer in seinem halben Selbstgespräch fort. »Weißt du, daß ich eine Weile lang Angst hatte, ich selbst könnte tatsächlich Ssr'thon'choth sein? Alles, was ich gelogen hatte, wurde Wahrheit, warum nicht auch das? Aber ich bin es nicht. Ich spüre, daß ich es nicht bin. Es ist seltsam, Merewin: In letzter Zeit spüre ich erst, daß ich überhaupt jemand bin ... Das war früher nicht so.«

So plauderte er dahin, während die Katze ihm lauschte und die gelben Seiten der Papiere unter seinen Fingern raschelten.

Der Baron lernte eine Menge über Roswylde, ehe er auf etwas stieß, das mit seinen Nachforschungen zu tun hatte: ein Bündel Papiere, uralt, gelb und brüchig, alle in Isdira geschrieben. Seine Mutter hatte ihn die alte Schrift und Sprache gelehrt, aber da er sie in Aranien nie gebraucht hatte, hatte er das meiste wieder vergessen. Jetzt rückte er die Kerze näher heran, beugte sich mit gerunzelter Stirn vor und bemühte sich, die Schriftstücke zu entziffern. Es dauerte eine Weile, aber schließlich konnte er sie lesen, wenn auch stockend.

Offenbar handelte es sich um einen Teil eines Manuskripts, denn die Papiere waren sichtlich aus einem gehefteten Buch – vielleicht einem Tagebuch – herausgerissen. Der Text begann ohne Anrede und Einleitung unvermittelt mitten im Satz.

›... bereitet mir der alte Echsenturm Widerwillen und Grauen. Ich bin überzeugt, das Böse im Hause hat dort seinen Ursprung. *Taubra* ist es, und Tar-Balasans Oheim ist davon ergriffen. Mein Herz sagt mir, daß eine fremde Seele aus seinen Augen schaut. Was wohnt in ihm? Kein Elf, kein *Talar*. Man sollte das Bauwerk schleifen und Ben'buzzorak aus dem Hause jagen, aber seine Schwester ist schwach und unentschlossen. Ben'buzzorak herrscht im Hause, gegen alle Sitte und alles Gesetz. Wenn ich hier Herrin sein will, muß ich den Kampf mit ihm aufnehmen.‹

Dann folgten einige Abschweifungen, ehe die Elfe schließlich wieder auf Ben'buzzorak zu sprechen kam.

»Ich erahne langsam die Natur des *taubra* unter den Verwandten meines Mannes. Es ist echsisch, aber nicht im natürlichen Lauf des Blutes, denn sie haben keine Echsengestalt. Es ist *zerzal*, eine zerstörerische Kraft … Ben'buzzorak ist davon besessen, und es scheint, daß er nicht der erste ist, der eine fremde Seele in sich trägt. Deshalb ist er so anders als die aranischen Männer, so hart und herrschsüchtig. Ich weiß, was er – was es vorhat. Ich sehe die Blicke, mit denen er Tar-Balasan betrachtet, der jung und schön ist. Er wird Ben'buzzoraks alten und abgelebten Körper verlassen und in den Körper meines Geliebten einfahren. Ich habe meinen Verwandten eine Botschaft gesandt. Sie müssen mir helfen. Wenn wir uns im Geiste zusammenschließen und die *procedurae* vollziehen, können wir ihn aus dem Körper werfen. Wohin wird er dann gehen? Seine Seele darf hier nicht umherirren.‹

Wieder einige Zeilen später hieß es: ›Wir müssen unsere ganze Kraft aufbieten, uns gegen ihn zu wappnen. Er ist sehr stark. Aber wir werden es zustandbringen. Eilt mir zu Hilfe, Leute meines Volkes! Wir müssen rasch handeln, sonst ist es zu spät.‹

Schließlich: ›Es ist uns gelungen. Selten habe ich eine so schreckliche Probe bestanden. Wir alle sind krank vor Erschöpfung und Ekel. Aber er ist fort. Ben'buzzoraks Leib fiel tot um, als er ihn verließ. Tar-Balasan wird niemals in seine Gewalt geraten. Wir trieben ihn und das andere, Ych'thszz, das an ihm hing wie eine Frucht am Baum, fort und jagten sie in die kalte Einöde auf dem Dairig Bhru-Paß. Ich fürchte, sie sind in die alten Steine gefahren, um dort zu hausen, aber ich kann sie nicht hindern ... Möge nie jemand diese Steine berühren!‹

Ofrim legte mit einer triumphierenden Geste die Blätter weg. Dann beugte er sich vor und küßte die Katze auf das samtschwarze Ohr. »Wir haben es, Merewin!« rief er. »Und jetzt wollen wir gehen und Morla zum Staunen bringen.«

Seiner Absicht war ein voller Erfolg beschieden. Morla war tatsächlich erstaunt, und sie lobte ihn freigebig für seine Klugheit und Beharrlichkeit. Während sie die Blätter las, schüttelte sie immer wieder den Kopf. »Du hattest recht, mein Bruder! Ich habe mich geirrt. Es ist, wie du sagtest. Ich kann es nicht glauben ...«

Ofrim genoß ihre Anerkennung in vollen Zügen. Merewin auf seinem Schoß schnurrte, als wäre alles allein ihr Verdienst.

Die Geschwister saßen in der Halle beisammen, durch deren spitzbogige, bunte Glasfenster das milde, helle Sonnenlicht des Ingerimm fiel, den die Hexen Brautmond nennen. Die Eingangstür, zu der eine doppelt geschwungene Treppe hinunterführte, stand offen, denn eine Magd war damit beschäftigt, die Stufen zu waschen. Kein Tag hätte weniger zu dem alten Übel gepaßt, das aus den Blättern aufzusteigen drohte. Ein sanfter Wind wehte den Geruch des Frühlings herein und trug den verhaltenen, holprigen Gesang der Magd auf seinen Schwingen.

»Komm«, flüsterte Ofrim. »Laß uns hinausgehen zu den gütigen Bäumen. Ich ersticke vom Geruch der alten Bücher.«

Hand in Hand schritten sie an dem Mädchen vorbei

in den Burghof und hinaus in den Zedernwald, dessen grüne Wipfel im Wind wisperten.

Vor den großen Bäumen setzten sie sich auf eine Felsplatte nieder und saßen lange so da, immer noch Hand in Hand. Die Sonnenwärme durchdrang ihre Glieder, als wären sie Pflanzen. Sie atmeten leise und gleichmäßig, mit allen Sinnen auf den Duft der Zedern, der trockenen Erde und des blühenden Krautes konzentriert.

Schließlich fragte Morla: »Was meinst du – ist es noch da? Beim Echsenturm oben?«

Ofrim antwortete mit einer Gegenfrage. »Hast du es denn nicht gespürt?«

»Doch, ich habe es gespürt«, gab sie zu. »Ich wußte nur nicht, was es war.«

Sie legte ihm den Arm um die Schultern und zog ihn enger an sich. »Solange es dort oben ist, sind wir in Gefahr, das weißt du doch, nicht wahr? Es könnte herauskommen. Und wenn es herauskäme, führe es in dich oder mich.«

»Es ist bislang nicht herausgekommen«, wandte er beklommen ein.

»Weil alles genau so geschah, wie Amárandel es befahl: ›Bringt kein Blut zu der Opferstätte und rührt die alten Steine nicht an.‹ Nun ist Blut auf die Opferstätte gekommen, und ich bin überzeugt, daß es kein Zufall war, daß dieser Löwe dich verletzte.« Als er schwieg, fuhr sie fort: »In Maraskan setzt die Schlangenleibige alles daran, das Imperium der bösen alten Echsenpriester wieder aufzurichten. Wie lange wird es noch dauern, bis die Echsen erfahren, daß einer ihrer Großen in diese alten Steine gebannt ist? Bislang hat noch niemand an dieses unaussprechliche Geheimnis gerührt, und es schien verschollen und vergessen; aber nun weiß der wahnsinnige Inquisitor davon, und er wird es anderen erzählen. Wir müssen handeln.«

»Was willst du tun?« fragte er.

Sie antwortete leise: »Ich wollte, ich wüßte es. Selbst Amárandel war allein nicht stark genug, es zu besiegen. Sie mußte ihre Verwandten zu Hilfe rufen. Wir beide haben keine Verwandten mehr. Wir sind die Letzten.«

Der Hexer spürte einen leisen Stich im Herzen. Sie hatten beide ihre Wahl nie bereut, aber es gab Augenblicke, in denen sie Kummer darüber empfanden, daß es ihnen nicht wie anderen Menschen vergönnt gewesen war, Kinder zu haben. Mit ihnen würde die Familie Roswylde aussterben. Nur – hatten sie wirklich eine Wahl gehabt? Sie hatten gewußt, daß sie lange leben würden, und keiner von beiden hätte es zustande gebracht, ein so langes Leben mit einem anderen Partner zu verbringen.

Nein, dachte Ofrim seufzend, es war gut gewesen, wie sie sich entschieden hatten. Er zog Morla an sich und schmiegte sich eng an sie. Der Duft ihres lockigen Haars stieg ihm süß und aufreizend in die Nase. Er spürte, wie ihre Hand seinen Arm umschloß. Sie waren glücklich miteinander. Und sie standen zusammen, wenn ihnen Gefahr drohte – wie jetzt.

Ein kalter Schauder überlief ihn, als er an das Unnennbare dachte, das dort oben im Echsenturm eingeschlossen war.

Wenn es diesem Schrecken tatsächlich gelang, zu entkommen – wenn es ihre Körper beschlagnahmte –, was würde dann aus ihnen werden? Vielleicht hatte er unwissend eine schreckliche Prophezeiung ausgesprochen, als er dem Inquisitor erzählte: ›Ich suchte einen, in dessen Körper ich weiterleben konnte‹. Da sah ich den Knaben – einen hübschen Knaben mit Elfenblut in den Adern, dem ein langes Leben bevorstand. Ich tauschte meine Seele mit der seinen und schickte ihn in meinem wurmzerfressenen Krötenkörper zurück in die

Sümpfe, während ich seinen Platz einnahm. Meine Gefährtin Ych'thszz tat dasselbe mit seiner Schwester.‹

Ofrim Mawr Bian war zumute, als hauche ihm ein eisiger Wind ins Genick.

Tief unter dem Tempel des Praios zu Selem lagen die Archive, mit Kupferplatten verkleidete Kammern, in denen sich auf mannshohen Regalen aus rotem Zedernholz Bücher und Rollen häuften.

Vor Menschengedenken hatte sich einer der Selemer Geweihten – aus übersteigertem Ehrgeiz, beginnendem Wahn oder weil er ein Gelübde abzuleisten hatte – daran gemacht, sämtliche Manuskripte, die hier versammelt lagen, sorgfältigst zu studieren und davon ein alphabetisches Stichwortverzeichnis zu erstellen. Zwar blieb sein Werk unvollendet, da ihn schon bald das Sumpffieber dahinraffte, dennoch wollte es eine Fügung des Schicksal, daß jener unglückselige Archivar mit dem Buchstaben Z begonnen hatte, um sich zum Anfang des Alphabets durchzuarbeiten, und Cordovans Suche somit – dem Götterfürsten sei's gedankt! – schon bald Erfolg beschieden war.

Erst hatte er unter R nachgesehen, aber nichts weiter gefunden, als daß die Roswyldes tatsächlich seit Generationen als Hexen bekannt waren. Dann hatte er in dem Fach S gesucht, und dort war er fündig geworden – in einem vergilbten, grauen, halb zerfallenen Manuskript, das nichts mit den akribischen Akten der KGIA gemein hatte.

Sssr'thon'choth, so stand es in dem staubmürben Folianten geschrieben, hatte in jenen uralten Zeiten, in denen die Echsen ganz Aventurien beherrschten, einst dort regiert, wo heute die Baronie Roswylde lag.. Zu Zeiten Pyrdacors war er ein Priesterkönig in einer Stadt gewesen, die sich zwischen dem Yalaiad und dem Meer erstreckt hatte. In den darauffolgenden Jahrhunderten war sie so völlig ausgelöscht worden, daß nicht einmal mehr ihr Name überliefert war. Sssr'thon'choth aber hatte überlebt, indem er seine Seele von einem Körper in den anderen trug. Dabei hatte er sich eines lästerlichen Rituals bedient, bei dem Kinder geopfert wurden.

›So‹, hieß es in der Handschrift, ›starb stets das Neue, während das Alte fortdauerte. Dieses Alte lebte nicht, es bestand nur weiter, grau, unveränderlich, rissig und von der stumpfen Patina der Jahrhunderte bedeckt …‹ Ganz war es Sss'thon'choth also nicht gelungen, Satinav zu überlisten: So oft er sich auch einen neuen Körper suchte, er war in diesem jungen Leib stets ein alter Mann geblieben!

Es war jedoch der letzte Satz des Manuskripts, der Cordovan aufschreckte: ›So wechselt er von Körper zu Körper, auf den Zeitpunkt wartend, wo ein noch Größerer erscheint und ihn zu seinem Statthalter macht …‹

Der daimonide Echsenpriester hatte all die Jahrhunderte auf Borbarads Machtergreifung gewartet, um als sein Statthalter über Aranien zu herrschen!

Mariwan der Händler saß im dumpfen Schatten des Langhauses und tat sein Bestes, das Gespräch zwischen dem Heiligen und dem Praiospriester zu übersetzen. Auf eine unbehagliche Weise waren die beiden ein Herz und eine Seele, als hätten sie einander seit langem gesucht und gefunden. Und Mariwan hatte nicht unrecht mit dieser Beobachtung, denn zum ersten Mal seit vielen Jahren hatte Kunrad von Marmelund jemanden gefunden, der ihn voll und ganz verstand.

Der Geweihte saß zwischen Zachaban auf der einen

und Mariwan auf der anderen Seite in der Mitte des Langhauses, während die Priester und Ältesten der Akrr'tzr an der Schmalwand zusammengedrängt warteten. Trotz der Schwüle draußen brannte ein aromatisches Feuer in einer Schale.

An der gegenüberliegenden Schmalwand befand sich der Thron des Heiligen, aus Rohr und Binsen geflochten. Die Gestalt, die darauf saß, wirkte selbst im Sitzen gewaltig: ein Riese von zweieinhalb Schritt Größe, in ein blaues Gewand gekleidet, das ihn vom Hals bis zu den Zehenspitzen umhüllte. Das Gesicht, das hin und wieder im schwachen Feuerschein sichtbar wurde, war das eines Mannes mit gekräuseltem Haar und dunklen, bocksähnlichen Zügen, fast kinnlos, mit einer mächtig vorspringenden Nase und vorquellenden Augen, ein Gesicht, in dem sich auf widerwärtige Weise eine gewaltige Kraft und mißgeborene Schwächlichkeit mischten. Die Stimme, die aus der eng von blauem Tuch umschlossenen Kehle drang, war ein heiserer Baß mit einer eigenartigen Resonanz, als hallte sie nicht aus einer Brust, sondern aus einem Pfeifenbalg.

Mariwan wunderte sich, daß der Praiosgeweihte der so überaus abstoßenden Erscheinung seines Gegenübers nicht die geringste Aufmerksamkeit zeigte, sondern augenblicklich in seiner hochmütigen Weise begann, ihm Fragen zu stellen – Fragen, auf die der Heilige zu Mariwans Erstaunen gefällige Antwort gab, wenn auch mit einem Anflug von Ironie, wie es den Händler dünkte. Das bizarre Gespräch fand in einem so ruhigen und geradezu kultivierten Ton statt, daß der Übersetzer aus dem Staunen nicht herauskam. Er selbst hatte sich seine Gedanken gemacht über die Bewegungen, die zuweilen unter dem überweiten Burnus des Heiliger zu sehen waren, über gewisse Ausbuchtungen und Höhlungen der verhüllten Gestalt, die weniger an einen menschlichen Körper erinnerten als an ein Bündel Lianen, das sich unter den Stoffalten drehte und wand ... nein, Mariwan wollte nicht wissen, warum der Heilige seine Füße mit den Falten des Gewandes bedeckte, warum seine Hände in sorgfältig gearbeiteten Handschuhen aus Krokodilleder steckten, warum seine Stimme zuweilen pfiff wie ein getretener Pfeifenbalg. Es gab Dinge, denen man besser nicht nachging.

Dennoch war Mariwan ein wacher Geist, der aufmerksam im Gedächtnis behielt, wovon zwischen den beiden die Rede war – man wußte nie, wozu man solche Kenntnisse brauchen konnte!

Der Praiosgeweihte wußte, daß er am Ende seiner Nachforschungen angelangt war. Dieses Wesen, was immer es war, welchen Abgründen es auch entstiegen sein mochte, wußte die Antwort auf alle seine Fragen, bestätigte jeden seiner Verdachtsmomente. Kunrad saß wie in Trance auf der Zedernholzscheibe, die ihm als Hocker diente, und stellte seine Fragen, ohne die Gegenwart Zachabans oder des Händlers wahrzunehmen. Er merkte nicht mehr, daß jemand übersetzte. Er hörte nur noch die Fragen und Antworten.

»Kennst du Sssr'thon'choth? Kennst du Ych'thszz?«

»Ich kenne sie.«

»Leben sie noch?«

»Beide.«

»Wo?«

»In der Einöde. In den Yalaiad-Hügeln hinter der Khom-Wüste.«

»Wie konnten sie so lange leben?«

»Ihre Seelen wanderten durch viele Körper.«

»Haben sie zur Zeit einen Körper?«

»Nein. Noch nicht.«

»Du lügst. Ich habe die Geständnisse des Hexers.«

»Er ist es, der gelogen hat. Aber vielleicht hat er mehr Wahrheit gesagt, als er ahnte.« Ein Geräusch drang aus der vom Kragen eng umschlossenen Gurgel des Wesens, das an ein Lachen erinnerte. »Vielleicht ist er demnächst schon Ssr'thon'choths Körper.«

»Sind alle Hexen Wiedergänger der Echsenpriester?«

»Einige. Nicht alle.«

»Wie bewerkstelligen sie die Seelenwanderung?«

Hier lachte der Heilige sein dunkles, heiseres Lachen. »Lies das Buch des Wahnsinnigen, und du wirst die Antwort finden.«

»Können sie vernichtet werden?«

»Die Körper ja, die Seelen nein. Aber sie können hinausgewiesen werden in die Siebente Sphäre, deren Eigentum sie im Grunde längst sind.«

»Wie kann ich den Uob vernichten?«

»Vernichte die Sphären, so wirst du auch ihn vernichten, eher nicht. Du bist wahnsinnig, Mensch.«

»Ich bin auserwählt.«

»Ich weiß«, antwortete der Heilige, und seine vorquellenden Augen leuchteten in einem eigentümlichen Licht auf. »Viele sind auserwählt, die Geschicke Deres zu lenken. Du bist nicht der einzige.«

»Der einzige, den Praios erwählt hat.«

Diesmal hallte das Lachen des Heiligen im Raum wider. »Höre, Auserwählter«, höhnte er, »ich will dir ein Geheimnis verraten: Praios und der Uob sind eins. Der Wahrer der Ordnung ist auch der Hüter des Chaos.«

Der Praiosgeweihte sprang auf. »Lästerer!« schrie er entsetzt und hob das Sonnenzepter, um den Unhold mit einem glühenden Strahl zu treffen. Aber der Heilige hob die Hand – wenn es eine Hand war –, und aus seiner Handfläche blies es wie ein eisiger Wind, so schneidend kalt, daß der Geweihte den Ärmel der Robe schützend vors Gesicht halten mußte, um ihn ertragen zu können. Wie ein Wind aus den Tiefen der Erde war es, stickig und schwer vom Geruch längst vergessener Krypten und seit Jahrhunderten verschlossener Beinhäuser. Kunrad nahm alle Kraft seiner Seele zusammen und reckte ihm das goldene Zepter entgegen, obwohl der Sturm ihm ins Fleisch schnitt und seine Augen zu blenden drohte. Ein Blitz fuhr auf.

Das Ungeheuer fuhr heulend zurück, hielt aber stand. Dann, so plötzlich, wie er gekommen war, verebbte der unheimliche Sturm, und Kunrad ließ das Sonnenzepter sinken, als der Heilige mit ruhiger, fast beiläufiger Stimme sagte: »Ich sehe, es fehlt dir an Einsicht in die tiefen Geheimnisse. Ich will dich belehren.« Seine Stimme klang süß und verlockend. »Ich bin bereit, dir alle Geheimnisse der Echsen und Hexen zu verraten ... für einen kleinen Lohn.«

»Was verlangst du?«

»Deinen Leib«, antwortete der Heilige. »Deinen schönen stolzen Leib. Gib ihn mir, und du sollst alles wissen, was du je zu wissen begehrtest.«

TEIL ZWEI

Die
Besessenheit

Ruhig, mein Freund, ruhig! Es ist nur der Nachtwind, der in den Bäumen rauscht.« Die ehrwürdige Palmeya, Schwester des barmherzigen Ordens der Noioniten, setzte sich ans Lager des Kranken und strich ihm mit kühler Hand über die Stirn. »Versucht zu schlafen.«

»Ich kann nicht schlafen. Gebt mir noch von dem Trank.«

Sie blickte in seine angstvoll glänzenden Augen, stand mit einem Seufzer auf und schritt zum Apothekenschrank hinüber. Mit dem gefüllten Becher in der Hand kehrte sie zurück. »Da, trinkt.«

Der Kranke schlürfte gierig den Trank, von dem er sich einen tiefen, traumlosen Schlaf erhoffte. Er war ein großer, breitschultriger Mann, dessen Haar an der Wurzel blond und darunter mit Pflanzensaft rot gefärbt war. Sein Körper war von Strapazen gezeichnet, sein Gesicht vom Fieber gedunsen.

Vier Wochen war es her, seit Orchideenpflücker ihn in der Nähe von Chag aus den Sümpfen gerettet hatten, wo er fiebernd und gänzlich von Sinnen umhergeirrt war. Man hatte ihn ins Kloster der Noioniten in der Nähe von Selem gebracht, und unter den kundigen Händen der Heiler war sein Verstand zurückgekehrt, aber er konnte oder wollte lange Zeit nicht erzählen, was ihm widerfahren war. Sobald man ihn drängte, verfiel er in Krämpfe und brachte, schäumend und mit verdrehten Augen, überhaupt keinen vernünftigen Satz mehr zustande.

Schwester Palmeya blieb bei ihm sitzen, bis der Trank ihn überwältigte und er seufzend auf sein Lager zurücksank, um eine ruhige Nacht zu genießen. Dann schritt sie, die brennende Ampel in der Hand, langsam den Gang vor den Krankenzellen entlang.

Der Rahja hatte seinen Höhepunkt erreicht. Die gepflegten Gärten und Haine rund um das Hospital des barmherzigen Ordens blühten und grünten, die Luft war schwer vom Duft des frischen Heus und der honigtriefenden Blüten. Der laue Abendwind, der durch die Fensteröffnungen hereinstrich, brachte den würzigen Geruch des Abendessens aus der Küche des Klosters mit sich. Vögel zwitscherten schrill in den Baumwipfeln. Da waren freilich auch andere Geräusche: das gedämpfte Stöhnen und Schreien, Schluchzen und Lachen der Tobsüchtigen und Zerrütteten hinter den Zellentüren, ein wildes Hämmern von Fäusten, die hilflos gegen die schweren Bohlen schlugen, das Trampeln tanzender Füße ...

Palmeya blieb stehen, strich die Falten ihres Gewandes glatt und berührte mit den Fingerspitzen ehrfürchtig das zierliche Abbild der Seelenwaage Rethon, das sie um den Hals trug. Sie war eine schöne Frau, mit einem klaren, strengen Gesicht unter dunklem Haar, das sie glatt zurückgekämmt und im Nacken geknotet trug.

Boron helfe dem Unglücklichen und schenke ihm Vergessen! dachte sie. Der Mann mußte Furchtbares mitangesehen haben. Sie wußte, wer er war, Leute aus Chag und Selem hatten ihn als einen Händler mit Namen Mariwan erkannt – und als ein Mitglied der unglückseligen Expedition, die im Ingerimm von Chag aus in die Sümpfe aufgebrochen und nicht zurückgekehrt war. Von den anderen hatte man nie wieder gehört. Die beiden Praiosgeweihten und ihre Diener, die Leute aus Chag – sie alle waren verschwunden, ohne eine Spur zurückzulassen.

Soviel wußte Palmeya von dem Abgesandten des Praios-Tempels in Selem, der mit der Bitte um Auskünfte zu ihr gekommen war. Man hatte ihn nicht übermäßig freundlich empfangen. Die Noioniten hatten es nicht gern, wenn andere Leute sich in ihre Angelegenheiten mischten, und die Kranken waren nun einmal ihre Angelegenheit.

Palmeya betrat ihre eigene weißgetünchte, karg eingerichtete Zelle und setzte sich an den Tisch, um einen Brief zu schreiben. Ihre Hand glitt gleichmäßig über das Papier, die Feder formte flüssige, zierlich gerundete Zeichen. Als sie fertig war, löschte sie den Brief mit Streusand ab und trat damit ans Fenster. Auf ihren leisen Pfiff hin flog ein Rabe aus den Baumwipfeln auf und setzte sich flügelschlagend auf das Sims. Sie band ihm die Papierrolle ans Bein und flüsterte ihm zu: »Bring das nach Zorgan.«

Der Vogel flatterte auf und verschwand im Abendhimmel.

Cordovan der Weise war stolz darauf, daß er keinen Sekretär benötigte, sondern wichtige Briefe mit eigener Hand schrieb – wie diesen Brief an die Stadt des Lichtes in Neu-Gareth. Es war eine etwas heikle Angelegenheit, die richtigen Worte für Kunrad von Marmelunds Verschwinden zu finden. An sich gab es nicht viel zu berichten: Der Inquisitor war in die Sümpfe gefahren und, wie andere vor ihm, nicht wiedergekehrt. Aber Cordovan hatte einige Mühe, dem Erhabenen Pagol Greifax von Gratenfels in geschickten Wendungen anzudeuten, daß er dieses Verschwinden keineswegs vorbereitet hatte. Andernfalls schickte Pagol ihm vielleicht noch mehr Leute, für die man in Neu-Gareth keine Verwendung mehr hatte.

Der Hochgeweihte ergriff die Büchse mit dem Streusand und löschte das Geschriebene sorgfältig ab, ehe er es zusammenrollte, siegelte und beiseite legte, um es dem Kurier zu übergeben.

Sein Kopf war schwer von düsteren Gedanken. Ausgerechnet jetzt, da seine Hirngespinste sich als wahr herausgestellt hatten, war Kunrad verschwunden! Hatte er zuviel erfahren? Oder war er den Sümpfen zum Opfer gefallen wie so viele tollkühne Abenteurer vor ihm?

Cordovan fühlte sich in einer höchst unbehaglichen Zwickmühle. Einerseits konnte er das Wissen, das er in den Tempelarchiven gewonnen hatte, nicht für sich behalten – ein Echsenpriester, der seit Jahrhunderten darauf wartete, in Borbarads Dienste zu treten, war keine Kleinigkeit; Neu-Gareth mußte unbedingt davon erfahren. Andererseits wollte Cordovan nicht in den Verdacht geraten, daß Kunrad ihn mit seinem Wahnsinn angesteckt hatte. Es war nicht gerade der günstigste Zeitpunkt, um Pagol Greifax von Gratenfels mit einem Bericht über echsische Verschwörungen zu überraschen.

Im Boronkloster zu Zorgan wurde der Hochgeweihte Thallian von Stipen von einem nächtlichen Boten geweckt – einem Raben, der auf seinem Fenstersims gelandet war und mit dem Schnabel fordernd an die Scheibe pickte. Thallian, der wie alle Boroni einen leichten Schlaf hatte, erwachte augenblicklich und erhob sich, um zu öffnen. Barfuß und im Nachthemd trat er ans Fenster und holte den Raben herein, in dem er einen Boten aus Selem erkannte.

Thallian war ein hochgewachsener Mann, bereits um die fünfzig, mit kahlgeschorenem Kopf, starken Wangenknochen und auffallend dunkler Haut, die an einen Wüstensohn in seiner Familie denken ließ.

Das erschöpfte Tier saß auf seiner Faust, während er den Brief zum Tisch trug und eine Kerze entzündete.

Ehe er jedoch las, gab er dem Raben zu trinken und schickte einen dienenden Bruder mit ihm in die Klosterküche, um ihn zu füttern.

Dann kleidete Thallian sich an, setzte sich an den Tisch und begann zu lesen.

›Ehrwürdiger Bruder Thallian!

Eine seltsame und unaufgeklärte Geschichte, die auch die Wißbegier der Praioskirche erregt hat, beschäftigt uns hier in Selem, und wir vertrauen sie Eurer Weisheit an. Möge Boron Eure Träume erleuchten!

Hier im Kloster wurde vor einem Mondlauf ein Mann eingeliefert, Mariwan genannt, ein Händler aus Selem, dessen Geist von den Schrecknissen eines unbekannten Erlebnisses zerrüttet war …«

Thallian las, die Hände in den Ärmeln seiner schwarzen Robe verschränkt, mit großer Aufmerksamkeit Palmeyas Brief. Eine Stelle weckte seine besondere Aufmerksamkeit.

›… nannte er in seinem Fieberwahn den Namen eines Mannes namens Ofrim von Roswylde, von dem er behauptete, er habe etwas Tödliches und sehr Gefährliches in seinem Besitz ›in der kalten Einöde in den Yalaiad-Hügeln‹, einen Greuel vor den Göttern, und er kenne auch ein Ritual, dieses Gefährliche zu beschwören. Dieser Mann sei ein Graf oder Ritter in Aranien, so erzählte er, und ich bringe Euch die Sache zur Kenntnis, da ich befürchte, es ist etwas Weitreichendes daran. Mariwan war in heftiger Angst und Erregung, dieser Greuel könne losgelassen werden. Ich bin überzeugt, er weiß noch viel mehr und wird es uns auch erzählen, wenn erst die wilden Wellen seiner Verstörung sich gelegt haben, aber ich benachrichtige Euch jetzt schon, damit Ihr geeignete Schritte ergreifen könnt. Es scheint sich um ein Geheimnis zu handeln, dem die Praioskirche begierig nachspürt, denn sie fragten mich hier danach. Ich antwortete ihnen jedoch nichts.‹

Ofrim von Roswylde, dachte Thallian. Der Name hatte vor einem Jahr viel Staub aufgewirbelt, als die Praios-Inquisition das Land in Unruhe versetzt hatte. Seither war er wieder in Vergessenheit geraten. Der Borongeweihte hatte sich damals wie bei allen Anklagen wegen Hexerei kundig gemacht, denn alles, was mit Nekromantie und der Verehrung des Namenlosen zu tun hatte, fiel in seinen Bereich. Als Kunrad den Inquisiten jedoch nach Fasar bringen ließ, hatte er sich nicht weiter um die Geschichte gekümmert.

Er hatte ohnehin keine gute Meinung von Kunrad von Marmelund gehabt. Seiner Ansicht nach hatte das Augenmerk des Inquisitors im Grunde nur auf dem losen Treiben der Hexen gelegen, und er hatte nicht oft genug hören können, wie schamlos es auf ihren Festen zuging. Thallian war milde gegenüber den Sünden des Fleisches. Die Hexen waren in seinen Augen Kinder, die auf einem Grab tanzten und spielten – mochten sie sich vergnügen, solange es ihnen vergönnt war! Es lohnte nicht, dafür nach der Rute zu laufen.

Palmeyas Brief jedoch ließ Ernsteres und Schlimmeres befürchten. Aufgeschreckt erhob sich der Hochgeweihte, rief einen dienenden Bruder und befahl ihm, seinen Schüler Refardeon zu schicken.

Wenig später trat der Jüngling vor ihn hin.

Refardeon war ein schöner, wenn auch sehr bleicher Mann von zweiundzwanzig Jahren, der selbst in der unscheinbaren Kutte der Boroni schmuck aussah. Sein Haar ringelte sich von Natur aus zu schlaffen Locken, die ihm ungebärdig in die Stirn fielen, sooft er sie auch zurückstrich; seine Augen waren dunkel, feucht und von einem leuchtenden Blick erfüllt, aus dem die Begeisterung für seine Berufung sprach. Trotz seiner Jugend war er ein angesehener Mann im Zorganer Boronkloster und ein hochgeschätzter Mitarbeiter des Hochgeweihten, denn Refardeon war einer jener Menschen, die Boron zurückgewiesen hatte: Schon tot, war er wieder ins Leben zurückgekehrt, während sein Leichnam aufgebahrt lag. Seit der Zeit verfügte er über eine außergewöhnliche Hellsicht und zuweilen über magische Kräfte.

Thallian gab ihm den Brief zu lesen. »Mach dich kundig, was es über diese Sache zu wissen gibt, und erstatte mir Bericht«, befahl er dann. »Es ist möglich, daß wir uns nach Roswylde begeben müssen, und ich möchte vorher gut im Bilde sein.«

Refardeon verbeugte sich und ging, den Befehl auszuführen.

Mariwan wandelte mit schweren Schritten durch die Laubengänge im Garten des Klosters der Noioniten. Schwester Palmeya begleitete ihn und bot ihm freundlich ihren Arm. Der Händler fühlte, wie er allmählich aus den eisigen Wirbeln umnachteten Schreckens auftauchte. Er fühlte wieder die Wärme der Sonne, er konnte wieder essen … vor allem konnte er wieder schlafen, ohne daß jene schreckliche Ungeheuerlichkeit seine Träume vergiftete.

»Ich bin kein frommer Mann«, sagte er, während er vorsichtig einen Fuß vor den anderen setzte. Die lose braune Krankenkutte, die er trug, flatterte im warmen Wind, und die Brise spielte mit seinem rot gefärbten Haar. »Ich habe Phex ein wenig geopfert, das ist alles. Vielleicht bin ich deshalb so hart gestraft worden. Es gibt Dinge, die sollten die Götter keinen Menschen sehen lassen … Ich dachte, ich hätte in meinen zehn Jahren in den Sümpfen alles gesehen, was ein Mann nur sehen kann, ohne auf der Stelle den Verstand zu verlieren, aber nicht das … nicht das …«

»Setzt Euch ein wenig«, lud ihn die Schwester ein. »Die Sonne brennt heiß, und Ihr seid müde.« Sie führte ihn zu einer Bank in einer Laube. In der Nähe perlte ein Springbrunnen. Palmeya holte ihm Wasser, und er trank in gierigen Schlucken.

»Die verfluchten Akrr'tzr!« rief er, nachdem er sich mit dem Handrücken die feuchten Lippen gewischt hatte. »Sie hatten von Anfang an einen Plan! Sie wollten seine Gestalt ... diese hohe, schöne Gestalt mit den blauen Augen und dem goldlockigen Haar ... aber es gelang nicht ... es gelang nicht ganz ...« Seine Augen weiteten sich und ein qualvoller Schauder durchlief seinen Körper. »Dieses Ding ... dieses götterlästerliche Ding, zu dem sie sich vermischten ... nie hat jemand ein solches Ungeheuer gesehen ...«

Schwester Palmeya – die sich jedes seiner Worte sorgfältig merkte – tätschelte seinen Arm. »Es war ein schrecklicher Traum, Mariwan. Boron schenke Euch Vergessen!«

»Es war kein Traum«, beharrte der Händler. Das Kinn auf die verschränkten Finger gestützt, glotzte er leer vor sich hin. »Es war Wirklichkeit .... diese bleigraue Leichenstadt ... und das Wesen, zu dem sie verschmolzen ...«

Sein Blick wanderte über die Gartenanlagen, aber er sah weder die rotblühenden Rosen noch die munteren Spiele der Eichhörnchen unter den Bäumen. Kaltes Entsetzen schüttelte ihn, und er krampfte die Hände zusammen. »Erst waren es zwei ... nun ist es eines ...«

»Was wurde aus diesem Wesen?« fragte Schwester Palmeya.

»Es starb«, murmelte Mariwan. »Es starb, als es das Sonnenzepter ergreifen wollte. Ich glaube, sie hatten von Anfang an geplant, ihn zu töten, nachdem sie ihn erst einmal aus seinem Körper verjagt hatten. Sie gaben ihm einen anderen Körper ... einen der Ihren. Der Heilige griff nach dem Sonnenzepter, und es tötete ihn mit einem Blitz ...«

Refardeon brauchte nicht lange, um alles Wissenswerte über die Roswyldes zu sammeln. Noch am Nachmittag desselben Tages trat er wieder vor Thallian und legte ihm vor, was er in den Archiven des Klosters gefunden hatte.

Der Hochgeweihte hörte aufmerksam zu. Daß beide Roswyldes Hexen waren, wunderte ihn nicht weiter: Das sittenlose Zauberpack war in Aranien so weit verbreitet, daß es einem gleichsam an jeder Straßenecke begegnete. Anscheinend waren sie friedfertige Hexen, die nur gelegentlich die Hand nach verbotenen Dingen ausstreckten – die Praios-Inquisition hatte festgestellt, daß sie hin und wieder Totenzauber trieben. Im übrigen war nichts bekannt, daß sie Dämonen angerufen oder mit ihnen paktiert hätten.

»Wir müssen sie dennoch befragen«, entschied Thallian. »Und wir werden es rasch tun. Rüste unsere Diener und besorge ein Schiff, das uns zum Yalaiad bringt.«

So kam es, daß am nächsten Tag die Inquisition der Boronkirche aufbrach – längst nicht so prächtig und ehrfurchtgebietend wie die der Praioskirche, aber von kaum geringerer Macht. Thallian und Refardeon wurden von zwei Dienern und vier Rittern der Golgariten begleitet. Über ihrem Troß flatterte die Fahne mit dem Bildnis des Raben im Wind. Dennoch war dieses weltliche Gepränge kaum mehr als ein Zeichen der Rechtmäßigkeit ihres Auftrags. Ihre wirkliche Macht lag in ihren Herzen und Händen, über denen Borons mächtiger Schutz webte.

Thallian wußte, daß der Schwarze Baron und seine Schwester ebenfalls Soldaten und Diener hatten und daß kein Schwert und Schild ihrem Fluchzauber Widerstand geboten hätten. Er konnte nur hoffen, daß es zu keinem Kampf käme. Nach allem, was er gehört hatte, waren die Roswyldes keine hartgesottenen Schurken, und es mochte sich herausstellen, daß die Vorwürfe sich als haltlos erwiesen.

»Wir wollen sie erst einmal milde befragen«, sagte er zu Refardeon, während sie zum Meer hinunterritten. »Es stehen nur die Beschuldigungen eines Kranken gegen sie, so verdächtig mir diese auch klingen. Nur wenn sie sich weigern, müssen wir zu härteren Mitteln greifen.«

Thallian führte keine Foltergeräte und keinen Torturmeister mit sich. Er verließ sich auf seine Macht, widerstrebende Inquisiten mit Borons Strafe zu bedrohen, eine Drohung, die selten ihre Wirkung verfehlte.

Der Baron war eben dabei, von der Hecke vor dem Burgtor Rosen abzuschneiden, als ein barfüßiger Junge auf einem Esel aus Roswylde heraufgejagt kam. »Herr!« rief er atemlos, »Herr! Da kommen Geweihte!«

Ofrim erstarrte. Ein Fluch schlüpfte ihm über die Lippen. »Geweihte? Sprich rasch, tragen sie weißgoldene Roben?«

»Nein, schwarze Kutten, und sie haben ein kleines gebrochenes Rad um den Hals hängen.«

Ofrim stand reglos und biß knirschend am Nagel des Zeigefingers. Boroni! Was in aller Welt hatten die in Roswylde zu suchen? Und warum hatten die wachsamen Bäumchen sie durchgelassen? Der Schwarze Baron hatte kein reines Gewissen; er wußte, daß es in den Augen der Borongeweihten ein Verbrechen war, mit den Augen von Toten Zauberei zu treiben, und sie hätten ihn dafür belangen können – was freilich nicht sehr wahrscheinlich war, wenn man ihn nicht gerade auf frischer Tat ertappt hätte. Er hatte zur Zeit nicht einmal Augen im Haus.

»Haben sie Knechte mit? Reiter? Schergen?« wollte er wissen.

»Ja, vier Reiter in schwarzen Rüstungen und zwei Diener.«

Mit einem tiefen Atemzug streckte sich der Baron, griff in seine Kleider und warf dem Kind eine Münze zu. »Es ist gut. Verschwinde von hier.« Er selbst eilte in die Burg zurück und befahl Ruban, die unwillkommenen Gäste am Tor zu empfangen, während er zu Morla lief.

»Boroni in Roswylde!« Die Hexe war ebenso erstaunt wie ihr Bruder. »Was können sie von uns wollen? Die Bäumchen haben sie durchgelassen, also sind sie uns nicht feindlich gesonnen … dennoch, mein Bruder, wir wollen gut achthaben und ihnen auf die Finger sehen.«

Keine halbe Stunde später langten die beiden Borongeweihten mit ihrem Troß am Tor an, und wie es ihm aufgetragen war, empfing Ruban sie höflich und führte sie in die Halle, wo er ihnen Erfrischungen anbot, während er seine Herrschaften holte.

Ofrim wischte sich die Handflächen an den Kleidern ab, als er in die Halle hinunterging. Er spürte, daß auch Morla angespannt war. Zu seiner Erleichterung waren die Borongeweihten zwar mit Dienern und Rittern, aber ohne Folterknechte gekommen. Ein alter, kahlgeschorener und ein sehr schöner junger Mann standen vor dem Kamin und sahen ihnen aufmerksam entgegen. Beide trugen schwarze Gewänder und hatten das Symbol des gebrochenen Rades um den Hals hängen. Ihre Augen waren ernst und eindringlich, und Ofrim senkte eingeschüchtert den Blick, als er ihnen begegnete. Eine Welle der Angst überlief ihn.

Morla trat einen Schritt vor. »Willkommen in meinem Haus, Reisende«, sprach sie die Gesandten an. »Wenn Ihr hungrig und müde seid, erfrischt Euch. Können wir sonst noch etwas für Euch tun?«

Der Ältere machte eine leichte Verbeugung. »Ich danke für Eure Freundlichkeit, Euer Gnaden. Ja, Ihr könnt viel für uns tun. Wir kommen in einer wichtigen Mission.«

Die Geschwister sahen einander unbehaglich an. Ofrim biß sich auf die Lippen. Morla fragte kühl: »Was haben die Geweihten des Boron bei uns auszurichten?«

»Wir kommen als Freunde«, antwortete Thallian rasch. »Es liegt an Euch, daß es so bleibt. Wir möchten Euch unter vier Augen sprechen.«

Morla ließ sich keine Gemütsbewegung anmerken, aber Ofrim, der jede Regung seiner Schwester kannte, wußte, daß sie angespannt war wie ein Frettchen. Beide gingen in Gedanken alles durch, was die Boroni bei ihnen beanstanden könnten, aber es fiel ihnen nichts Rechtes ein. Den Instrumentenkoffer mit der Basiliskenzunge und der Nadel hatten sie vorsorglich verborgen, und so wußten sie nicht, was sie denken sollten.

»Ihr seid uns willkommen«, antwortete Morla steif und wies sie in das Gemach, in dem sie mit Josmabith von Zorgan ihr vertrauliches Gespräch geführt hatten.

Thallian warf einen Blick auf die beiden Hexen und sah sofort, daß sie beide ein schlechtes Gewissen hatten – das war freilich auf jeden Fall zu erwarten gewesen; die Kinder Satuarias standen es sich nun einmal nicht gut mit den Geweihten der Zwölfgötter. Immerhin waren sie bemerkenswert höflich gewesen, als sie ihn und seine Begleiter ins Haus geladen und ihnen Erfrischungen angeboten hatten. Nun saßen sie zu viert in einem kleinen, spitzbogig gewölbten Zimmer mit Fenstern, durch die man im blauen Dunst das Tal von Roswylde liegen sah. Der tulamidische Diener hatte Wein, Brot und Früchte gebracht.

Schöne Menschen sind das, dachte Thallian. Der Baron ähnelte mit seinen dunklen Augen und der kühnen Nase einem Tulamiden, aber seine Haut war weiß, und sein Haar hatte unter dem Schwarzbraun einen goldenen Schimmer. Die Frau war elfisch schön, mit starren Mandelaugen und einem wollüstigen roten Mund. Beide bewegten sich so weich wie die beiden Katzen, die ihnen hinterherliefen, und verströmten bei jeder Bewegung einen angenehmen Geruch, der an Parfüm und Rauschkräuter erinnerte. Ich hoffe, dachte Thallian, sie zeigen sich zugänglich; ich würde es bedauern, sie mit Drohungen zwingen zu müssen.

»Ich habe Euch namens der Boronkirche einige Fragen zu stellen«, sagte er rundheraus. »Beantwortet sie offen und ehrlich, so wird niemand zu Schaden kommen. Kennt Ihr einen Mann namens Mariwan – einen Händler aus Selem?«

Die beiden sahen ehrlich erstaunt aus, als sie im Chor den Kopf schüttelten.

»Er erhebt Anklage gegen Euch, daß Ihr etwas Gefährliches und Tödliches auf Eurem Gebiet verborgen haltet.«

Wieder war ihr Erstaunen echt. »Was meint er damit?« verlangte die Frau zu wissen. »Ein Tier etwa?«

»Nein, ein daimonides Wesen.«

Jetzt sahen die beiden einander blitzschnell an, und ihre Augen waren nicht mehr unwissend.

»Ihr wißt davon!« stellte der Boroni fest, ehe sie ableugnen konnten.

Die beiden nahmen einander an den Händen wie zwei Kinder, die sich fürchten, gescholten zu werden. »Was will die Kirche des Boron von uns?« fragte die

Frau herausfordernd. »Verfolgt Ihr uns in dieser Sache? Seid Ihr Inquisitor?«

»Ich muß nur Inquisitor sein, wenn Ihr schweigt oder leugnet. Nun?«

Schweigen.

»Wenn Ihr mir trotzt, muß ich hart zu Euch sein.«

Wieder tauschte das Paar bedeutungsvolle Blicke. Dann setzten sie sich nebeneinander hin, immer noch Hand in Hand, als wollte sich einer beim anderen Kraft holen. Thallian beschloß, sie ein wenig mehr unter Druck zu setzen, und hielt ihnen vor, was noch in Palmeyas Brief gestanden war. »Dieser Mann Mariwan wirft Euch vor, daß Ihr einen götterlästerlichen Greuel verbergt, einen Seelenwanderer, der von Körper zu Körper schlüpft.«

Diesmal erschraken sie so heftig, daß sie rot wurden. Der Mann kaute an den Fingerknöcheln und die Frau preßte die vollen Lippen zusammen, bis sie strichdünn waren. Immer noch gaben sie keine Antwort.

Thallian bedeutete seinem Begleiter, das Gespräch fortzusetzen. Refardeon hatte ein eigenes, fast elfisches Charisma, das ihm rasch das Vertrauen anderer Menschen gewann, und so versuchte er nun, die beiden Hexen zum Sprechen zu bewegen. Thallian lauschte und bemerkte bald, daß sie schwankten. Offenkundig hatten sie Angst vor Strafe, aber gleichzeitig schien ihnen etwas auf den Lippen zu liegen.

»Habt keine Furcht«, beschwor sie der junge Geweihte. »Ich sehe Euch an, daß Ihr nichts Böses getan habt; warum wollt Ihr nicht sprechen? Wir sind ohne Henker gekommen, ohne Folterknechte ...« Natürlich wußte Refardeon so gut wie jeder andere, daß selbst ein völlig unbewaffneter Boroni genügt hätte, dem Nachtvolk Angst einzujagen; den lebensfrohen Hexen waren die düsteren Diener des Totengottes fremd und unheimlich, und sie wichen ihnen aus, wo sie nur konnten. Auch die Geschwister Roswylde saßen da wie Katzen, denen man ins Gesicht bläst; auf der äußersten Kante ihrer geschnitzten Stühle, die Lippen abwehrend zusammengepreßt, die Augen mißtrauisch zusammengekniffen.

Refardeon mußte noch eine ganze Weile von seinem Charisma Gebrauch machen, ehe sie nachgaben.

»Wir haben es selbst nicht gewußt«, murmelte der Mann. Die Frau unterstützte ihn rasch: »Wir haben nichts damit zu tun.«

»Erzählt mir, was Ihr wißt.«

Sie wanden sich noch ein Weilchen, dann rückten sie damit heraus. Thallian hatte den Eindruck, daß sie im Grunde dankbar waren, mit jemandem darüber reden zu können, daß ihnen die Geschichte selbst schon über den Kopf gewachsen war, und er trug Sorge, sie nicht hart anzureden. Statt dessen lauschte er aufmerksam, als sie ihm die ganze lange Geschichte erzählten. Als sie zu Ende gekommen waren, nahmen sie einander in die Arme und blickten ihn scheu an, überzeugt, daß sie Strafe verdient hatten.

Thallian beruhigte sie. Ihm lag nichts daran, sie zu schelten, und außerdem brauchte er ihre Mitarbeit. »Laßt mich das Bild und die Handschrift sehen«, bat er.

Sie führten ihn ohne Widerstand in die Ahnengalerie und brachten das Buch herbei. Der Geweihte las und gab es seinem Begleiter zu lesen. Thallian merkte rasch, daß der Mann, Ofrim, der Zugänglichere der beiden war. Sobald das Eis einmal gebrochen war, berichtete er mit einer gewissen Selbstgefälligkeit, wie er auf Ssr'thon'choths Spur gekommen war, und beantwortete Fragen überhaupt viel offener und bereitwilliger als die Frau. Thallian lächelte unmerklich in sich hinein. Die aranischen Männer waren alle Klatschmäuler, auch wenn sie Hexer waren – eine nützliche Eigenschaft, wenn man viele Fragen zu stellen hatte. Er achtete darauf, daß der Faden des Gesprächs nicht abriß, während er sich in der Ahnengalerie umsah.

»Man findet in Aranien selten einen Mann, der fließend lesen und schreiben kann, schon gar das Isdira, die Sprache der Elfen«, bemerkte er.

Der Baron strich sich mit einer eitlen Bewegung das Haar zurück. »Meine Frau Mutter hat es mich gelehrt«, erwiderte er mit sichtlichem Stolz in der Stimme. Es schmeichelte ihm, wenn Dritte seine Gelehrsamkeit bemerkten. »Sie war der Meinung, daß ich zu Höherem berufen sei, als Kinder zu zeugen, wie es die natürliche Aufgabe eines Mannes ist. Sie sah ein Zeichen ... als ich geboren wurde, setzte sich ein geheimnisvoller Vogel auf meine Wiege, anzusehen wie ein Rabe, mit Federn, die in allen Farben schillerten, und feurig glänzenden Augen. Die Zwölfgöttergläubigen behaupteten, es sei Bishdariel gewesen, der Sendbote Borons. Meine Frau Mutter und meine Frau Großmutter wollten nicht daran glauben, daß einer der Zwölfe uns seinen Boten gesandt hätte, aber von Kind an hatte ich Wahrträume und Visionen. Und so lehrten sie mich lesen und schreiben und unterrichteten mich in allem, was auch meine Schwester lernte.«

Plötzlich grinste er verstohlen hinter der vorgehaltenen Hand. »Mein Vater hielt nicht viel davon. Er sagte oft: ›Er ist ein schöner und wohlgestalteter Junge, es wird sich leicht eine Frau für ihn finden – wozu soll er all den Bücherstaub lernen? Lehrt ihn lieber, wie man eine Frau glücklich macht.‹«

Thallians Blick wanderte von Ofrims reizvoller Erscheinung zu den Ahnenbildern an der Wand. »Ihr seht Eurem Vorfahren Tar-Balasan sehr ähnlich«, bemerkte er, nachdem er das Gemälde ausführlich betrachtet hatte.

Ofrim Seidenhaar lächelte geschmeichelt. »Ja, das stimmt. Aber ich bin viel hellhäutiger als er, und mein

Haar ist glatt. Die weiße Haut habe ich von meiner Ahnin Amárandel geerbt.«

»Ihr schwebt in derselben Gefahr wie er«, fuhr der Boroni fort.

Ofrim biß sich auf die Lippen. »Ich weiß.«

Morla fragte dazwischen: »Wollt Ihr uns nun nicht auch sagen, wer dieser Mariwan ist, der uns anklagt?«

Thallian nickte. »Dazu wollte ich eben kommen. Er war ein Begleiter des Inquisitors Kunrad von Marmelund, sein Übersetzer, als dieser in die Echsensümpfe bei Selem zog, um mit dem Heiligen der Akrr'tzr zu sprechen …«

»Kunrad!« rief Ofrim erbittert aus. »Fluch über ihn! Ist er wieder auf der Jagd nach Hexen?«

»Das war er wohl, aber man hat von ihm und seinen Gefährten nie wieder gehört, nachdem sie die Sümpfe betraten.«

»Dann ist er also tot?« Ofrims Stimme bebte vor kaum verhohlener Befriedigung. »Das ist gut …«

»Ich bin nicht sicher, ob er tot ist«, widersprach Thallian. »Aber laßt uns erst an diese Sache denken, die Euch betrifft.«

»Ihr wollt uns helfen?« fragte Morla zögernd und ungläubig.

Thallian seufzte. »Euer Gnaden, es ist meine Aufgabe, gegen die Umtriebe der Untoten vorzugehen, mögen sie Euch oder anderen begegnen. Da Ihr in dieser Sache nicht meine Gegner seid, will ich Euch helfen.«

»So seid unser Gast und eßt an unserem Tisch«, sagte Morla mit zeremonieller Höflichkeit, und ihr Bruder nickte.

Refardeon stellte fest, daß man am Tisch der beiden Hexen jedenfalls nicht schlecht aß. Es gab – wie überall in Aranien – kein Schweine- oder Rindfleisch, sondern nur Geflügel und die Fische aus dem Schloßteich, dazu

Gemüse, mehrere Sorten Brot, viele klebrige Süßigkeiten und als Getränk einen ausgezeichneten Wein. Der dunkelhäutige Tulamide und ein Bauernmädchen servierten. Die beiden Hexen bemühten sich nach Kräften, gute Gastgeber zu sein, obwohl sie immer noch argwöhnisch waren – und Refardeon mußte eingestehen, daß er sich auch nicht wohl in seiner Haut fühlte. Er mußte immer wieder daran denken, daß ein Blick und eine Handbewegung dieser beiden Geschöpfe genügten, um das Essen zwischen seinen Zähnen in Stein zu verwandeln oder ihm die Zunge zu lähmen.

Kleingläubiger! schalt er sich selbst, als Furcht ihn überrieseln wollte. War Boron nicht mächtiger als die Kinder Satuarias? Beschützte er seine Geweihten denn nicht? Also faßte er wieder Mut und sprach dem guten Essen zu. Was ihn freilich befremdete, waren die beiden fetten Katzen, die bei Tisch auf dem Schoß ihrer Herrschaften saßen und von ihnen gefüttert wurden wie Kinder, ja selbst mit der Pfote in den Teller langten, wenn es sie nach dem einen oder anderen Bissen gelüstete. Die Geschwister nahmen ihnen dieses vorwitzige Benehmen nicht im geringsten übel, sondern herzten und kosten sie in einem fort.

Thallian unterhielt sich mittlerweile mit den beiden, und Refardeon hörte zu seinem Erstaunen, daß sie eifrige Verehrer zumindest zweier der Zwölfgötter waren, nämlich Peraines und Rahjas, denen sie regelmäßig opferten. Jetzt verstand er auch, was es mit den geheimnisvollen Bäumchen auf sich hatte, die ihnen an der Grenze des Gutes begegnet waren. Er bekam die ganze Geschichte zu hören, wie Rahja die beiden vor der Praios-Inquisition gerettet hatte, und sein Staunen wuchs. Der Hexer war geradezu geschwätzig geworden, was zweifellos daran lag, daß Thallian ihm mit freundlicher Aufmerksamkeit zuhörte. Es drängte ihn, alles loszuwerden, was ihm auf dem Herzen lag.

Thallian wußte, daß jetzt nicht die Zeit war, zu schelten oder Vorhaltungen zu machen. Er spürte in allen Fasern seines Herzens, daß es hier um etwas Größeres ging als um Fluchzauberei und Hexerei; er fühlte, wie sich am Rande seines Bewußtseins ein Übel auftürmte, so düster wie die urzeitlichen Steinkreise, die von den Kuppen der Yalaiad-Hügel auf sie herabblickten.

»Da ist ein Mann, der Euch sprechen möchte, Hochwürdiger Herr. Er sagt, sein Name sei Zachaban Malle.« Der Soldat der Tempelwache machte eine Verbeugung vor Cordovan und wartete auf seine Antwort.

»Zachaban Malle?« Der Hochgeweihte erhob sich mit einer ruckartigen Bewegung von seinem Stuhl. »Ist das möglich? Führ ihn zu mir – sofort!«

Er hatte an einen Irrtum oder eine Täuschung gedacht, aber es war tatsächlich Zachaban Malle, den der Soldat gleich darauf in sein Audienzzimmer führte. Der Hochgeweihte nahm sich zusammen, um gebührende Freude über die Rückkehr des Geißlers zu zeigen, eine Freude, die er in Wirklichkeit kaum empfand. Er hatte Zachaban vom ersten Augenblick an nicht leiden können und fand ihn jetzt um nichts liebenswerter. Dennoch eilte er ihm entgegen und ergriff seine Hände.

»Seid Ihr es wirklich? Praios sei Lob und Dank! Wir hielten Euch für tot ... und Euren Herrn auch.«

»Wir leben beide.« Zachabans Gesicht war noch bleicher als sonst, so daß es fahl wie Asche wirkte; seine wässerigen Augen blickten noch kälter.

»So sprecht: Wo ist Kunrad?«

Der Garetier zögerte. »Es sind Dinge geschehen ... dunkle und schlimme Dinge. Die Akrr'tzr sind ein tückisches und lügenhaftes Volk, sie trachteten uns nach dem Leben ...«

»Setzt Euch, und erzählt mir alles von Anfang an.« Cordovan befahl einem Diener, dem Garetier Wein zu bringen, damit er sich stärke, dann ließ er sich in seinen Stuhl zurücksinken und lauschte aufmerksam.

Zachaban erzählte von der Reise in die Sümpfe, von der Tücke der Akrr'tzr, die ihnen die Sphärenkugeln und die Sonnenscheibe gestohlen hatten, schließlich von dem Gespräch mit dem Heiligen. »Das Ungeheuer«, erzählte er, »bot meinem Herrn einen Handel an ... Es wollte ihm alle Geheimnisse der alten Echsenpriester und der Hexen verraten, wenn Kunrad ihm dafür seinen menschlichen Leib gäbe ...«

Cordovan fuhr entsetzt auf. »Welch lästerliches Ansinnen! Er hat es abgelehnt, oder?« Aber im selben Augenblick wußte er schon, daß Kunrad nicht abgelehnt hatte. Vom Wahnsinn beflügelt, verlockt von der Aussicht, die letzten dunklen Geheimnisse der Verfluchten zu enthüllen, hatte er zugestimmt, hatte seinen praiosgegebenen Leib an das Ungeheuer verkauft!

»Was geschah?« fragte Cordovan mit bleichen Lippen. »Sprich, Mensch, sprich! Laß mich wenigstens wissen, was der Unglückselige getan hat!«

Zachaban antwortete mit gesenktem Kopf. »Er stimmte zu. Das Ungeheuer überreichte ihm ein schwarzes Buch, in dem er eine Weile blätterte ... Dann rief das Wesen: ›Nun ist es an mir.‹ Er wollte Kunrads Leib nehmen, aber es gelang nicht ... sie vermischten sich ... wurden eins ... Praios bewahre mich vor der Erinnerung! Ein fürchterliches Wesen stand vor mir ... zur Hälfte war es Kunrad, wie ich meinen Herrn kannte, zur Hälfte ein sich windender Krake ... Dutzende Tentakel, die nach allen Richtungen peitschten ... nur der obere Teil war der eines Menschen ...«

Cordovan hörte reglos zu, wie der Geißler stockend und stotternd das entsetzenerregende Wesen beschrieb, das zur Hälfte Kunrad von Marmelund, zur Hälfte der

Heilige der Akrr'tzr war, der seinen verhüllenden Mantel abgeworfen hatte und sich in seiner ganzen Abscheulichkeit zeigte.

»Es warf Kunrad aus seinem Körper«, fuhr der Garetier mit stammelnder Stimme fort, »und sandte ihn in den Körper eines der Akrr'tzr ... Ich wußte, daß es uns betrogen hatte; es wollte ihn von Anfang an töten, sobald es ihn seines Körpers entledigt hatte ... Eines seiner Tentakel griff zu und entriß ihm das Sonnenzepter ...«

Er schilderte, wie ein tödlicher Blitz aufgefahren war, als die lästerlichen Greifwerkzeuge des Monstrums die geweihte Waffe ergriffen. Blendende Helle hatte das Langhaus erfüllt, und als die verstörten Zuschauer wieder sehen konnten, war von der verdoppelten Mißgestalt nur noch ein klebrig verschmorter Haufen übriggeblieben, an dessen Rand schwächlich ein paar abgetrennte Tentakel zuckten.

Von Raserei über den Tod ihres Heiligen ergriffen, hatten die Akrr'tzr sich auf die Fremden gestürzt und die Männer aus Chag sowie die Begleiter der Praiosgeweihten auf der Stelle erschlagen. Was aus dem Übersetzer Mariwan geworden war, wußte Zachaban nicht zu sagen. Ihn selbst und Kunrad hatte ein Wunder gerettet, wie er erzählte. »Es war«, flüsterte er mit einer Stimme, die noch in der Erinnerung zitterte, »als würden wir plötzlich hinweggetragen ... Ich sah nur einen hellen Glanz, als blickte ich in die Sonne ... Hügel und Sümpfe glitten unter mir vorbei ... Dann fand ich mich vor den Toren von Selem wieder.«

»Ein Wunder!« rief Cordovan fassungslos. »Wahrlich, Ihr steht hoch in der Gunst des Hohen und Erhabenen, daß er Euch eines solchen Wunders für würdig erachtete!« Dann beugte er sich vor. »Wo ist Kunrad von Marmelund jetzt?« fragte er mit bebender Stimme.

»Ich weiß es nicht. Er sagte mir nur, er gehe seiner

letzten Bestimmung entgegen. Mich sandte er zu Euch, um Euch zu warnen.«

»Wovor?«

»Er erzählte mir, in den Yalaiad-Hügeln, wo die verfluchten Hexen wohnen, warte der uralte Echsenpriester Ssr'thon'choth mit seiner Gefährtin Ych'thszz auf seine Auferstehung, um als Borbarads Statthalter über Aranien zu herrschen … So stehe es im Buch des Ungeheuers geschrieben.«

Cordovan nickte gedankenvoll. Der Heilige der Akrr'tzr hatte die Wahrheit gesagt. Er hatte auch keinen Zweifel daran, daß Kunrad auf wunderbare Weise in eben jene Yalaiad-Hügel gebracht worden war, daß den Inquisitor dort in der Einsamkeit seine letzte Bestimmung erwartete. Wie seltsam, daß der Wahnsinnige letztendlich recht behalten hatte!

Cordovan wußte, daß ihm die Ereignisse aus den Händen geglitten waren. Was im Yalaiad vorging, spielte sich außerhalb seiner Reichweite ab; selbst wenn er augenblicklich seine Untergebenen entsandte, würden sie niemals rechtzeitig in den fernen Hügeln ankommen. Ihm blieb nichts mehr übrig, als seinen Bericht von dem Vorgefallenen an die Stadt des Lichtes zu ergänzen und ihm Zachabans Zeugnis beizulegen.

Der Wind pfiff kalt über die Senke des Dairig Bhru-Passes und löste da und dort einen lockeren Stein, der polternd davonrollte. Bleiches Mondlicht breitete sich über das rissige Gemäuer des Echsenturmes. In einiger Entfernung an der alten Paß-Straße, die hier bis zur Unkenntlichkeit zerfallen war, erhob sich ein Windschutz aus groben Steinen. In seinem Schatten kauerte, in einen Umhang aus grün-gelbem Alligatorleder gewickelt, eine widerwärtige Gestalt: krummrückig, plattfüßig, mit den vorquellenden Augen und den schlaffen, wulstigen Fischlippen der Akrr'tzr. Die hornigen Hände umklammerten ein goldenes Sonnenzepter.

Seit Tagen wartete Kunrad von Marmelund hier in der Einöde. Seine groteske Gestalt kümmerte ihn nicht: Sein Leib hatte ihm nie viel gegolten und galt ihm jetzt noch weniger. Er wußte, daß seine Mission beinahe erfüllt war, daß sein letztes, wichtigstes Werk knapp vor dem Abschluß stand. Ein einziger gewaltiger Kampf noch, und seine Seele würde in Praios' Lichtpalast eingehen als einer der Geliebten und Gepriesenen des Göttervaters, einer der Großen unter den Seligen, die in seinem Glanz lebten. Hatte Praios ihn nicht aufs wunderbarste ausgezeichnet, als er ihn für würdig erachtete, durch ein Wunder gerettet zu werden?

Kunrad hatte mit seinem Leben abgeschlossen. Er kümmerte sich kaum noch um diese Welt. Hätte er nicht auf wunderbare Weise jeden Morgen ein Stück Brot und ein Stück Fleisch vor seinem Windschutz vorgefunden, so wäre er wohl verhungert, ohne es zu merken; aber Praios sorgte für seinen Gesandten und sandte einen Falken, der ihm täglich zu essen brachte.

Kunrad von Marmelund war glücklich wie nie zuvor in seinem Leben. Während sein Leib bucklig, glotzäugig und schnarchend die platten Füße über die Steine schleppte, jubilierte seine Seele im Widerschein ewigen Glanzes. Praios hatte Wort gehalten, seine Verheißung war wahr geworden – er würde ihm die Auszeichnung zuteil werden lassen, den Urvater des Bösen zu vernichten, das monströse Wesen, das in dem alten Turm lauerte. Kunrads Hand würde den härtesten Schlag gegen das Echsengezücht in Aranien führen.

Seit der Begegnung mit dem Heiligen war der Inquisitor auch von der unablässigen Heimsuchung durch die Hexen befreit. Er war geheiligt, er war abgesondert von allen anderen, sie hatten kein Anrecht mehr auf ihn. Ihre schauderhaften Gestalten hatten keine Macht mehr, ihn nächtens zu quälen. Nur an den Hexer von Roswylde dachte er zuweilen und hoffte, Ssr'thon'-choth befinde sich im Körper seines nichtswürdigen Nachfahren, wenn er ihn zerschmetterte.

Seine trüben Augen glotzten das Bauwerk an, das im Mondlicht einen scharf abgezeichneten Schatten warf. Noch war es nicht so weit. Noch wartete der Unhold – vielleicht auf eine letzte Beschwörung, vielleicht auf den rechten Stand der Sterne. Worauf er auch wartete, es konnte nicht mehr lange dauern, bis er aus seinem Gefängnis hervorbräche wie ein brüllender Löwe.

Ofrim Mawr Bian hatte nie gedacht, daß er sich eines Tages mit einem Geweihten der Zwölfgötter ganz ausgezeichnet unterhalten würde. Der junge Boroni faszinierte ihn. Endlich hatte er jemanden gefunden, der genau verstand, was er ihm erzählte, so stockend und unsicher er seine Worte auch wählte! Überwältigt griff er nach den Händen des Jünglings und hielt sie fest. »Wie ist es möglich, daß Ihr mich versteht?« fragte er fassungslos. »Vermögt Ihr in meine Seele zu schauen?«

»Nein, das vermag ich nicht«, erwiderte Refardeon. »Aber was Euch widerfahren ist, ist nicht so ungewöhnlich, daß Ihr der einzige wäret. Ihr seid auf vielen dunklen Wegen gegangen und habt dabei Euch selbst gefunden.«

»Das mag sein, doch nun fürchte ich mich wieder zu verlieren.«

Refardeon schüttelte den Kopf. »Was Ihr gefunden habt, ist unverlierbar. Selbst wenn es Ssr'thon'choth gelänge, Euch aus Eurem Körper zu vertreiben, so könnte er Euch nicht mehr zunichte machen.«

»Aber wie kann ich mich davor bewahren, daß er

mich aus meinem Körper vertreibt? Ich fürchte den Gedanken, ein körperloser Geist zu werden.«

Der junge Boroni schwieg. Er wußte, daß es nicht in seiner Macht stand, Ofrim zu beschützen. Schließlich sagte er: »Wen fragt Ihr um Rat, wenn Ihr eines Rates bedürft?«

»Meine Schwester«, erwiderte der Baron augenblicklich. »Und wenn sie mir nicht raten kann, so frage ich die alten Bäume im Walde.«

»Vielleicht ist es an der Zeit, das zu tun, was Euer Glaube Euch rät«, antwortete Refardeon leise, »denn der meine kann Euch nicht helfen.«

Ofrim von Roswylde ritt hinaus in den sonnbeschienenen Wald. An derselben Stelle wie immer hielt er seinen Grauschimmel an und stieg aus dem Sattel. Mit geschmeidigen Bewegungen schlüpfte er aus seinen Kleidern, legte sie sauber gefaltet ins rauhe Gras und schritt nackt davon. Thymian und Wacholder kratzten an seinen Waden, die Zweige der Zedern streiften seine perlweiße Haut und hinterließen rötliche Streifen darauf. Er atmete ruhig und tief.

Vor den hohen Bäumen angekommen, verneigte er sich und trat dann auf sie zu, um sie zu umarmen und sich eng an sie zu schmiegen. Eine Weile später setzte er sich ihnen gegenüber auf die sonnenwarme Felsplatte und überließ sich der tiefen Ruhe, die ihn immer durchströmte, sobald er diese Lichtung betreten hatte.

Er fühlte, wie sein Körper empfindsam wurde und allmählich die tausenderlei kleinen Bewegungen fühlte, die sich um ihn herum abspielten: das Zittern der Gräser, das Laufen geschäftiger Ameisen, den vielfüßigen Schritt eines Käfers, der durch schwankende Halme hastete. Er hörte das Summen und Wispern zahlloser

Stimmen in der frühsommerlich heißen Luft. Seine Zunge schmeckte Erde und Holz. Seine Gedanken waren das Fließen der schwach bewegten Luft, das Pulsieren der Säfte in den Pflanzen, der Blutkreislauf winziger Wesen.

Nachdem er lange so dagesessen war, tauchte ein Bild in seinen Gedanken auf. Er glaubte zu sehen, wie aus dem Boden rund um Roswylde absonderliche Schößlinge sproßten: Menschliche Arme waren es, die den Boden durchstießen und in die Luft ragten. Dann sah er sich selbst inmitten dieser Arme stehen und fühlte, wie die Hände nach ihm griffen und ihn festhielten, während die Leiber tief verwurzelt im Boden steckten. Und schlagartig begriff er, daß nichts ihn aus seinem Körper vertreiben konnte, solange all diese erdverwurzelten Hände ihn hielten.

Ein Schauder überlief ihn, als hätte ein kühler Wind ihn gestreift, zugleich breitete sich eine tiefe Erleiterung in seinem Innersten aus. Er fühlte, daß er die Antwort bekommen hatte, obwohl er mit dem Bild noch nichts anzufangen wußte.

Eine Weile blieb er noch sitzen, in tiefes Sinnen versunken, dann stand er auf, verneigte sich ehrfürchtig vor den Bäumen und machte sich auf den Rückweg.

Am Abend erzählte Ofrim den Boroni von seiner Vision. Nach der Mahlzeit kam Morla – der daran gelegen war, zu den Herren freundlich zu sein – und sagte: »Wir bieten unseren Gästen gewöhnlich warmen, gesüßten Wein als Schlummertrunk an, aber ich denke, ich habe etwas Besseres für Euch, Priester des Boron.« Sie zog ein Seidentüchlein von einer kostbar mit Holzintarsien eingelegten Schatulle. »Hier habe ich hausgemachtes Rauschkraut für Euch, in unseren eigenen

Wäldern gesammelt. Es wird Euch die weisesten und schönsten Träume schenken.«

Die beiden Boroni warfen einander Blicke zu. Das Angebot war verlockend, aus dem Kräuterkästchen stieg ein Duft auf, der in der Nase brannte und Schleier vor den Augen webte. Kein Zweifel, daß dieses selbst gesammelte und bereitete Rauschkraut etwas weitaus Besseres war als die vertrockneten und schal gewordenen Büschel, die die Zorganer Apotheker dem Kloster verkauften.

Morla lächelte spöttisch, als sie das Zögern der beiden Männer sah. »Habt Ihr Angst, wir wollten Euch vergiften? Seht, hier ist die Wasserpfeife, ich will das Kraut als erste rauchen – und mein Bruder mit mir.«

Beschämt widersprachen die beiden. Sie nahmen das Angebot an, baten nur darum, in ihren eigenen Gemächern rauchen zu dürfen, da sie den Genuß des Krautes mit Gebeten und Meditation begleiten wollten.

Morla sah ihnen nach, als sie hinausgingen, dann lehnte sie den Kopf an Ofrims Brust. »Mein Bruder«, rief sie lachend, »wenn wir ihr Herz nicht mit diesem Rauschkraut gewonnen haben, dann muß es aus Stein sein.«

Er fuhr ihr mit gespreizten Fingern durch das Haar. »Du bist klug und listig wie eine Natter. Höre, ich muß dich etwas fragen.« Er erzählte ihr die Vision, die er im Wald gehabt hatte. »Wie deutest du mir das Bild?«

Sie dachte eine Weile nach, dann antwortete sie: »Die Hände, die aus der Erde greifen, sind unsere Bauern. Sie sind im Lande verwurzelt wie wir, sie werden dich beschützen. Sag ihnen, sie sollen jeder einen Streifen von seinem Gewand reißen und sie an dein Gewand binden, dann wird ihre Kraft dich halten, und der Böse kann dir nichts antun.«

»Ich bin so schwach«, flüsterte er leise, während er die Wange an ihr Haar schmiegte. »Gegen diesen Echsenpriester bin ich ein Nichts.«

»Du magst größere Kräfte in dir haben, als du selbst weißt.«

»Ich hoffe es«, murmelte er zweifelnd. »Ich hoffe es sehr, denn sonst bläst er mich weg wie ein trockenes Herbstblatt.«

Im Dorf Roswylde unten stellte die arme Nurhabad, die Dorftrottelin, den Besen in die Ecke und glotzte aus wässerigen Augen zum Yalaiad hinüber. Die Abendschatten hingen über den Bergen, zwischen den Hügelkuppen leuchtete in wildem Rot der Sonnenuntergang. In ihrem dumpfen Geist hatte sich, sie wußte nicht wie, eine bestimmte Vorstellung eingenistet: Wenn sie dort hinaufginge, wo der alte Echsenturm stand, dann fände sie auf seiner obersten Stufe eine herrliche Mahlzeit vor, alles, was ihr Herz nur begehrte. Süßen Kürbiskuchen mit einer Zuckerglasur, gebratene Fische, rostbraunes Huhn und leckere Brötchen, in die Beeren eingebacken waren. Das alles wartete dort auf sie, und sie mußte nichts weiter tun, als hinaufgehen und es sich holen.

Sie wußte auch, daß ihr der Weg leichtfallen würde, trotz ihres krummen Rückens und ihrer platten Füße. Etwas würde sie führen und tragen, würde ihr jeden Schritt weisen.

Sie warf einen blinzelnden Blick nach allen Seiten, ob jemand sie beobachtete, dann schlurfte sie zum Stall hinaus und schlug den Weg durch die Gärten ein.

Die Nacht war bereits hereingebrochen, und die Geschwister wollten eben schlafen gehen, als Ruban meldete, daß Lichter den Weg vom Dorf heraufkämen. Neugierig und auch ein wenig beunruhigt traten die beiden Hexen auf den Söller hinaus und beobachteten die Fackeln, die durch den Wald tanzten, während Ruban unter dem Tor auf die Gäste wartete. Wer immer da kam, die Bäumchen hatten ihn oder sie durchgelassen, also nahte kein Feind, aber geheuer war den beiden der nächtliche Besuch nicht.

Dann freilich wandelte sich ihre Besorgnis in jubelnde Freude, als die Reiter in den Burghof ritten und ein wohlvertrautes braunes Gesicht unter einem lachsfarbenen Turban zu ihnen heraufblickte.

»Josmabith!« rief Ofrim und beugte sich so weit über die Brüstung des Söllers, daß er beinahe das Gleichgewicht verloren hätte. »Josmabith von Zorgan!« Dann jagte er, mit gerafften Kleidern, die Wendeltreppe hinunter der mächtigen Hexe entgegen, der Eigeborenen. Morla folgte ihm etwas gemessener.

Es war tatsächlich Josmabith, die da in einem prächtigen Reisekleid vor ihnen stand, umringt von mehreren Dienern, Söldnern und Zofen. Sie umarmte Ofrim und küßte ihn herzlich auf beide Wangen, dann begrüßte sie Morla auf dieselbe Weise.

»Wie kommst du hierher? Bringst du Nachrichten? Was führt dich zu uns?« riefen sie beide gleichzeitig.

Josmabith hob lächelnd die Hände mit den ockerfarbenen Handflächen. »Seid still, meine Lieben! Wollt ihr mir nicht erst ein Glas Wein anbieten?«

»Oh, gewiß. Entschuldige unsere Unaufmerksamkeit.« Ofrim begleitete sie in die Halle, während Ruban dienstbeflissen um den Wein lief und sich dann um das Gefolge der Kurtisane kümmerte.

»Ihr habt Besuch«, flüsterte Josmabith mit einem bedeutungsvollen Blick auf die Wendeltreppe, die in den Oberstock führte, wo die beiden Boroni schliefen.

»Ja, aber sie sind uns wohlgesonnen«, erklärte Morla. Dann lächelte sie. »Und ich will sie heute abend nicht mehr stören, ich schätze, sie sind zu beschäftigt mit Beten und Rauchen. Aber nun komm! Du mußt unbedingt noch einen kleinen Imbiß mit uns einnehmen. Magst du warmen Wein und etwas Süßes? Die Mägde werden dir sofort das Zimmer richten. Wenn du ein Bad willst, brauchst du es nur zu sagen.«

Josmabith streckte sich und gähnte. »Ja, ein Bad würde mich erfreuen. Das Schiff war ein stinkender Eimer, und der Weg zu euch ist staubig. Leistet mir im Bad Gesellschaft! Ich wette, euer Zuber ist groß genug.«

So dauerte es nicht lange, bis sie alle drei gemütlich in dem hölzernen Badezuber saßen und sich unterhielten, während eine Zofe ihnen Süßigkeiten und Wein servierte. Ruban schürte das Feuer des Badeofens und goß von Zeit zu Zeit mit einem Krug heißes Wasser nach. Josmabith rekelte sich behaglich in der köstlich duftenden, warmen Flut, in der ihre zimtbraunen Brüste wie Inseln schwammen. »Ihr seid wie immer überaus gastfreundlich«, sagte sie, während sie Ofrim einen Fuß hinstreckte, damit er ihn ihr massierte. »Aber ihr könnt euch denken, daß ich in einer ernsten Angelegenheit gekommen bin.«

»Gewiß«, stimmte Morla zu, die mit schwesterlicher Zuneigung der Besucherin den Rücken rieb. »Du hast von unserer Sorge gehört?«

»Mehr Leute reden davon, als ihr ahnt. Niemand weiß etwas Genaues, aber die Gerüchte summen und surren daher wie ein Schwarm Stechmücken. Als ich hörte, daß die Boroni zu euch reisen, bin ich sofort ebenfalls aufgebrochen.«

»Wie hast du erfahren, was sie bei uns wollen?«

Josmabith machte eine lässige Handbewegung. »Ich habe überall treue Augen und Ohren, selbst im Boronkloster zu Zorgan. Ich wußte freilich schon vorher, daß etwas im Busch ist. Seit ein paar Wochen blickt alles böse Volk in Zorgan nach dem Yalaiad. Es waren wohl die Chimären, die die Nachricht gebracht haben, daß dort etwas im Gange ist. Dimiona schweigt, aber man weiß, daß sie toll vor Zorn und

Sorge ist. Was immer bei euch geschieht, es gefällt ihr nicht.« Sie ließ sich ein wenig tiefer ins Wasser gleiten und stieß Ofrim mit den Zehen auf die bloße Brust. »Nun, öffne den Mund, schöner Bruder, und berichte genau, ehe ich dich strafe.« Dabei lächelte sie jedoch freundlich, und er beugte sich vor und küßte ihre nassen Zehen.

Josmabith so nahe zu sein, war keine Kleinigkeit für einen so leicht erregbaren Mann wie Ofrim, und er mußte sich ordentlich zusammennehmen, um ihr eine vernünftige Antwort zu geben, statt nur zu stöhnen und zu seufzen. Er brachte es jedoch zustande, ihr alles zu berichten, was bis zu diesem Tag geschehen war.

»Ein Echsenpriester!« rief sie aus, als er zu Ende gekommen war. »Nun verstehe ich ... dieser Schurke wartet nur noch den rechten Zeitpunkt ab, um aus den alten Steinen zu entfliehen und die Herrschaft über Aranien anzutreten. Wahrhaftig, dir steht eine schwere Aufgabe bevor, Ofrim.«

»Kannst du mir nicht helfen?« fragte er kleinlaut.

Ihre dunklen Augen sahen ihn eindringlich an. »Ich kann dir die Aufgabe nicht abnehmen, die das Schicksal dir gestellt hat. Aber ich werde dir helfen, so gut ich kann. Wenn ihr auf den Yalaiad zieht, so werde ich einstweilen mit allen meinen Kräften euer Schloß und eure Bauern schützen, und ihr wißt, ich habe nicht wenig Macht.«

Morla atmete tief durch. »Da bin ich dir von Herzen dankbar, Josmabith. Ich selbst werde meinen Bruder begleiten. Ich tue es leichten Herzens, wenn ich weiß, daß du da bist und das uns Anvertraute bewachst.«

Die schöne Hexe lächelte. »Dann will ich damit anfangen, daß ich heute nacht euer Bett und euren Schlaf bewache.«

Ofrim entschlüpfte vor Aufregung ein Laut, der fast ein entzücktes Quieken war, und Morla stieß ihn unter konnte er sich auf etwas gefaßt machen. Die Bäumchen behüteten zwar die Grenze, aber sie hatten keine Macht über all das Gelichter, das seit grauer Vorzeit unter den mächtigen Bäumen und in den tiefen Schluchten des Yalaiad hauste.

Er merkte, daß die Frauen ihn abwartend anstarrten. »Ja«, antwortete er langsam, »das ist wirklich ein böses Vorzeichen.«

»Was sollen wir tun, Herr?« Die drei blickten ratsuchend zu ihm auf.

Er schritt eine Weile auf und ab, die Arme vor der Brust verschränkt, und dachte nach. Schließlich befahl er: »Sendet Boten nach Llyndall und Olabith und sagt, man soll dort dasselbe tun, was ich euch auftrage: bringt die Kinder und die hilflosen Alten in den Tempel der Rahja; die Geweihten dort sollen beten und opfern. Ihr anderen, wehrhafte Frauen und Männer, schneidet euch jeder eine Rose von den Stöcken, die um den Tempel gepflanzt sind, und tragt sie am Herzen. Sie wird euch schützen und bewahren. Dann geht heim und rüstet euch, als wäre es Krieg, und die verfluchten Norbarden kämen, euch zu erobern. Wehrt euch, wie es euch euer Sinn und Verstand eingeben. Morla und ich werden tun, was in unserer Macht steht. Ich sage euch jetzt schon, es wird ein schlimmer Kampf werden.«

So entließ er die Bauern. Er wollte sich aufmachen, mit beiden Boroni zu sprechen, da kamen sie schon die Treppe herunter. Beide wirkten frisch und munter – das Rauschkraut mußte ihnen gutgetan haben und hatten bereits bemerkt, daß das Unheil vor der Tür stand. Als nun auch Morla zu ihnen trat, setzten sie sich am Tisch in der Halle nieder und beratschlagten.

Boron berichtete von der Unterredung mit seinen Bauern. »Wie es aussieht«, bemerkte er düster,

Wasser mit dem nackten Fuß an, er möge sich beherrschen. Aber ihre Augen glitzerten ebenfalls vor Vorfreude wie Diamanten.

Oben in der Einöde des Dairig Bhru-Passes kauerte der Inquisitor Kunrad von Marmelund hinter seinem Schutzwall aus Steinen und wartete. Er spürte es im tiefsten Inneren, daß er nicht mehr lange zu warten hatte. Etwas bereitete sich vor. Erfahren in der Gegenwart des Bösen, spürte er dessen leiseste Regungen, ein Zittern im Wind, das Unheil verhieß, einen kalten Hauch, der über den Paß dahinschwebte. Es dünkte ihn, daß er aus der Richtung des Echsenturmes einen schwachen Laut hörte, ein dumpfes Summen wie von einem Wespennest. Es mußten die Steine sein, aus denen dieses Brummen drang. Sie gerieten in heimliche Bewegung. Und als die Nacht herabsank, erkannte er, daß ein Glanz wie von grünem Mondlicht um den Turm hing, ein schwaches Gleißen, als wären die uralten Mauern mit Rauhreif bedeckt.

Er zog die Knie unters Kinn und glotzte unverwandt hinüber. Die Dinge waren ins Laufen gekommen, das Ende war nahe.

Der Schlaf floh ihn, und so bemerkte er gegen zwei Uhr nachts, wie eine menschliche Gestalt sich dem Turm näherte. Erst dachte er verblüfft, es sei ein Akrr'tzr, der da heranschlich, so krumm und plattfüßig, glotzäugig und kahlköpfig war das Wesen, aber dann erkannte er im hellen Mondlicht eine Aranierin. Zweifellos war sie schwachen Geistes, das verrieten die vorquellenden Augen und die hängende Unterlippe, aber sie bewegte sich erstaunlich leicht und flink, als würde sie von etwas Unsichtbarem geführt und getragen. Sie verschwand in der Eingangsöffnung des Turmes, und wenig später sah er ihre krumme Gestalt zu der obersten Plattform hinaufsteigen. Dann hob sie sich deutlich sichtbar von den mondbeschienen Steinen ab.

Im selben Augenblick stieß ein riesiger mißgebildeter Vogel aus dem Himmel herab. Schwingen schlugen, Krallen packten zu, ein unbarmherziger stählerner Schnabel hackte nach Fleisch und Bein. Die Gestalt stürzte, und ihre wilden, herzzerreißenden Todesschreie drangen an Kunrads Ohr.

Er tastete nach dem Sonnenzepter, das er in seinem Umhang verbarg.

Es war so weit. Blut war auf dem Echsenturm geflossen.

Am nächsten Morgen – der Schwarze Baron hatte nach einer sehr kurzen Nachtruhe kaum Zeit gehabt, sich zu waschen und sein Haar zu bürsten – meldete ihm Ruban, vor dem Schloß warte eine Gruppe aufgeregter Bauern auf ihn. Die Leute waren offensichtlich durch irgend etwas verschreckt und suchten Rat und Hilfe bei ihrem Herrn.

Ofrim trat ans Fenster und blickte hinaus. Er war mit Kopfschmerzen aufgewacht, und ein Blick ins Freie zeigte ihm, daß etwas Übles sich zusammenbraute. Die Luft war kühler geworden, als es dem Ingerimm anstand, geradezu kalt, der Himmel hatte ein merkwürdig gelbliches Aussehen, und eine ungesunde Stille herrschte, als wagte kein Geschöpf die Stimme zu erheben. Trotz der Kühle war es stickig wie in einem geschlossenen Raum; er fühlte, wie ihm der Schweiß auf die Stirn trat. Rasch wandte er sich dem in Ebenholz, Silber und Perlmutter eingelegten Schrank zu, in dem Morla ihre Arzneien und Gifte aufhob, bediente sich reichlich aus einem elfenbeinernen Döschen und spürte

sofort, wie sein Kopfschmerz verschwand und der Schweiß versiegte. Allerdings fühlte er sich trotz der Arznei noch längst nicht gänzlich wohl. Er spürte, da[ß] Böses geschehen würde, ehe der Tag zur Neige ging.

Nicht gerade in bester Laune schritt er in die H[alle] hinaus und befahl Ruban, die Sprecherinnen der L[...] zu ihm zu bringen. Die alte Zulhamin, die Dorfä[lteste] erschien, eng in ihren gestrickten Umhang gew[...] und mit ihr die Enkelin Aisha und eine zwei[te ...] Alle drei knieten nieder, küßten ihm die Hand [und] hoben sich dann wieder auf seinen Wink hin.

»Nun, was gibt es?« fragte Ofrim.

»Böse Vorzeichen, Herr«, ergriff Zulham[in mit] krächzenden Stimme das Wort. »Heute [...] mehrere Leute bei uns im Dorf das Faul[weiblein sa]hen, das die Ernte verdirbt. Von Haus z[u ...] mit einer Kerze in der Hand und sch[...] zum Fenster hinein, daß sie wirr vo[...] Man erkannte sie deutlich, sie trug [...] wand und die bauschige Haube, u[...] waren zwei Beulen wie Hörner.«

Ofrim sog zischend den Atem [...] Kinn. Das Faulweiblein war einer [...] in Roswylde ihr Unwesen trieb[...] er und Morla viel Kraft auf, e[...] bannen, damit es nicht den W[...] roten Brand in die Trauben [...] entwand es sich ihren Ban[...] durch die Dörfer, anzuseh[...] mit pusteligem Gesicht, [...] rührte.

Der unerfreuliche Ge[...] oben im Yalaiad solc[...] Faulweibleib die Kra[...] der Sprüche abzus[...] Morla sie belegt [...]

»werden wir es nicht nur mit Sssr'thon'choth zu tun bekommen, sondern mit allem, was hier in Roswylde an üblen Geistern herumschwärmt. Wir können sie zwar bannen, aber es wird viel von unserer Kraft fordern.«

»Ihr seid berufen, dem Sssr'thon'choth gegenüberzutreten«, mahnte Thallian. »Spart Eure Kräfte für ihn.«

Ofrim grinste freudlos. »Meine Kräfte sind gering, Priester des Boron. Ich vermag Euch ein paar hübsche Stücklein zu zaubern, wenn es verlangt wird, aber ich habe nicht die Kraft, einem der großen Daimoniden entgegenzutreten.«

»Ihr hattet gestern eine Vision«, erinnerte ihn Refardeon. »Habt Ihr schon Klarheit erhalten, was das Bild sagen will?«

»Ja.«

»Dann tut, was Euch darin befohlen wurde.«

So kam es, daß Ofrim und Morla ins Dorf hinunterritten. Sie waren für den Kampf gekleidet: Beide trugen unter ihren Kleidern ein starres Korsett aus Fischbein und Leder, das Stiche und Schläge vom Herzen fernhalten konnte, und auf dem Rücken einen Köcher, in dem je zwei schlanke, rasiermesserscharfe Rapiere aus Zwergenstahl steckten, dazu einen Kampfstab aus Ebenholz. An der Brust verbarg jeder eine Basiliskenzunge in lederner Scheide, deren Klinge in Drachenspeichel getränkt war. Ihre Kleider waren rot und purpurfarben, mit Zeichen bestickt, die eine schwache magische Wirkung besaßen.

Die beiden Boroni blieben im Schloß, um die Bauern durch ihre Erscheinung nicht unnötig zu verschrecken; sie beschäftigten sich damit, ihre Ritter und Diener zum Ritt auf den Yalaiad zu rüsten. Ruban tat dasselbe mit der Dienerschaft seines Herrn, die das Haus verteidigen sollte. Ein Schloß, das so tief in der Einsamkeit lag wie Roswylde, brauchte keine großen Scharen an Reisigen, also waren es mit allen kampftüchtigen Knechten und Mägden knapp dreißig Männer und Frauen, die sich in der Halle versammelten. Trotzig und wehrhaft standen sie da, mit Piken und krummen Tuzakmessern bewaffnet: Köchin, Jägerin, Wirtschafterin, Stallknechte und ein Dutzend Soldatinnen und Soldaten. Sie alle waren im Dorf oder im Schloß selbst geboren und aufgewachsen, und ihre blitzenden Augen und grimmigen Mienen verrieten, daß sie es ihren Feinden nicht leicht machen würden. Josmabith blieb mit ihren Zofen auf dem Zimmer, bis die Boroni gegangen wären (sie hatte keine Lust, den finsteren Geweihten zu begegnen), aber die Geschwister wußten, daß sie mit großer Macht über Schloß und Land wachen würde.

Bald waren die Hexengeschwister im Dorf angekommen, wo man sie augenblicklich umdrängte. Alles war in heller Aufregung, denn der schweflige Himmel wollte nicht heller werden, und die Sonne stand wie eine bronzene Schüssel am Himmel, mit einem glutroten Rand, während ein kaltfeuchter Dampf in der Luft lag. Das Wetter kündigte einen schweren Sturm an, aber diesmal, so fühlten alle, stand ihnen etwas noch Schlimmeres bevor als ein Sturm. Ihre Häuser und Gärten, ihre Kinder, ja ihre Seelen waren in Gefahr.

Ofrim Mawr Bian war sich bewußt, daß er im großen und ganzen ein guter Herr war, aber es überraschte ihn doch, mit welch heftiger Liebe und Zuneigung seine Bauern ihn begrüßten. Sie flehten Peraines und Rahjas Schutz und Segen auf sein und Morlas Haupt herab, umdrängten sie, um ihnen die Stiefel und die langen Gewänder zu küssen, und bildeten zuletzt, als die beiden anhielten, einen aufmerksam lauschenden Kreis.

Diesmal war es Morla, die das Wort ergriff. »Leute von Roswylde«, sagte sie, »eine schwere Prüfung steht uns allen bevor. Ein altes Unheil ist erwacht, und das

Los, es zu bekämpfen, ist meinem Bruder zugefallen. Ich brauche eure Unterstützung. Reißt nun jeder einen Streifen von eurem Gewand und knüpft ihn mit guten Wünschen an das Gewand meines Bruders; wenn ihm aber einer nichts Gutes wünscht, soll er sich fernhalten.«

Die Leute gehorchten – niemand schneller als die jungen Mädchen, die mit hastigen Griffen ihre Kleidersäume abrissen und Ofrim, der vom Pferd abgestiegen war, umdrängten, um sie an seine Kleider zu knüpfen. Dabei weinten sie und überhäuften ihn mit guten Wünschen, die zweifellos aus zutiefst aufrichtigem Herzen kamen. Schließlich war kaum eine darunter, die seine Nähe nicht genossen und von ihm das Geschenk der Lebenskraft erhalten hatte. Die Älteren folgten, und auch hier war Ofrim gerührt, als er sah, wie viele knorrige Hände ihn segnend berührten, wieviel die Gute und die Holde Göttin zu seinem Schutz anflehte. Einer inneren Bewegung zufolge schwoll ihm das Herz, der Atem stockte ihm, und er fühlte, wie ein Strom von Glückseligkeit ihn durchfloß. Sein Blick schweifte über die Menge der Bauern hinweg zu den Gärten, in denen die erste Ernte stand, zu den schmucken rot-weißen Häuschen, den Tabakfeldern und Weingärten. Wie sehr liebte er dieses Land!

»Ich danke euch«, sagte er leise.

Die Maid, die im Tempel der Rahja diente, kam zu ihm und reichte ihm in den gewölbten Händen einen Zweig der wundersamen Bäumchen, die das Land beschützten, und eine knospende Rose. Er verbarg beides unter den Kleidern an der Brust.

Dann rief er den Leuten zu: »Auf! An die Waffen! Und wenn man euch bedrängt, so wehrt euch, wie es wackeren Leuten geziemt!«

Vier seiner Reiter stoben nach Llyndall und Olabith, um zu sehen, ob man sich auch dort nach Kräften auf den Kampf vorbereitete, während Ofrim und Morla ins Schloß zurückkehrten.

Dann brachen sie, zusammen mit den Boroni und ihrem Troß, zu den einsamen Höhen des Dairig Bhru-Passes auf.

Es war ein finsterer Zug, der sich da über die Waldpfade zu den Kuppen der Yalaiad-Hügel hinaufwand. Die Boroni und die Golgariten in ihrem Troß schwiegen, wie es ihre Gewohnheit war, und auch die beiden Hexen waren in Gedanken versunken und sprachen kaum ein Wort miteinander. Ofrim sorgte sich um Merewin, die mit ihrem Gefährten Winnemore in Josmabiths Obhut zurückgeblieben war. Wenn ihr nun irgendein Übel zustieß? Er liebte die Vertraute wie ein Kind, und es hätte ihm das Herz gebrochen, wenn sie verwundet oder getötet worden wäre. Sie war zwar eine überaus kluge und wehrhafte Katze, die sich nicht so leicht fangen ließ – dennoch grämte er sich.

Die Reiter merkten rasch, daß das Wetter tatsächlich einen übernatürlichen Ursprung hatte. Während der Himmel zu ihren Häuptern wie ranzige Butter aussah und die Sonne, von einem rötlich glühenden Hof umgeben, kaum noch Licht gab, sammelten sich rasch dichte Wolken von einer Farbe wie Chorhoper Tinte über den Bergen. Ein unbehaglicher Wind wehte von den Hügelkuppen herab, der einen muffigen, dumpfen Geruch der Verwesung mit sich trug, als dörrten dort oben in den Schluchten die Kadaver von Tieren und Menschen. Unter seinem Anhauch gilbten da und dort die Blätter der Büsche und Baumschößlinge.

Sie hatten kaum die halbe Höhe der Hügel erreicht, von denen man auf die Türme von Roswylde hinabsah, als im Wald Lärm laut wurde und zwischen den Bäumen Gestalten auftauchten: Maraskaner mit schieläugigen Galgengesichtern, gut dreißig an der Zahl, die schreiend auf sie zu stürmten. Ihre zerlumpten Kleider und narbendurchzogenen Gesichter verrieten, daß es sich um eine der vielen Räuberbanden handelte, die in den Wäldern ihr Unwesen trieben. Ofrim hatte schon früher mit ihnen zu tun gehabt und nicht wenige von ihnen hängen lassen, aber jetzt, so begriff er, ging es um mehr als um Rache für die vielen Spießgesellen, die an den Galgenbäumen von Roswylde das gebührende Ende gefunden hatten: Diese Lumpen und Schelme hatten die Aufgabe, ihren Aufstieg zu verhindern oder jedenfalls zu verzögern. Sie schnitten ihnen auch, wie er gedacht hatte, sofort den Weg nach oben ab und schwangen lärmend ihre Waffen.

Der Hexer warf den Boroni einen Seitenblick zu. Die Geweihten blieben ruhig auf ihren Pferden sitzen, aber die vier Ritter und die bewaffneten Diener verständigten sich mit kurzen Blicken über den Angriff, dann preschten sie los. Er sah, wie sie todesmutig mitten in den Schwarm der Räuber hineinritten. Ofrim kannte die Golgariten nicht und wußte nicht, daß sie mit völliger Todesverachtung kämpfen, da sie sich bei einem ehrenvollen Tod die sofortige Aufnahme in Borons Schlafgemach erhoffen; er staunte nur so, als er sah, wie furchtlos sie in das lärmende Gewimmel hineinjagten. Schon fielen, von den Hieben der Schwerter niedergemäht, zwei Räuber zu Boden; Blut tränkte den kurzen Rasen der Felsenhöhe – Blut, das im unnatürlichen Licht der Sonne schwarz aussah.

Ofrim zögerte noch. Er war – wie die Mehrzahl seiner Landsleute – kein begeisterter Kriegsmann. Es lag ihm eher, sich mit List und Zauberei aus der Schlinge zu ziehen, wenn er bedrängt wurde. Aber als einer der Golgariten von den Räubern vom Pferd gerissen wurde und in Gefahr schwebte, am Boden zerhauen und erstochen zu werden, gab er seinem Grauschimmel die Sporen und stürzte sich mitten ins Getümmel. Er war ein guter Kämpfer mit dem Degen und ein noch besserer mit dem Kampfstab. Mit pfeifendem Schwung fuhr das Holz nieder und traf einen der Räuber, einen wüsten Gesellen mit einem Kahlkopf, so rot wie ein Puterkamm, genau zwischen den Augen auf der Stirn, so daß der Schädel zersprang wie eine Eischale. Ofrim ritt einen weiteren Mann nieder, der ihm entgegensprang, und spürte, wie die Knochen unter den Pferdehufen knirschten und ihm Blut aus dem Mund quoll. Da fuhr ihm selbst von einem blitzenden Khunchomer ein Hieb entgegen, dem er gerade noch mit einer schnellen Bewegung ausweichen konnte.

Morla fegte auf ihrer zierlichen tulamidischen Stute an ihm vorbei, ihre roten Kleider flogen, ihr loses Haar wirbelte in der Luft, als sie einem Maraskaner entgegenstürmte und ihm das schlanke Rapier durch die Brust stieß. Der Mann stand noch, als sie es schon wieder herausriß und ihr Pferd wendete. Heulend vor Wut drängten die Angreifer auf sie zu, versuchten ihre Kleider zu erhaschen, um sie aus dem Sattel zu reißen; aber da war Ofrim schon an ihrer Seite. Sein Kampfstab wirbelte und traf den Nacken eines Mannes mit so fürchterlicher Wucht, daß sein Kopf vom Nacken knickte wie das Köpfchen einer Blume. Lautlos fiel der Getroffene zu Boden. Schon sprang jedoch der nächste heran und schleuderte ein Messer, das Morla über der Schulter durchs Haar fuhr und ihre Wange aufritzte.

Als Ofrim Seidenhaar seine Schwester verwundet sah, und mochte es auch noch so geringfügig sein, erwachte ein nie gekannter Kampfgeist in ihm. Mit einem durchdringenden Schrei stürzte er sich, den Schlagstock über dem Kopf wirbelnd, auf einen der wenigen Berittenen unter den Räubern und schleuderte ihn vom Pferd, daß er in einem Aufflackern schmutziger Kleider durch die Luft flog und hinter seinem Pferd auf der Erde liegen blieb. Im nächsten Augenblick donnerten die kleinen, mit scharfen Eisen beschlagenen Hufe von Morlas Stute über ihn hinweg.

Eine halbe Stunde dauerte der Kampf, und Ofrim blieb bei all seiner Geschicklichkeit nicht unverletzt. Ein mächtiger pockennarbiger Kerl, der wie die Brut eines Maraskaners und eines Ogerweibs aussah, ritt ihm entgegen und schwang sein Tuzakmesser hoch in der Luft, um ihm den Schädel zu spalten. Ofrim duckte sich tief über die Mähne des Pferdes und riß das Tier herum, um dem furchtbaren Hieb zu entgegen, aber die Schneide des Tuzakmessers fuhr an seinem Schenkel vorbei und hinterließ einen langen Schnitt durch Tuch und Fleisch. Mit einem tierischen Grölen drang der Räuber auf ihn ein, als er ihn verwundet sah. Der Baron erkannte, daß er in ernster Bedrängnis war; aus seinem Schenkel strömte das Blut, er spürte, wie ihm heiß und schwindelig wurde.

Morla jagte herbei, als sie ihren Bruder bluten sah. Die Golgariten, die den Angriff ebenfalls gesehen hatten, hielten die Angreifer von den beiden fern, während sie Ofrim vom Pferd half und ihn ins Gras bettete. Rasch glitten ihre Finger über die offene Wunde. Die Augen geschlossen, murmelte sie die magischen Worte *Balsamsalabunde*. Augenblicklich stockte der Blutstrom, die tief eingehauenen Wundränder schlossen sich, das Fleisch unter der blutgetränkten, zerschnittenen Kleidung wurde glatt. Ofrim keuchte und hustete, setzte sich aber rasch auf. »Hilf mir aufs Pferd!« verlangte er.

Morla warf einen Blick auf die Golgariten und die Diener der Boroni. »Ich glaube, der Kampf ist entschieden«, sagte sie. Tatsächlich ergriffen die Räuber einer nach dem anderen die Flucht. Die Golgariten verfolgten sie nicht; als der letzte zwischen den Bäumen verschwunden war, steckten sie ihre Schwerter in die

Scheide zurück und sammelten sich um die beiden Geweihten. Ofrim und Morla folgten ihnen. Sie hörten, wie Thallian den Dienern befahl: »Tragt die Toten zusammen.«

Das erschien dem Hexer ganz unnötig, und Morlas hochgezogene Brauen verrieten, daß sie so dachte wie ihr Bruder, aber die Geweihten ließen sich von ihrer Pflicht nicht abhalten. Als alle Leichen beisammenlagen, befahlen sie den Knechten, Fichtenzweige abzuhacken und sie damit zu bedecken, da es fürs erste unmöglich war, sie zu bestatten. Erst als eine grüne Decke die blutigen Leichen in den bunten Gewändern verbarg, gaben sie die Erlaubnis zum Weiterreiten.

»Wir werden sie begraben, wenn hier alles zu Ende ist«, erklärte Thallian.

Ofrim schüttelte den Kopf. »Das wird kaum nötig sein, Hochwürden. Hier im Yalaiad gibt es viele aasfressende Vögel. Wenn wir zurückkommen, werden wir wohl nur die blanken Knochen finden. Sofern wir überhaupt zurückkommen«, fügte er mißmutig hinzu.

Der Kampf hatte ihn zwar aufgeregt, aber um nichts mutiger gemacht. Er wünschte, die Sache wäre erledigt, und er könnte nach Roswylde zurückkehren und ein warmes Bad nehmen, statt immer weiter zu den drohenden dunklen Kuppen hinaufzureiten. Was soll ich überhaupt hier? dachte er. Wenn ich den Echsenpriester angreife, wird ihn das höchstens belustigen, und er wird mich zerquetschen wie einen Frosch.

Morla hatte wohl seine Gedanken gelesen, denn sie tröstete ihn mit leiser Stimme: »Wenn die Zeit kommt, werden Kräfte in dir erwachen.«

»Gewiß, Schwester«, murmelte er, aber ihr Trost wollte ihn nicht so recht aufmuntern. Noch nie im Leben hatte er weniger an seine Fähigkeiten geglaubt. Das Böse, das dort oben auf den steingekrönten Kuppen lauerte, war uralt und gewaltig, es würde ihn vernichten, wie ein Mann eine Laus aus seinem Pelzkragen schnippt – ihn, Morla und alle, die bei ihnen waren, einschließlich der beiden Boroni.

Der Wald hörte auf, und an die Stelle der Zedern und Pinien traten niedrige, krumme Büsche, die sich zäh an den halbnackten Boden klammerten. Der Pestwind, der vom Paß herabwehte, wurde immer deutlicher spürbar. Schon zogen die Reiter die Mäntel vors Gesicht, damit er ihnen nicht den Atem raubte, und die Pferde niesten und schnaubten. Eine Wand aus Dunkelheit zog sich über dem Paß zusammen. Häufig rollten Felssteine die steilen Hänge herab und polterten an ihnen vorbei in eine Schlucht, oder einer der aasfressenden Vögel fuhr mit einem grellen, krächzenden Schrei über ihren Häuptern dahin und erschreckte die Pferde. Der Yalaiad war schon bei gutem Wetter und ohne *taubra* ein unheimlicher Ort, voll verborgener Klüfte und tükkischer Schluchten; jetzt dünkte er Ofrim so grimmig wie die Berge des Wahnsinns.

Er wäre verzagt gewesen, hätte sein scharfer Verstand nicht begriffen, daß diese Verzagtheit nicht allein aus seinem eigenen Herzen kam. Das Wesen dort oben sandte sie ihm, wie es den Pesthauch sandte. Er preßte die Lippen zusammen und konzentrierte sich. »Amárandel!« flüsterte er, und tatsächlich ließen Furcht und Verzweiflung nach. Es war, als würde ein Stein in ein schwarzes Wasser geworfen: Wo der Stein hineingefallen war, rollten silberne Ringe zum Ufer, einer den anderen jagend. Wie Vollmond durch die Wolken bricht, erhellte Amárandels Name seine Gedanken.

Unwillkürlich hob sich sein Blick zu dem schwarzen Banner mit dem silbernen Bildnis des Raben, das stolz über ihnen flatterte, als könnten ihm Finsternis und Echsenzauber nichts anhaben. Er sah die Gesichter der beiden Geweihten: Sie waren so ruhig, als meditierten sie in ihren friedlichen Klosterzellen.

Der rätselhafte Vogel fiel ihm ein, der einst an seiner Wiege gesessen hatte – Bishdariel, wie die Zwölfgöttergläubigen behaupteten. Ob der Rabe immer noch so etwas wie sein Schutzgeist war? Ob Sulvo ihm helfen würde? Nun, was er auch von den Sphären zu erwarten hatte, er mußte sich auf den Zauber der erdverwurzelten Hände und seine eigenen inneren Kräfte verlassen, um dem Ungeheuer entgegenzutreten, das war ihm klar geworden. Ofrim von Roswylde trat in die Schranken.

Und es wird vermutlich das letzte sein, was ich überhaupt tue, dachte er, aber der Gedanke machte ihn nicht mehr so mutlos. Einmal, so ging es ihm durch den Kopf, mußte er ja doch sterben, warum nicht jetzt? Vielleicht war es besser, im Kampf dahingerafft zu werden, als dem Alter und einem erniedrigenden Tod in die Augen zu blicken.

Er richtete sich im Sattel seines Pferdes auf und atmete tief durch, ohne der abgestandenen, verdorbenen Luft zu achten, die den Hügel einhüllte. Immer höher wand sich der Pfand, vorbei an unbewachsenen braunen Hängen, auf denen die Felsblöcke wie unbegrabene Gebeine lagen, vorbei an jähen Klüften, die in undurchdringliche Dunkelheit führten, vorbei an den Ruinen seit ewiger Zeiten verlassener Katen und gemauerter Grotten, in denen Wanderer Zuflucht vor den eisigen Nächten gefunden hatten. Die Pferde gingen langsam, schweratmend, und die Reiter trieben sie nicht an.

Als Ofrim den Kopf hob, bemerkte er, daß über dem Paß ein schwaches Licht aus den Wolken sickerte, glitzernd, als regnete es dort oben – ein unbehaglicher Schein, ölig schimmernd wie brackiges Wasser. Das fruchtbare Tal von Roswylde lag tief unter ihnen. Der Wind pfiff und summte insektengleich in den Steinen, mit einem bösartigen hohen Ton, der Ofrim an ein aufgestörtes Wespennest erinnerte. Es wurde eisig kalt. Die

Reiter zogen die Mäntel enger um sich und stülpten sich die Kapuzen über den Kopf.

Dann endlich lag vor ihnen der tiefe Einschnitt des Dairig Bhru-Passes.

Kein Wesen, sei es Mensch oder Nicht-Mensch, war zu sehen, nur der Turm lag in dem öligen, regenbogenfarben schillernden Glanz vor ihnen, das vielstufige Haupt hoch emporgereckt. Das Eingangstor wirkte wie ein finsteres Loch. Davor lag etwas Weißliches, zerrissen wie ein Lamm in den Klauen des Adlers, und als sie näher eilten, stieß Ofrim einen lauten Ruf aus. »Das ist Nurhabad, die arme Blöde aus meinem Dorf!« rief er aus, während er schaudernd die blutbedeckten Überreste betrachtete. »Was hatte sie hier zu tun? Wie ist sie überhaupt hier heraufgekommen? Sie konnte kaum gehen mit ihren krummen Füßen!«

»Zweifellos«, antwortete Morla, »hat jener, der ein Opfer brauchte, sie hier heraufgelockt. Sieh! Die Steine sind nicht mehr unberührt!«

Sie wies in den Eingang. Und wirklich: Mannsgroße Steine waren beiseite gerückt, im Dämmerlicht zeigte sich eine breite Treppe, die in die Tiefe unter dem Bauwerk hinabführte.

Der Baron starrte schaudernd in den übelriechenden Abgrund hinab. So ungern, wie er sich hoch über der Erde bewegte, bewegte er sich tief unter der Erde, und aus dieser lichtlosen Höhle drang zudem ein Brodem von Verwesung, der ihm den Atem verschlug. Es war Schlimmeres als nur verrottende Materie, was er da roch, es war eine Fäulnis im Geist und im Wesen, die in ihrem Kerker jahrhundertelang vor sich hingeschwelt hatte, ehe sie nun ausbrach wie ein Schwall giftiger Gase aus einem Sumpfloch.

»Ich fürchte, wir müssen da hinunter«, sagte Morla leise.

Ofrim Seidenhaar tastete nach dem Zweig und der Rose Rahjas an seiner Brust und gab keine Antwort.

Die Pferde wurden unter Aufsicht der Diener vor dem Turm zurückgelassen, und die Boroni schickten sich an, mit den Geschwistern hinunterzusteigen. Ihnen machte die greuliche Tiefe nichts aus, sie bewegten sich gern in Grüften und Krypten, mochten sie noch so alt und fluchwürdig sein.

»Habt ihr denn keine Angst?« fragte Ofrim, als sie sich der Öffnung näherten, die in der Wand klaffte und von trockenen Flechten umrahmt war.

Die beiden schüttelten die Köpfe, und Refardeon antwortete mit leisem Tadel in der Stimme: »Wir stehen unter dem Schutz des Mächtigen, der uns unter der Erde genauso behütet wie über der Erde.«

Ofrim seufzte und machte sich schweigend an den Abstieg.

Sie hatten Fackeln mitgebracht, mit denen sie freilich sehr sparsam umgingen, denn niemand wußte, wie tief die Treppe hinabführte und wie lange das Licht vorhalten mußte. Thallian ging als erster und mit ihm der Golgarit, der die Fackel trug. Ihr rötlichgelbes Licht schwankte und schweifte über einen sorgfältig ausgehauenen Stiegenschacht, der zweifellos das Werk echsischer Hände war. Der Schmuck der Wände und Treppenstufen verriet es deutlich. Ofrim Mawr Bian hatte nie zuvor echsische Kunst gesehen; er staunte über die zugleich gräßlichen und faszinierenden Fratzen, die ihn im unruhigen Licht von überallher anglotzten. Morla ging dicht neben ihm und hielt seine Hand.

Kein Laut war zu hören außer den Geräuschen, die sie selbst machten. Die Flamme zuckte häufig in dem stickigen Dunkel. Es war allen klar, daß sie in eine Begräbnisstätte hinunterstiegen, denn bald erreichten sie einen niedrig gewölbten kleinen Raum, in dessen Mauern Fächer wie Schiffskojen ausgehauen waren. Sie enthielten längliche Kisten aus einem glattpolierten rötlichen Holz, die in der Abgeschlossenheit und der gleichmäßigen Temperatur des unterirdischen Raumes völlig erhalten geblieben waren. Der Schwarze Baron fröstelte, wenn er an ihren Inhalt dachte. Er hatte nie eine lebende Echse gesehen, nur die Zeichnungen in alten Büchern, auf denen sie noch um vieles greulicher und dämonischer dargestellt waren, als es ihrem tatsächlichen Anblick entsprach. Jedenfalls verabscheute er sie zutiefst, und bei der Vorstellung, in eine Echsengruft hinabzusteigen, erschauerte er am ganzen Körper.

Da berührte Morla seinen Arm. »Hör!« flüsterte sie mit warnend erhobenem Finger.

Sie alle verharrten und lauschten, und da hörten sie es: ein verstohlenes Scharren, als schleiche etwas auf harten Pfoten heran, ein Knistern und Kratzen ... Und noch während sie alle wie gebannt in die gähnende Öffnung hinabstierten, drang von neuem ein trockenes Rascheln von dort herauf, als schreite jemand durch dürre Blätter. Deutlich war nun auch ein schwacher Windhauch zu spüren, der auf geheimnisvolle Weise aus der Tiefe heraufwehte.

Mit angehaltenem Atem standen sie da, dann ergriff Thallian furchtlos die Fackel und stieg als erster die dräuenden Stufen hinunter.

Der unterirdische Treppengang zeigte sich im Fackellicht erstaunlich sauber. Es war, so befand Ofrim, eine furchterregende Sauberkeit. Der Treppenschacht war tot, das machte seine Reinheit aus: Der Wind, der aus der Tiefe heraufstrich, hatte die letzten Spuren von Leben getilgt – hatte die Spinnen, Asseln und die blinden Kellerschaben vertilgt und zu winzigen Aschehaufen verbrannt ... Nichts war geblieben, nicht einmal ein Spinnennetz. Das flackernde orangefarbene Licht der

Fackel beleuchtete nur Treppenstufen, Pfeiler und Mauern.

Sie gelangtem von neuem auf einen Stiegenabsatz, und dahinter führten nur noch ein paar Stufen in die Tiefe, so jäh endend, als sei der Erbauer unerwartet an ein Hindernis gestoßen – eine solide Mauer, in deren Mitte sich ein schmuckloser Torbogen öffnete. Als Thallian hineinleuchtete, sah Ofrim dahinter einen gemauerten Keller, dessen Gewölbe eine Doppelreihe von je sechs Pfeilern stützte.

Die Schritte der Männer kamen die Treppe herab, hallten lauter, als sie in das niedrige Gewölbe traten.

Thallian schwenkte den Lichtschweif der Fackel in die Mitte des Raumes. Das Licht brannte so hell, daß es die feinen Risse im Mauerwerk der Pfeiler hervorhob. »In der Mitte gibt es so etwas wie einen Schacht!« rief er, zu seinen Begleitern zurückgewandt.

Es war kein Schacht, wie sie gleich darauf sahen, sondern der Anfang einer neuen, steil abwärtsführenden Treppe, deren Stufen von dunklem Mauerwerk überwölbt waren.

Sie stiegen einer nach dem anderen die steilen Stufen hinunter.

Zuerst zählte Ofrim sie, aber bei zweihundert hörte er auf und begnügte sich mit der Feststellung, daß die Treppe sehr lang war – geradezu beängstigend lang. Vielleicht wäre sie ihm bei Tageslicht nicht so endlos vorgekommen, vielleicht lag es auch nur daran, daß sie so gleichförmig abwärtsführte, ohne jemals einen Bogen zu machen oder an einem Absatz zu enden. Dann jedoch endete sie so plötzlich, wie sie sich in der Mitte des Gewölbes geöffnet hatte. Die Fackel warf ihr Licht auf einen geschmückten Torbogen: Aus grauem Stein gemeißelt, kroch bleiches Geschmeiß und Gewürm, ekelhaft lebendig im Feuerlicht, an den Pfeilern hoch und verflocht sich auf dem Schlußstein zu einem unentwirrbaren Knäuel. Von dem Rund des Tores führte eine Freitreppe in brackiges Wasser hinunter – ihre Stufen waren breit und wunderlich geschwungen. Dort wo sie in den üblen Fluten verschwanden, waren gerade noch die Köpfe zweier Ziersäulen wahrzunehmen.

Es war nur ein Bauwerk von vielen.

Vor ihnen lag, wie eine Insel aus der glatten Flut aufragend, die bleierne Stadt, von der Ofrim immer wieder geträumt hatte.

Sie standen an einem See, dessen unsichtbare Zu- und Abflüsse in der Finsternis rieselten, plätscherten und tropften. An seinem jenseitigen Ufer erhoben sich schwarze Gebäude zu solcher Höhe, daß kein Dach zu erkennen war: mächtige, vielstöckige Häuser mit wunderlich verzierten glänzenden Kuppeln; Türme; schimmernde Obelisken; gewundene Säulen und Piedestale, die die Abbilder widerwärtiger Fabelgestalten trugen – Basilisken, Sphinxe, Harpyien und namenlose Nachtmahre.

So deutlich der böse Zauber spürbar war, der über allem hing, die Szenerie strömte eine perverse Faszination aus. Die metallisch glänzende Wasserfläche, die bizarr verzierten Häusermauern, die monumentale Größe der Gebäude, die sich aus den Klippen erhoben wie kompliziert geschliffene Juwelen aus einem breiten, vielfach durchbrochenen Ring – für das Auge war es eine vollkommene Freude, diese gespenstisch kalte Pracht aus Stein und Wasser und dem Irrwischglimmer des Nebels zu sehen.

Der gelbe Fackelschein tanzte wild über dem Wasser. Dieses fäulnisfleckige Wasser! Ofrim hätte freiwillig keine Zehe hineingesteckt, so unnatürlich war der Geruch, und so unnatürlich war das schwelende Leuchten, das daraus hervordampfte: durchsichtig schillernde Blasen, die sich bewegten wie Mengbillaer Feuer und von Zeit zu Zeit wie Seifenblasen zersprangen. Sie stiegen von der großen, träge in kreisförmigen Bahnen treibenden Flecken und Lachen einer schwefelfarbenen Substanz auf der Wasserfläche empor. Sie leuchteten in der schwarzen Suppe wie tausend übelwollende Augen, und wenn sie aufstiegen und verpufften, wurde ein scharfer Geruch wahrnehmbar.

Thallian war der erste, der die Freitreppe hinabstieg. Den Mantel um den Hals, die Fackel in der einen, die Schuhe in der anderen Hand schritt er ins Wasser, ohne sich die geringste Spur von Ekel oder Besorgnis anmerken zu lassen. Refardeon folgte ihm; in der Linken trug er Mantel und Schuhe, mit der Rechten versuchte er zu vermeiden, daß seine Kutte mit der Sudelbrühe in Berührung kam.

Ofrim reihte sich hinter ihm ein und stieg ohne ein einziges Wort in die Flut, die Stiefel in der Hand, die Kleider bis zur Hüfte hochgerafft. Ihn ekelte vor dem See, und noch mehr graute ihm vor dem Gedanken, da unten könnte etwas unterwegs sein, das sich an seinen nackten Beinen festsaugen wollte.

Der Boden des unheimlichen Weihers, entdeckte er überrascht und erleichtert, war mit unebenen kleinen Steinen gepflastert, die sich wie Pflastersteine anfühlten. War der Weiher am Ende nichts anderes als ein überfluteter Platz? In der Finsternis, in der die Fackeln ihr Licht einmal da, einmal dort hinwarfen, war es schwierig, ein zusammenhängendes Bild zu gewinnen. Das Wasser war weder kalt noch warm. Es teilte sich träg unter seinen Schritten und floß wieder zusammen, zuweilen stieg ein Wirbel von Phosphorbläschen um ihn herum auf, wenn sein Körper eine der treibenden Flächen zerriß.

Alsbald veränderte sich das Geräusch, mit dem die beiden Boroni vor ihm durch den See wateten. Wasser rieselte, plätscherte, rann über Stein. Der Baron hörte hallende Schritte. Plötzlich tauchte Thallian im Schein der Fackel über ihm auf – er saß oben auf den steinernen Stufen. Refardeon stand gebückt am Rand des Weihers und bemühte sich, das Wasser aus dem Saum seines Mantel zu wringen, der in die Brühe geraten war.

Ofrim ließ eine Schleppe rauschenden Schmutzwassers hinter sich, als er die Stufen hinaufstieg. Gleich darauf waren auch Morla und zwei der Golgariten auf dem Trockenen angelangt, die übrigen folgten ihnen.

Der Baron blickte sich um. Das rötlich-gelbe Fackellicht und der Rauchschleier, der darüber hinwegzog, trübten seinen Blick, und die Seltsamkeit seiner Umgebung verwirrte seine Sinne um so mehr, als er sie schon zuvor in seinen Träumen gesehen hatten. Thallian auf den Fersen, stolperte er weiter. Der Boden, über den sie mit vorsichtigen Schritten tasteten, bestand aus einzeln gemeißelten und polierten Platten eines grauweißen Steins, der wie Meerschaum zu unglaublich bizarren Formen geschnitzt war. Er konnte sich nicht ausmalen, was sie darstellen sollten, obwohl kein Zweifel daran bestand, daß die Formen eine Bedeutung hatten. Er glaubte etwas wie Oktopoden darin zu erkennen, jedenfalls gab es darunter stern- und sonnenförmige, gewundene, mit zahllosen Augen versehene Formen, aber wenn er genauer hinsah, erwiesen sich die Augen der Oktopoden als bloße Reihen von ornamentalen Mustern, die Fangarme verwandelten sich in Schlangenlinien, aus dem Kraken, der auf dem Schlußstein saß, wurde ein Stern … und dann verflachte und verschwamm alles zu unlesbaren Hieroglyphen.

Ofrim fühlte, wie der Dunst der Tiefe ihm die Kehle abpreßte. Bosheit wallte ihm entgegen, Bosheit schwängerte die kalkig riechende Luft und sickerte aus den altertümlichen Mauern. Er meinte zu fühlen, wie seine Haut trocken und staubig wurde und seine Hände verdorrten, und auch Morlas Hand in der seinen erschien ihm trocken und abstoßend rauh. Zitternd tastete er unter das Korsett, das seine Brust beschützte. Seine Fingerspitzen berührten den Zweig und die Rose. »O Rahja«, flüsterte er stimmlos, »o Sulvo, o alte Mutter Amárandel …« Und wieder wich die dämonische Finsternis von seinem Herzen, er atmete leichter, und ein Weilchen war ihm nicht schlimmer zu Mute, als stiege er in die Kellergewölbe seines eigenen lieben Roswylde hinab.

Dann freilich hob das Licht der Fackel Dinge und Umrisse aus der Schwärze, und ihnen allen entschlüpfte ein leiser Ausruf des Grauens.

Sie hatten eine unterirdische Kammer betreten, in der die Wächter der Krypta saßen. Blendender Glanz funkelte ihnen entgegen: Die Wände waren mit Gold bedeckt, auf dem Boden türmte es sich zu glitzernden Bergen. Doch keiner der Eindringlinge verschwendete einen Blick an den gewaltigen Reichtum, der hier aufgehäuft lag wie im Hort eines Drachen. Stumm und mit bangem Herzen betrachteten sie die Gestalten, die diese goldene Kammer bewohnten.

Zu beiden Seiten des Raumes, entlang der mit Mäandern von Yash'Hualay-Glyphen behauenen Wände, standen übermannshohe goldene Stühle, und darauf saßen, die eingeschrumpften Augen den Eindringlingen zugewandt, zwölf mumifizierte Echsen.

Gewaltige Ritter der Leviathanim mußten sie einst gewesen sein, jeder noch im Sitzen an die drei Schritt hoch, mit ungeheuer breiten Schultern unter den Rüstungen, aus denen die warzenbedeckten Gliedmaßen hervorlugten. Jede Mumie trug einen Brustpanzer, einen Kettenschurz und Beinschienen, alles von feinster Arbeit und kostbar mit Bernstein geschmückt. Auf jedem Helm glomm ein Smaragd. Die Garde eines Fürsten waren diese stummen Wächter gewesen, die hier unbeschadet von den Jahrhunderten ihre Pflicht taten. Spieße und Schwerter, ihrem Riesenmaß angemessen, lehnten an ihren Stühlen. Ihre Froschgesichter waren eingesunken, aber noch deutlich erkennbar, die mächtigen Schwänze ringelten sich erstarrt um die Knöchel.

So uralt und ausgedörrt sie auch waren, Ofrim fuhr sich dennoch mit der zitternden Hand an die Lippen, als er sie sah. Konnte nicht in diesem Grab ein Zauber herrschen, der das Leben in ihnen wiedererweckte? Und was bedeutete das Rascheln, das sie zuvor gehört hatten, dieses trockene Knistern? Hatte eine der monströsen Gestalten sich bewegt, war eine schuppige Klaue über das spröde Tuch der Mäntel geglitten, die ihre Schultern bedeckten?

»Boron beschütze uns!« flüsterte Refardeon an seiner Seite. Ofrim stellte mit einer gewissen Befriedigung fest, daß auch der junge Priester gebannt auf die Ungeheuer starrte.

»Er wird uns beschützen«, antwortete Thallian mit leiser, dunkler Stimme. »Kommt weiter. Da es uns schon bestimmt ist, wollen wir bis in die äußersten Tiefen dieses Greuels hinabsteigen.«

Ofrim drückte die Hand seiner Schwester, als sie weitergingen. Die eingeschrumpften Augen der Wächter schienen ihm zu folgen, er spürte ihren böse glotzenden Blick auf den Schultern, als er weiterging, durch einen Torbogen in ein neues Gemach. Sosehr er sich auch bemühte, er konnte den Gedanken nicht abschütteln, daß eine dieser hornbewehrten Klauen sich geregt hatte, daß ein Mundschlitz sich öffnete und die bräunlich vertrocknete Zunge hervorkroch ... Aber er hörte nichts, und als er einen hastigen Blick über die Schulter zurückwarf, war die Halle mit den grausigen Wächtern bereits wieder im Dunkel versunken.

Wo die Straße nach Roswylde über die Grenze des Gutes führte, in Richtung Küste, stand von Alters her ein mächtiger Eichbaum. Seine knorrigen, waagrechten Äste hatten viele Früchte getragen, denn an diesem Baum pflegte Ofrim von Roswylde alle aufknüpfen zu lassen, die Frieden und Sicherheit in seinem Gute störten. Die Leichen blieben zur Abschreckung für andere Übeltäter hängen, bis sie von selbst herabfielen, und wurden dann in einer Grube unter dem Baum verscharrt. Die Bauern vermieden es, in der Dunkelheit an der Stätte vorbeizugehen, lieber trieben sie ihre Esel an, bis die Tiere schrien, um noch rasch vor Sonnenuntergang den Schatten des unheimlichen Baumes hinter sich zu lassen.

In der trüben vorzeitigen Nacht, die Roswylde befallen hatte, sah der alte Baum noch grausiger als gewöhnlich aus. Krumm und knorrig hob er sich vom bräunlich-gelben Himmel ab, und seine wenigen Blättern raschelten im Wind, als flüsterten böse Stimmen in seiner Krone.

Da sank die Praiosscheibe hinter den Horizont – und plötzlich lief ein Beben durch die Wurzeln des Galgenbaumes, als rege sich dort etwas. Ein Schauder huschte über das unbewachsene Erdreich zwischen seinen Wurzeln hin, da und dort krümelten Schollen. Ein winziger Schößling ragte auf, zart wie ein Krokus, mit einer harten weißen Spitze … immer höher wuchs er empor, ein zweiter folgte ihm, dann ein dritter, vierter und fünfter, und dann streckte sich eine ganze gebleichte Hand aus der Erde, so lang und dürr wie ein Rechen. Weitere Schößlinge bohrten sich aus dem Grund. Den Händen folgten die Arme, den Armen die Köpfe und Rippen, und schließlich zwängten sich die Beine aus dem Erdreich. Immer mehr wurden es, die sich da mit wackelnden Köpfen und klappernden Knochen im Schatten des Stammes drängten. Glühwürmchen krochen in ihren Augenhöhlen herum, und ihre gefletschten Zähne grinsten scheel in die Dunkelheit. Als es etwa zehn waren –

es lagen viel mehr in der Erde, aber die anderen waren zu sehr zerfallen, um den Marsch mitzumachen –, rafften sie sich wie auf einen Befehl hin auf und schlurften die Straße entlang. Ihre erdigen braunen Köpfe nickten im Takt, ihre Arme und Beine schlenkerten, durch ihre Rippen sah man die Büsche am Wegrand. Sie setzten die knöchernen Füße fest auf den Boden und trotteten entschlossen auf das Dorf Roswylde zu. Ihre Anführer waren die drei Maraskaner, die Ofrim und Morla beim letzten Kürbisfest mit dem Tode bestraft hatten. Noch flatterten die Fetzen ihrer roten und gelben Gewänder an ihnen, und die Stiefel schlappten an den beinernen Füßen.

Schattenhaftes Gelichter folgte ihnen. Es huschte, trippelte und hüpfte hinter den Knochenmännern her, und Augen glühten trübrot im Dunkel, als gärte etwas in einem Keller. Spitze beinfarbene Zähne und Krallen wie Kätzchen hatten diese Wesen, mit denen sie sich an den Kleidern der Menschen festhängen konnten. Klappernd und zischelnd bewegte der gespenstische Zug sich die Straße entlang, auf das Dorf zu.

Aisha und ihre Freundin Chalibah gehörte zu denen, die Wache standen. Mit Sense und Knüppel bewaffnet, schritten die beiden Mädchen den Weg ab, der im Nordosten zum Dorf führte. Die braune Dunkelheit umwallte sie wie Nebel, und der ständig summende und pfeifende Wind verwirrte ihnen die Ohren, so daß sie immer wieder meinten, Schritte hinter sich zu hören. Aber wenn sie dann herumfuhren, war da nichts als die leere Nacht. Beide hatten sich zum Schutz vor der unerwarteten nächtlichen Kälte und vor dem pestilenzialischen Wind, der von den Hügeln herunterwehte, in ihre Umschlagtücher gewickelt. Um sich von ihrer Furcht abzulenken, unterhielten sie sich mit gedämpften Stimmen über ihr Lieblingsthema – die körperlichen Vorzüge des Herrn von Roswylde, dessen Liebe sie beide genossen hatten.

»Sein Schaft war so hart«, tuschelte Chalibah, »daß ich nicht anders denken konnte, als daß er mir damit weh tun würde, aber er war sanft wie ein Kätzchen, ich merkte es kaum, wie er in mich hineinglitt – erst die Wonne spürte ich, die er mir bereitete. Ich war – horch! Wie die Katzen schreien!«

Tatsächlich hatte eine Katze, die auf einem Feld saß, einen Schrei ausgestoßen, ganz anders als das gewöhnliche brünstige Plärren der Tiere; es klang wie ein Warnruf, und drüben auf einem Hausdach nahm eine andere Katze ihn auf und gab ihn weiter.

»Sie spüren etwas«, flüsterte Aisha fröstelnd. »O Chalibah, ich habe Angst!«

»Meinst du etwa, ich nicht?« flüsterte Chalibah und umklammerte den Schaft ihrer Sense. »Aber wir müssen sehen, was es ist, komm! Ich bin sicher, es kommt die Straße entlang.«

»Laß uns auf Zarimans Hügel hinaufsteigen und die Straße überblicken«, schlug Aisha vor. Also kletterten sie durch die Büsche den niedrigen Hügel hinauf und spähten die Straße entlang, die sich unter ihnen durch eine Senke wand. Es war inzwischen dunkel geworden, aber sie entdeckten am Rande der Felder, die das Dorf säumten, deutlich eine Bewegung, etwas Schimmerndes, das sich näherte. »Da kommen Menschen in weißen Kleidern«, zischte Chalibah.

Aisha zögerte. »Ich weiß nicht, ob es Kleider sind ... ich sehe auch etwas schimmern, aber ich fürchte ... O Chalibah, wenn es nun die Toten unter der Galgeneiche sind, die aus der Erde gekrochen sind!«

Für einen Augenblick waren sie beide so furchtbar erschrocken, daß sie nur dastanden und einander umschlungen hielten. Dann raffte Chalibah sich auf. »Komm rasch, wir müssen Hilfe holen!«

»Warte«, hielt Aisha sie zurück. Ihre Zähne klapperten vor Angst, aber ihr Blick waren entschlossen. »Wenn wir wegrennen, kann es zu spät sein – wir müssen sie aufhalten! Wenn es wirklich Knochenmänner sind, so richtet Feuer bestimmt etwas gegen sie aus ... Es wird sie immerhin ein wenig aufhalten. Komm rasch! Nimm soviel Holz auf, wie du tragen kannst!«

Die beiden Mädchen stürmten zurück auf die Straße, zerrten aus der Hecke, die den Weg säumte, mehrere Armvoll Reisig heraus, rissen verdorrtes Gestrüpp aus dem Boden und warfen es darauf. Dann schlugen sie Feuer. Ein Funken sprang aus dem Feuerstein und fraß sich in den Zunder. Gleich darauf knisterten trockene Ästchen; und kaum eine Minute später stand der Wall aus Gestrüpp, der die Straße versperrte, in Flammen.

Während die Mädchen zum Dorf hin eilten, stieß Chalibah atemlos hervor: »Das erspart uns auch, nach den anderen zu rufen. Sie werden den Brand sehen und hierherkommen!«

Tatsächlich rief der Brand ein weiteres Dutzend wehrhafter Frauen zu Hilfe, die mit flatternden Pluderhosen und Schultertüchern angerannt kamen. Ihnen auf den Fersen folgten die Katzen von Roswylde, die es sich nicht nehmen ließen, für Haus und Herd zu kämpfen.

Mittlerweile hatte der gespenstische Zug den lodernden Haufen erreicht – und geriet ins Stocken. Als schließlich alle bewaffneten Bäuerinnen sich vor der Feuerwand aufgebaut hatten – am ganzen Leibe zitternd, doch die Äxte fest in Händen –, kamen drei der grausigen Gestalten schwerfällig durch das Feuer gewankt. Die anderen blieben dahinter stehen. Hin und wieder gaben die Flammen den Blick auf ein fleischloses Gesicht, auf leere Augenhöhlen frei.

Noch bevor die Frauen Gelegenheit hatten, einen klaren Gedanken zu fassen, stürzten die Katzen sich schon fauchend und mit gesträubten Schwänzen auf den Feind – mitten hinein in den unerbittlichen Griff der Knochenfinger. Schon flog der erste kleine graugetigerte Leib durch die Luft, landete der zweite mit einem häßlichen Klatschen auf einem Stein am Wegesrand, doch von überallher kamen neue markerschütternd kreischende Fellknäuel herbeigestürmt, um den Kampf gegen die Eindringlinge aufzunehmen.

Der kühne Mut ihrer Katzen steckte die Frauen an. Mit erhobenen Dreschflegeln, Äxten und Beilen stürmten sie auf die Knochenmänner los. Im Feuerschein konnten sie ihren Feind sehen, und obwohl sich ihre Furcht noch verstärkte, förderte es zugleich auch ihre Treffsicherheit. Mit furchtbarem Knacken und Knirschen sprangen Knochenarme aus den Gelenken, zerbarsten beinerne Schädel. Die Untoten streckten ihre dünnen Finger aus und suchten die Frauen zu würgen, wie sie selbst zu Tode gewürgt worden waren, und hier und da gelang es ihnen auch, eine am Hals zu packen.

Aisha schrie gellend auf, als das größte Skelett – das sie an seinen Kleidern als den Maraskaner erkannte – zähnefletschend auf sie zu stolperte und die knöchernen Finger um ihre Kehle schloß. Schreiend und zappelnd wand sie sich in dem furchtbaren Griff, der jeden Augenblick enger wurde. Schon verschwamm ihr der Feuerschein vor Augen, schon sah sie den Angreifer zwei- und dreifach und meinte Golgaris Schwingen rauschen zu hören – da schmetterte Chalibah mit einem so wohlgezielten Hieb dem Skelett den Kopf vom Nacken, daß er davonpurzelte wie ein Ball und in einem Wasserbächlein verschwand. Die Weiber, die jetzt erst recht in Zorn gerieten, prügelten und droschen auf alles los, was kein Fleisch hatte; weithin hörte man das krachende Bersten der Knochen und das Rasseln der Skelette, die in sich zusammenfielen. Aisha, die nun wieder genug Luft zum Atmen hatte, schwang ihre schwere Axt und hieb ein Skelett entzwei, das sie anspringen wollte. Ein paar Lidschläge lang hüpfte sein Oberkörper noch auf den Händen weiter, dann fiel er hin und blieb liegen, während die Beine für sich allein zappelten.

Es dauerte keine halbe Stunde, da lagen Knochen zuhauf am Boden, und nichts regte sich mehr. Die Katzen saßen stumm und aufmerksam zwischen ihren leblosen Artgenossen, während die wackeren Roswylderinnen die Knochen aufsammelten und ins Feuer warfen.

Erst jetzt fanden die Dörfler Zeit, nach den restlichen Ungestalten zu sehen, die hinter den Flammen gewartet hatten – doch die waren verschwunden, und die Straße lag wie leergefegt vor ihnen.

»Auf diese Weide wird Zariman nie wieder seinen Esel schicken«, bemerkte eine der Frauen. »Sie ist verflucht und wird es bleiben.«

Die alte Zulhamin hatte sich geweigert, mit den anderen Greisen und den Kindern im Tempel der Rahja Zuflucht zu suchen. Sie war in ihrem Häuschen geblieben, und nun stand sie unter der Tür und blickte aufmerksam zu den Bergen hinüber. Du wirst einen schweren Kampf kämpfen müssen, Herr Ofrim von Roswylde, dachte sie, denn das Aussehen der Hügel verriet nur zu deutlich, was an Unholdem darin kochte. Die schweren Wolken zogen immer tiefer ins Tal herab, und mit ihnen ein anschwellender Wind, der die Bäume und Sträucher bog und Zulhamin zwang, sich fest in ihr Umschlagtuch zu wickeln.

Sie sah, daß die Blätter der Büsche unter dem Ansturm des Windes vergilbten, als hielte man eine brennende Lampe daran. Pestwind, dachte sie, und spähte aufmerksam aus, ob sie irgendwo die unholde Gestalt des Faulweibleins erkennen konnte, das gewöhnlich solche Plagen mit sich brachte. Zulhamin wagte nicht daran zu denken, was geschehen würde, wenn es ihrem Herrn und den Priestern nicht gelang, das Übel dort oben zu bannen. Sie hatte noch nie eine Echse gesehen und wollte auch keine sehen; sie war überzeugt, daß sie um nichts besser als Dämonen waren. Wenn das Böse dort oben siegte, dann würden Tausende von Echsen aus Maraskan kommen und ihr Land in Besitz nehmen – so jedenfalls hatte sie die Gerüchte verstanden, die im Dorf umgingen, und deshalb hatte sie ihren Knotenstock fest gepackt und war entschlossen, nichts Größeres als eine Eidechse über ihre Schwelle zu lassen.

Bald aber mußte sie den Platz räumen, denn der Wind wurde so stark, daß er ihre knochenhagere Gestalt umzublasen drohte. Sie flüchtete ins Innere des Häuschens und spähte durch die spaltbreit offene Türe hinaus. Der Himmel sah zum Fürchten aus, genauso, wie er aussah, wenn der Raschtulswall seine schrecklichste Heimsuchung, die Schneestürme, über Aranien schickte. Die Wolken waren purpurn wie Chorhoper Tinte, und auf den Hängen der Hügel waren Regenfahnen zu sehen. Schon fielen die ersten Tropfen – und dann brach es so heftig los, daß Zulhamin geschwind zurückfuhr und die Tür hinter sich schloß.

Sie hörte das Prasseln auf dem Dach und merkte, daß es nicht Regen war, sondern Hagel, und wußte zugleich, daß die Ernte verdorben war: die blühenden Obstbäume, die jungen Tabakpflanzen, gar nicht zu reden von den Aranjenbäumchen – alles würde zu Grunde gehen. Sie hörte die Hagelkörner aufs Dach poltern, und als sie durch das Fensterchen unter seinem weit vorspringenden Dach spähte, sah sie sie groß wie Hühnereier auf das Land herabprasseln. Der Weg war so schneeweiß, als hätte jemand Zucker gestreut. Und immer noch heulte und jaulte der Wind, riß die Blüten von den Bäumen und bedeckte die blühenden Wiesen mit tödlichen weißen Körnern. Es war mehr als ein übler Sturm, Zulhamin sah, wie die Blätter an ihren liebevoll gehegten Büschen und Blumen wie im Frostwind verbrannten, sich krümmten und braun wurden. Blitze fuhren aus dem Himmel wie Schlangen und züngelten endlos über dem Tal. Es donnerte, daß ihr die Ohren taub wurden.

Wenig später sah sie Aisha und Chalibah den Weg zum Haus entlangrennen, beide völlig durchnäßt und mit flatternden Haaren und Tüchern. Als die beiden Mädchen die Türe aufrissen, fuhr ein Windstoß in die Stube, daß sich das Unterste zuoberst kehrte und die Teppiche und Decken flatterten. Keuchend und nach Luft ringend stürzten sie herein und kamen erst zu Atem, als die Tür wieder geschlossen war.

»Es schneit!« rief Chalibah entsetzt.

Und wirklich, aus dem Hagel wurde Schnee – eine jaulende, wirbelnde Wand aus Schnee, die Verderben über das Land brachte. Fassungslos sahen die drei zu, wie die weißen Flocken, die vom Yalaiad herunterfuhren, sich immer höher auftürmten. Beklommen rückten sie näher ans Feuer. Was würde geschehen? Es hatte schon öfter geschneit, und immer war es ein großer Schaden gewesen. Aber war dieser Schnee nicht verhext? Es war schlimm genug für Aranien, wenn eine Schicht Schnee wie Puderzucker fiel, aber jetzt wurde es immer mehr, Flocken fielen und türmten sich aufeinander, bis man den Garten und Weg nicht mehr auseinanderhalten konnte. Die drei Frauen hielten einander in den Armen und spähten zitternd in das ungeheuerliche Wetter hinaus.

Und nun endlich waren sie in das Herz der Finsternis vorgedrungen.

Den Geschwistern Roswylde und ihren Begleitern

schauderte es, als sie geduckt eine sehr hohe, spitzbogige Kammer betraten, in deren Mitte sich wie ein Brunnenschacht ein runder Schlund öffnete. Aus ihm drang jener unheimliche Windhauch empor, der sie beim Absteigen ständig gestreift hatte. Jenseits des Brunnens saß, durch ein kunstvoll geschmiedetes Gitter vor Berührung geschützt, auf einem goldenen Stuhl eine ebenso groteske wie rätselhafte Gestalt.

Auf den ersten Blick meinte der Baron, er sehe sich im Flackerlicht einem Zwerg gegenüber. Dann jedoch veränderte sich die Gestalt hinter dem Gitter; sie wirkte weniger menschenähnlich und mehr wie ein Reptil, die Hände wurden gröber und härter und waren von schimmernden Schuppen bedeckt, mit Nägeln wie Stahlklauen. Der Kopf war so aufgebläht, daß der Körper Mühe haben mußte, ihn zu tragen; das Gesicht hatte eine so niedrige Stirn und einen so breiten Mund mit so unnatürlich vielen Zähnen, daß es nur eine sehr oberflächliche Ähnlichkeit mit einem derischen Wesen hatte, gleich, welcher Rasse. Seine ausgedörrte Haut war von einer schmutzigen Farbe wie ungeputztes Kupfer. Es war trotz seiner geringen Körpergröße von athletischer Gestalt und trug eine ungewöhnliche Kopfbedeckung: eine steife rostbraune Mütze, hoch wie die Kegelmütze eines Praiosgeweihten, mit vier Zipfeln daran, die weit herabhingen und in Quasten endeten. Sie ähnelte einer zeremoniellen Kopfbedeckung, so als sei dieser widerwärtige Winzling ein Zauberpriester, und nun erkannte Ofrim, daß er auch einen Ornat trug: einen steifen Mantel, der mit einem Gewirr aus fremdartigen Glyphen und ineinander verschlungenen Ornamenten bedeckt war und dieselbe schmutzige Kupferfarbe aufwies wie das Gesicht.

Atemlos, die Hände wie ein Kind an den offenen Mund gepreßt, staunte der Hexer das Ungeheuer an. War es denn möglich? War diese kindsgroße, wider-

174

wärtige Mumie der Leib des großen Echsenpriesters Ssr'thon'choth, des Mächtigen, der die Jahrhunderte überdauert hatte?

Im selben Augenblick schon begriff er, daß diese ekelhaften Überreste nur der Leib des Gefürchteten waren, sein ursprünglicher Leib, in dem er seine erste Zeit auf Dere verbracht hatte. Sein verbannter Geist hauste anderswo – hauste in dem tiefen Schacht zu Füßen der Mumie, aus dem der eisige Pestwind heraufwehte und die unterirdischen Grüfte und Kammern mit Grauen erfüllte. Und kaum hatte Ofrim dies gedacht, nahm der beständig aus dem Abgrund aufsteigende Wind den Klang einer Stimme an, einer so gräßlichen Stimme, daß die Männer allesamt zurückprallten. Zischend und röchelnd formte sie Worte, hauchte ihnen in vitriolischer Häme den Spruch der Dämonen entgegen, als wolle sie sich damit ein für allemal zu erkennen geben: »N'chrzz h'ch'hnrachay, zzgllu raach h'mglui ph'tagn ...«

Dann änderte sich der Klang, aus dem gaumigen Fauchen des Rssahh wurden verständliche menschliche Laute, und die Windstimme fragte: »Wie gefällt dir mein Körper, Ofrim von Roswylde? So gut, wie mir der deine gefällt?«

Der Baron erstarrte von Kopf bis Fuß, er spürte, wie ihm der Schweiß ausbrach und die Stimme versagte. Wie aus weiter Ferne nahm er Morlas tröstendes Flüstern und den Ausruf eines der Golgariten wahr. Ihm war zumute, als hätte man ihm einen schwarzen Sack über den Kopf gezogen, sein Haar stach wie Eisnadeln in der Kopfhaut und hing ihm schwer wie Blei auf die Schultern herab, als die Stimme zum zweiten Mal fragte: »Bin ich nicht schön, Ofrim? Freilich, du bist schöner, du hast einen Leib, wie ein Mann ihn sich wünschen mag. Es wird mir gefallen, ihn zu tragen. Die Menschen werden mich lieben, wenn sie mich so schön sehen.«

Im nächsten Augenblick war es, als packte etwas Ofrims Herz, mit einem so wüsten und ruchlosen Zugriff, wie er ihn nur einmal in seinem Leben verspürt hatte – damals, als der Schatzmeister der Praioskirche zu Fasar ihm mit seinem elfenbeinernen Instrument Gewalt angetan und ihn dabei verhöhnt hatte. Wie es seinen Leib aufgerissen hatte, so riß es ihm die Seele auf. Sein Innerstes verwandelte sich in eine einzige so glühende Wunde, daß er aufschrie vor Schmerz und auf den Boden hinsank. Morla beugte sich über ihn, ihre weißen Hände und zärtlichen Lippen suchten ihm zu helfen, ihn zu trösten, aber der unbarmherzige Griff um sein Herz ließ nicht nach. Als solle es ihm roh aus dem Leibe gerissen werden, so zerrte die fremde Kraft daran, und Ofrim spürte, wie unter diesem fürchterlichen Zugriff das Gefüge seines Körpers erbebte, wie er zerfiel und in Stücken dalag, während die eiserne Faust sich in seine Brust wühlte.

Schon meinte er sich verloren, da merkte er, daß die fremde Kraft bei aller Wut keinen Erfolg hatte – sie riß an seinem Herzen, wie ein Schlächter an den Eingeweiden eines Tieres reißt, aber es gelang ihr nicht, es aus seinem Körper zu lösen, und ebensowenig gelang es ihr, seine Seele aus ihrem Gehäuse zu ziehen. Es war, als würde er auf der Folter gereckt und gestreckt, alle Teile seines Körpers und seines Geistes wurden bis zum äußersten gedehnt, so daß er vor Schmerz und Entsetzen wimmerte. Doch da gab die Kraft nach, und er fügte sich wieder zusammen. Freilich versuchte sie es noch einmal, roher und grausamer als zuvor, aber nun meinte Ofrim Seidenhaar zu spüren, wie viele Hände ihn festhielten, und mitten in seinem Schmerz jauchzte er auf. Es gelang nicht! Die Hände seiner Bauern hielten ihn, schützten ihn vor der dämonischen Kraft, die seinen Körper und seine Seele zu trennen bestrebt war. Das Land, in dem er verwurzelt war, und die Menschen, mit denen er lebte, kamen ihm zu Hilfe.

»Die Rose!« rief Morla an seiner Seite. »Mein Bruder, die Rose!«

Augenblicklich fuhr seine Hand unter das Korsett und umklammerte den Zweig und die Rose. Dann, mit einer raschen Bewegung, riß er beide heraus und warf sie in den dröhnenden Abgrund.

Augenblicklich erschlaffte die Kraft, die an ihm zerrte. Aus der Tiefe des Schachts stieg ein so unsägliches Heulen auf, als läge ein monströses Tier dort zu Tode verwundet. Der furchtbare Laut fegte sie beinahe hinweg, denn wie ein Sturmwind brach es aus der Öffnung und brüllte ihnen so laut entgegen, daß die Kutten der Boroni flogen wie Vogelflügel.

Der Schwarze Baron barg das Gesicht vor dem Wind und mühte sich auf die Knie, um zu sehen, was geschah. Die beiden Borongeweihten standen hinter ihm und schleuderten ihre Bannflüche gegen das Ungeheuer. Aus dem finsteren Rachen pfiff und gurgelte es, als die beiden Priester Borons Macht gegen den Frevler anriefen, und der Wind wurde zum Sturm. Einer nach dem anderen sanken die Männer und die Frau auf die Knie, schützten das Gesicht vor dem pfeifenden Luftschwall, der ihnen entgegensprang, mit Pestilenzen gesättigt und kalt wie die Niederhöllen.

Ein Rollen und Rumpeln erschütterte den Berg, als drohten alle Krypten in sich zusammenzustürzen, und inmitten dieses Lärms erklang das Höhnen der Stimme: »Gekommen seid ihr, Anmaßende, aber wie wollt ihr gehen?«

Und nun hörten sie es selbst über dem Heulen des Windes: einen schwer tappenden Schritt, das Klirren von Waffen.

Im Augenblick, da sie einander ansahen, wußten sie alle, daß es kein menschlicher Schritt war. Riesige hor-

nige Füße waren es, die die steinernen Wege entlangka-
men, und gleichzeitig dachten sie alle an die mumifi-
zierten Wächter der Krypta, die Leviathanim! Ofrim
schlug beide Hände über dem Kopf zusammen, als
wolle er sich vor einem Hieb schützen und zugleich die
Augen vor dem Anblick verhüllen, der auf ihn zukam,
dann siegte sein wacher Verstand; er riß das Rapier aus
dem Köcher und sprang in Angriffsstellung. Wie
lächerlich winzig und schwach die stählerne Klinge
gegen den Feind wirkte! Er glaubte kaum, daß seine
Waffe auch nur die Haut eines Leviathans zu ritzen vermochte. Aber kämpfen mußte er.

Eine kalte Wut war in ihm aufgestiegen, wie er sie
damals gegen den Schänder in Fasar empfunden
hatte, eine rasende kalte Wut gegen ein Wesen, das es
wagte, so schamlos in sein Innerstes einzudringen.
Plötzlich floh seine Furcht, und wich einem wilden
Jubel. Er würde sterben, aber das Ding sollte wissen,
daß er ihm bis zum letzten widerstanden hatte! Kein
Haar von seinem Haupte, keinen Nagel von seinen
Fingern sollte es umsonst bekommen. Er warf den
Kopf zurück und lachte auf, wild und schrill, wie er
auf dem Höhepunkt des Entzückens beim Hexenfest
gelacht hatte. Seine schwarzen Augen funkelten in
den Höhlen.

»Auf, Schwester!« rief er. »Auf, wir wollen uns so
teuer wie möglich verkaufen!«

Morla nickte ihm zu. Das Rapier in der Hand, stand
sie in Angriffsstellung neben ihm. Ihr Gesicht war weiß
wie Schnee, auch ihre Augen loderten.

Immer näher kam das ungeheuerliche Schlurfen der
Drachenfüße, und plötzlich trat ein Leviathan von
so gewaltiger Größe ins Licht, daß er sich bücken
mußte, um das Kammertor zu durchschreiten. Er
richtete sich halb auf, dann sank er wieder zusammen und hockte sich auf die Fersen, während seine

wie Zibeben eingeschrumpelten boshaften Augen sie anglotzten.

»Das Ding hat kein Leben in sich!« rief Thallian. »Spart eure Waffen, kein Hieb und Stich kann es verletzen! Möge Boron sich seiner annehmen!«

Damit hob er beide Hände, schloß die Augen und verharrte stumm, die Züge wie im Schlaf geglättet. Refardeon tat es ihm gleich. Sofort stutzte das untote Wesen, während der Wind im Schacht schrill aufheulte. Eine der scharfkralligen Vorderklauen des Echsenwächters griff blindlings nach dem Priester, wobei das jahrhundertealte Tuch seiner Kleidung zu staubigen Fahnen zerriß und das geschwärzte Metall seiner Rüstung knirschte wie ein rostiger Wetterhahn. Einer der Golgariten hieb mit dem Schwert nach der Klaue, und das Eisen drang auch tatsächlich ein. Es hinterließ freilich nur eine blutlose Scharte, aus der Fleischfasern und Knochenspäne heraustäubten. Dumpf glotzend zog die Echse die verstümmelte Vorderklaue zurück. Sie richtete sich auf – gewaltig anzusehen mit ihrer Größe von sechs Schritt – und hob das Bein, um die beiden singenden Boroni zu zerstampfen. Ofrim sah entsetzt, wie der drachenähnliche hornige Fuß in der Luft schwebte und sich bereitmachte, krachend niederzufahren.

Die Bewegung blieb unausgeführt. Der Leviathan schwankte, während aus dem Abgrund hinter ihnen eine wahre Kakophonie von entsetzlichen Tönen kreischte und schrillte, und fiel dann mit donnernder Wucht um. Es gelang ihnen gerade noch, sich an die Mauern zu pressen, um von dem riesenhaften Kadaver nicht erschlagen zu werden. Im Sturz zerbrach die Mumie, und Ofrim fand vor sich einen Berg entsetzlich stinkender Glieder, die wie Holzscheite dalagen.

Thallian und sein Schüler waren ebenfalls erschrocken beiseite gesprungen, aber sie konzentrierten sich weiterhin, und der Wind in dem unergründlichen Schacht erhob sich zu immer schrecklicheren Klage-tönen, als sei das Wesen darin bereits in die Niederhöl-len gefahren, die es erwarteten.

Josmabith von Zorgan schritt in der Halle des Schlosses Roswylde auf und ab. Merewin saß auf ihrer Schulter, Winnemore folgte den Falten ihres Kleides wie ein Schatten, als sie grübelnd ans Fenster trat und aufs Dorf hinunterblickte. Sie sah das Feuer auf Zarimans Weide, sie wußte auch, was dort geschah.

Doch sosehr sie sich um die Bauern sorgte, sie konnte ihnen nicht zu Hilfe eilen. Es blieb ihr nichts anderes übrig, als zu hoffen, daß sich die Leute mit dem Mut der Verzweiflung der übermächtigen Bedrohung stellen würden. Auch dem Sturm und Hagelschlag, der Sumus Leib verwüstete, mußte Josmabith tatenlos zusehen – und das brachte sie fast um den Verstand. Doch sie mußte auf dem Schloß bleiben und es hüten. Sie spürte, daß eine andere Bedrohung ihrer harrte.

Sie hatte das Gesinde zu Wachtposten rund ums Schloß eingeteilt, damit die Leute beschäftigt waren und wußten, daß etwas geschah, aber sie erwartete einen anderen Angriff. Etwas Dunkles formte sich in ihren Sinnen; es trieb sie immer mehr, sich im Schloß selbst umzusehen. Zuletzt winkte sie Ruban und befahl ihm, einen Kerzenleuchter zu bringen. »Wo sind die Krypten des Schlosses? Führ mich hinunter!« befahl sie.

Der Tulamide eilte ihr voraus. Das Kerzenlicht schim-merte auf den Ornamenten auf seinem Kahlschädel, als er, in seinen Pantoffeln raschelnd, die Pforte am Ende der Halle aufschloß und der Hexe eine Wendeltreppe hinunterleuchtete. Die Stufen waren so schmal, daß Jos-mabiths Röcke links und rechts an die Mauern streiften.

»Was ist hier unten?« fragte sie den Diener.

Ruban leuchtete ihr. »Hier zur Linken ist die Begräbnisstätte der Familie Roswylde, und wenn man weitergeht, kommt man zu den Verliesen. Sie sind fast immer leer, Ihr wißt, die aranischen Herrschaften halten keine Gefangenen.«

»Zeig mir die Gräber!« befahl Josmabith.

Der Tulamide leuchtete ihr voran. Sie waren kaum ein paar Schritte gegangen, da stutzte die Hexe. »Still! Hörst du nichts?« flüsterte sie.

Ruban lauschte angespannt, hörte aber nichts von den Geräuschen, die Josmabiths scharfe Ohren wahrgenommen hatten – ein Rascheln und Knacken, ein Schaben und Scharren, als wühle etwas in roher Erde herum. Sie bedeutete Ruban zu schweigen, ergriff selbst den Kerzenleuchter und schlich voran, bis sie eine Ecke erreichte, hinter der hervor sie das Gewölbe mit den Gräbern der Roswyldes sehen konnte.

Und nun erstarrte selbst Josmabith von Zorgan.

Dort, undeutlich sichtbar im flackernden Kerzenschein, krochen widerwärtige Gestalten auf dem Boden herum, scharrten in der Erde, um an die Begrabenen zu gelangen, schnüffelten wie Hunde an alten Knochen. Sie preßte die Hand auf den Mund, um einen Schreckensschrei zu unterdrücken. Eine der Kreaturen – ein aufgedunsener Mann, dem der Kaftan eines maraskanischen Händlers in Fetzen vom Leib hing – richtete sich auf und witterte. Seine Augenhöhlen waren leer – so leer wie die aller anderen, die da gruben und vor Vorfreude schmatzten.

Blitzschnell und lautlos zog Josmabith sich zurück, winkte Ruban, ihr zu folgen, und hastete die Wendeltreppe hinauf. Oben schlug sie die Tür hinter ihnen zu und drehte zweimal den Schlüssel herum.

»Was ist da unten, Euer Gnaden?« flüsterte der verängstigte Diener.

»Untote.« Unwillkürlich flüsterte sie auch. »Eile jetzt! Ruf das Gesinde zusammen! Laßt einen großen Kessel holen, füllt ihn mit siedendem Pech und bringt ihn hinunter in die Verliese. Gibt es noch einen Zugang? Woher sind diese Wesen gekommen?«

Ruban zögerte einen Lidschlag lang, dann sah er ein, daß jetzt nicht die Zeit war, die Geheimnisse seines Herrn zu schützen, und er antwortete mit gedämpfter Stimme: »Hinten im Berg klafft ein Spalt ... darin lagen sie. Ihr versteht ...«

Ja, Josmabith verstand; sie hatte schon verstanden, als sie die leeren Augenhöhlen der lebenden Leichname sah. Sie bedeutete ihm, kein Wort weiter darüber zu verlieren. »Rasch jetzt!« befahl sie.

Und schon war alles ein Rennen und Laufen. Die Bewaffneten rannten herbei, Knechte schleppten den Kessel mit dem Pech aus der Stellmacherei in die Halle und hinunter in die Verliese. Josmabith eilte ihnen voran, um ihnen Mut zu machen, denn bei aller Tapferkeit waren die wackeren Leute nicht darauf gefaßt gewesen, es mit Untoten aufnehmen zu müssen.

»Nehmt Fackeln und Schwerter mit, soviel ihr könnt!« rief die Hexe. »Treibt sie damit in den hintersten Winkel, wo der Spalt im Berg klafft! Sie fürchten das Feuer – solange ihr damit bewaffnet seid, können sie euch nichts anhaben!«

Bleich, aber entschlossen drängte sich das Gesinde der Roswyldes die Wendeltreppe hinunter, Männer und Frauen, alle mit Prügeln, Bratspießen, Degen und Tuzakmessern bewaffnet. Das Licht der Fackeln hob ihre Gesichter grell hervor, während der Rest im Schatten blieb. Sie sahen selbst wie eine Horde von Gespenstern aus, als sie in die Tiefe hinunterhasteten, die blitzenden Waffen in der Hand.

So stumpf und halb belebt die widernatürlichen Kreaturen auch waren, jetzt hörten sie den Lärm und fühlten die Hitze des Lichts. Knurrend wie Hunde richteten sie sich in dem Gewölbe auf, die Hände in der Luft hängend, auf den Fersen hockend; ihre Zähne ragten gelb aus den schartigen Kiefern. Der Maraskaner stieß ein dumpfes Geheul aus.

Erschrocken wichen die Diener zurück, aber Josmabith trieb sie an. »Vertreibt sie!« rief sie, während sie selbst eine Fackel ergriff und in vorderster Reihe auf die Unwesen eindrang. »Seht nur zu, daß sie euch nicht berühren und ihr krank werdet!«

Die Leute faßten Mut, als sie sahen, wie die Ungestalten heulend und knurrend vor dem Feuer innehielten, in dessen Hitze ihre bleiche Haut schrumpfte und Blasen schlug. Josmabith stieß mit der Fackel nach dem Maraskaner, und eine Flamme zuckte auf, als die Fackel an seine Kleider geriet. Der Mann quittierte diesen Vorstoß mit einem dumpfen Brummen, wich jedoch nicht zurück, obwohl sein Gewand immer heller aufloderte. Josmabith trieb ihm den Degen in die Brust und hieb ihm dann, als er immer noch reglos dastand, den Kopf von den Schultern. Ihrem Vorbild folgend, drangen die Diener mit Waffen und Fackeln auf die unheilige Horde ein. Immer weiter trieben sie sie zurück, dem Spalt im Boden entgegen.

Viele wollten nicht so leicht aufgeben. Sie tanzten zähnefletschend um den Spalt herum und suchten gleichzeitig den Hieben auszuweichen und den Leuten nahe zu kommen, die sie austeilten.

Säbel blitzten, Knüppel fuhren auf die untoten Leiber los. Das morsche Fleisch krachte abscheulich, als würden alte Lumpen zerrissen; Glieder fielen aus den Gelenken wie vermoderte Zweige, als die Hiebe auf sie niederfuhren. Ein entsetzlicher Modergeruch ging von den Ungeheuern aus, der den Leuten Mund und Nase verklebte und ihnen Übelkeit bereitete, aber unerschrocken schlugen sie weiter zu.

Dann rief Josmabith: »Das Pech! Es kocht!« Mit einer wilden Anstrengung trieben die Kämpfer die Ungestalten dem Spalt entgegen, schlugen mit verdoppelter Kraft auf alles los, was widerstrebte, bis die Scheusale eins nach dem anderen in der Tiefe Zuflucht suchten. Nun schleppten die Knechte den Kessel herbei. Gestank wallte auf, als das siedende Pech sich in einem brennenden Strom in die Tiefe ergoß. Geheul hallte so schauerlich aus dem Spalt hervor, daß den Leuten der Atem stockte. Flammen leckten und bleckten über den Rand des Spalts.

Atemlos, mit rauchgeschwärzten Gesichtern standen die Diener von Roswylde da und konnten kaum glauben, daß sie einen Sieg über so Ungeheuerliches errungen hatten.

Der Baron Roswylde sah mit Besorgnis, daß das Licht der Fackeln niederbrannte, während die Borongeweihten noch immer unbewegt und wie schlafend dastanden. Die Sorglosigkeit, die aus ihren entspannten Zügen sprach, erfüllte ihn zunehmend mit Panik. Was immer die Boroni mit ihrer Versenkung bezweckten – es mußte rasch gelingen, sonst würden sie im Finstern in der niederhöllischen Grube festsitzen. Und wer wußte, ob sie dann noch den Weg zurück fänden?

Er dachte noch darüber nach, als das gleißende Licht ihn blendete. Und Ofrim wußte genau, was es mit dem Licht auf sich hatte.

Er hatte es schon einmal gespürt, in seinem eigenen Kerker, wo es ihm die Seele verbrannt hatte. Damals war er davor zurückgewichen wie ein Tier vor dem flammenden Holzscheit, und jetzt gelang es ihm ebensowenig zu widerstehen. Mit einem kreischenden Aufschrei sank er zu Boden und warf sich den Mantel über den Kopf. Morla neben ihm schrie wie eine Taube und verschwand ebenfalls unter ihrem Mantel. Eng aneinander gepreßt, kauerten die Geschwister da.

Ofrim zitterte, daß ihm die Zähne aufeinanderschlugen. Es hatte ihn völlig unvorbereitet getroffen: Woher kam hier, in dieser staubigen Krypta, der Glanz eines Sonnenzepters?

Er hob den Mantel eine Handbreit hoch und spähte furchtsam darunter hervor, und nun sah er es.

In die goldene Kammer, deren Wände im Licht des Sonnenzepters wie lebendiges Feuer gleißten, war eine seltsame kleine Gestalt getreten. In einen Umhang aus grüngelbem Alligatorleder gehüllt, stand sie da, O-beinig und plattfüßig, mit glotzenden Augen und hängender Unterlippe, aber stolz aufgerichtet.

»Wer seid Ihr?« rief Thallian fassungslos. »Ihr tragt das Sonnenzepter eines Praiosgeweihten …«

»Ich *bin* ein Geweihter des Praios«, antwortete das Wesen im schnarchenden Kehlton der Akrr'tzr. »Ich bin Kunrad von Marmelund, Inquisitor der Heiligen und Reichskirche, und ich bin gekommen, diesen Greuel von Dere zu tilgen.« Er richtete sich hoch auf, und ein jubelnder Klang mischte sich in seine Stimme, der trotz ihres Mißtons berührte. »Hat nicht Praios selbst mir gesagt, daß ich diesem Ungeheuer ein Ende machen werde? Ich bin es, den Er berufen hat, und hier bin ich.«

Die Männer sahen, wie seine lederigen Lippen lächelten. »Ich werde Sssr'thon 'choth vernichten – und dich werde ich mit ihm vernichten, feige Kröte, die sich unter ihren Gewändern versteckt. Komm heraus, oder ich hole dich, Ofrim von Roswylde.«

Ofrim strich mit zitternder Hand den Mantel beiseite und flüsterte hilfeflehend: »Amárandel!« Und dann wußte er selbst nicht, wie ihm geschah.

Eben war er noch voll bleicher, elender Furcht gewesen, nun stand er auf und blickte in den Glanz des Sonnenszepters, ohne zu blinzeln. Gefühle und Gedanken durchschauerten ihn, wie sie zuvor höchstens am äußersten Rand seines Bewußtseins aufgetaucht waren. Nun waren sie ganz die seinen, es dünkte ihn, daß er nie anders gedacht und gefühlt hatte. Eine kristallene Klarheit war in ihm wie eine Sternennacht auf den Felsenkuppen des Yalaiad. Er spürte alles um sich sehr deutlich, spürte die Kräfte, die gegeneinander wirkten, das dunkle Wohltun der Boroni, die böse Macht im Brunnen, den gnadenlosen Glanz des Sonnenzepters, aber sie alle berührten ihn nicht wirklich. Er richtete sich zu seiner vollen Höhe auf und zog Morla an seine Brust. Sie schlang schaudernd die Arme um ihn und lehnte den Kopf an seinen Hals. Er spürte, wie Kraft von ihm auf sie überging.

»So sehen wir uns wieder, Inquisitor«, sagte er, und ein Lächeln schwang in seiner Stimme mit.

»Schurke!« rief Kunrad, aber er zögerte. Offenbar hatte er bemerkt, daß etwas an Ofrim sich verändert hatte. »Du hast eine neue Kraft«, bemerkte er argwöhnisch.

Der Baron lächelte. »Ein Elf bin ich, wenn auch nur zur Hälfte. Ich bin ein Ururenkel Amárandels, und ihre Kraft ist in mir. Und diese, meine Schwester Morla, ist ebenfalls eine Ururenkelin der Elfe, und ihre Kraft ist in ihr.« Er schlang die Arme fester um die zarte Gestalt der Frau. »Wenn Praios dich dazu berufen hat, diesem Ungeheuer den Garaus zu machen, so tu, wozu du berufen bist. Mich und die Frau aber rühr nicht an!«

»Ich verbrenne dich!« heulte Kunrad in rasender Wut auf und richtete das Sonnenzepter auf ihn. Ein goldener Blitz flammte auf, aber als er erlosch, stand Ofrim immer noch da, milde lächelnd wie zuvor, und kein Haar an seinem Haupt war versengt.

Der Inquisitor in der Gestalt des Akrr'tzr stand mit offenem Mund da. Ruhig stand sein Erzfeind ihm gegenüber, mit klarem Gesicht, das weder Zorn noch Spott verriet; seine dunklen Augen leuchteten wie Sterne. Nichts konnte Kunrad grausamer erscheinen als dieser friedvolle Blick, der nicht einmal die Niederlage seines Widersachers genoß.

»Du machst mir das Ende meiner Tage bitter«, zischte er haßerfüllt. »Nichts hätte meine Seele so gesättigt, wie dich gepfählt in den Flammen heulen zu hören.«

»So muß deine Seele ungesättigt bleiben«, antwortete Ofrim sanft. »Nun geh und tu, was dir aufgetragen ist.«

Kunrad stierte ihn an, und plötzlich stürmte er mit einem kreischenden Schrei auf ihn zu, als wolle er ihn niederrennen, aber im nächsten Augenblick hatte er die Richtung gewechselt – und mit den Worten »PRAIOS' Herrlichkeit!« auf den Lippen stürzte er sich, das Sonnenzepter hoch erhoben, kopfüber in den schaurigen Schacht, aus dem die Stimme des Daimoniden heraufheulte.

Es war die Kälte der Nacht, die Ofrim weckte. Am ganzen Leib schaudernd, drehte er sich hierhin und dorthin, tastete über Steinbrocken und den rauhen, unbewachsenen Grund. Dann schlug er die Augen auf. Finsternis herrschte um ihn her, hoch oben am Nachthimmel stand in einem leuchtenden blaßblauen Hof der Mond, ein freundliches Horn, das unbeteiligt auf die Verwüstung herabblickte. Es hatte geschneit, aber der Schnee war bereits wieder am Zerrinnen.

Der Hexer schüttelte benommen den Kopf. Sein erster wacher Gedanke galt Morla; er fuhr hoch und sah sich nach ihr um, ohne sich um irgend etwas anderes zu kümmern. Erleichtert atmete er auf, als er sie ruhig schlafend neben sich liegen sah. Sein Geist war angefüllt mit wirren Bildern: Feuerwände sah er, die hoch hinauf zum bestirnten Himmel lohten, und dazwischen ein golden gleißendes Tor mit gigantischen Flügeln, die sich öffneten und Kunrad von Marmelund aufnahmen.

Erst jetzt, da er allmählich aus dem Schlaf – oder war es eine Ohnmacht gewesen? – erwachte, fiel ihm seine Umgebung auf. Neben ihm lagen die beiden Boronpriester, ihre Diener und ihre vier ritterlichen Begleiter, so sorgsam nebeneinandergelegt, als wären sie alle in friedlicher Ruhe entschlummert.

Wer hatte sie hierhergetragen? Wer hatte sie vor dem Tod bewahrt? Wohin war die goldene Kammer entschwunden? Wo war der Echsenturm geblieben? Auf den Knien aufgerichtet, sah sich Ofrim mit wirren Augen nach allen Seiten um.

Er lag inmitten einer riesenhaften Ruine. Der Echsenturm war, von Praios' Donnerschlag erschüttert, in seine eigenen Krypten gestürzt und hatte sie aufgefüllt, so daß von dem Bauwerk und seinen unterirdischen Bereichen nichts weiter geblieben war als ein gestaltloser Trümmerhaufen, der ein Viertel der Fläche des Dairig Bhru-Passes bedeckte. Rundum häuften sich kantige Steine, mit echsischen Glyphen behauen, die Überreste von Treppen ragten grotesk in die leere Luft, Säulen lagen quer über klaffenden Schlünden. Der wimmernde, stinkende Wind war verstummt; klar wehte die Nachtluft über den Paß. Es roch würzig nach den borstigen Zweigen der Krüppelföhren. Wo der Himmel dunkel war, waren glitzernde Sterne zu sehen.

Der Baron Roswylde stand auf und tat, was ihm nach all diesen Erlebnissen das Dringlichste schien – er trat beiseite, öffnete seine Kleider und erleichterte sich in einem reichlichen, genußvollen Strahl. Erst dann wagte er, den Blick über die so unvermittelt entstandene Trümmerwüste schweifen zu lassen.

Er stellte fest, daß es nicht einfach sein würde, hier

herauszukommen. Obwohl eine höhere Macht ihnen allen das Leben bewahrt hatte, hatte sie ihnen die mühsame Kletterpartie über schroffe, vielkantige Steine nicht ersparen wollen. Rundum türmten sich die grünen Blöcke zu Haufen. Solange Nacht herrschte, war nicht daran zu denken, den Ausweg aus dem Labyrinth zu suchen, denn überall klafften tückische Schründe und Spalten, tief genug, einen Mann zu verschlingen. Ofrim spähte nach Osten hinüber, ob schon ein schwacher Schimmer die Dämmerung ankündigen wollte. Er sah nichts, aber für einen Augenblick dünkte es ihn, als hätte er auf dem Grat einer zerfallenen Mauer eine Gestalt gesehen, etwas Koboldähnliches, das neugierig herunterlugte und blitzschnell verschwand.

»Wo man Steine umdreht, kommen Asseln zu Tage«, murmelte er vor sich hin. »Wir sollten hier nicht so schutzlos herumliegen.«

Inzwischen hatten seine Augen sich soweit an die Dunkelheit gewöhnt, daß er Thallian unter den reglosen Leibern ausmachte. Ihn rüttelte und schüttelte er, bis der Boroni seufzend zu sich kam.

»Was ist geschehen?« rief er aus. »Was ist ...?«

»Weckt die anderen, ehrwürdiger Herr«, drängte Ofrim. »Wir sind hier nicht in Sicherheit. Was immer geschehen ist, es hat allerlei Ungeziefer aus seinen Löchern gelockt, und solange ihr schlaft, seid ihr leichte Beute.«

Thallian begriff blitzschnell. Er schüttelte die Betäubung ab und weckte einen nach dem anderen seiner Kameraden. Alle waren sie unverletzt, und ein paar Minuten lang entspann sich ein heftiger Streit, denn Thallian hieß alle, Boron für ihre wunderbare Rettung zu danken, während Ofrim darauf beharrte, es sei Rahja gewesen, deren Rose und Zweig sie gerettet habe. Rasch jedoch fiel Morla ein: »Mein Bruder, Ihr Herren, statt miteinander über die Götter zu zanken, solltet ihr schnellstens an Holz sammeln, was ihr nur zu finden vermögt, denn wir brauchen nichts dringender als ein Feuer. Was hier geschehen ist, hat die Wesen der Nacht aufgestört, und nachdem der Wolf tot ist, wollen wir nicht den Schakalen zum Opfer fallen.« Das brachte alle zur Besinnung. Eine Fackel wurde entzündet, und in ihrem Schein spähten die vier Golgariten und die Diener nach Brennbarem aus.

Sie hatten Glück: Ganz in der Nähe fanden sie ein gutes Dutzend jener polierten Holzkisten, die sie in der Kammer am Eingang gesehen hatten. Einige waren beim Einsturz des Gebäudes zertrümmert worden. Sie hatten die Überreste von krähengroßen, vogelähnlichen Tieren mit ledrigen Schwingen enthalten, vielleicht heiligen Wesen aus uralter Vorzeit. Die Überreste waren so zerfallen, daß sie zu Staub zerbröckelten, als Ofrim sie mit der Spitze des Rapiers anstieß.

Er hatte argwöhnisch um sich geblickt, und nun rief er: »Ihr Herren, beeilt Euch, denn hier sammelt sich allerlei, das nicht sein sollte!«

Er behielt recht. Immer deutlicher war ein Rascheln und Wispern zwischen den Steinen zu hören, ein Scharren wie von Füßen und Händen, die sich die Steine heraufarbeiteten.

Die beiden Boroni – Städter, die keine Erfahrung mit den Schrecken der wilden Natur hatten – kauerten sich eng zusammen und sahen erwartungsvoll zu, wie eine der spröden Holzkisten zertrümmert und angesteckt wurde. Das Feuer fraß sich blitzschnell in das jahrhundertealte Holz und loderte hoch auf – und gleichzeitig stießen alle zusammen einen Schrei der Überraschung aus, denn im hellen Licht gleißte und funkelte es rund um sie, als seien tausend güldene Blumen dem unfruchtbaren Boden entsprossen.

Wohin das Auge schweifte, schimmerte es von gemünztem und ungemünztem Gold, Geschmeiden, Juwelen, Prunkgefäßen und anderen Kostbarkeiten – dem ungeheuren Schatz der Echsenpriester, der verborgen in den Krypten des Turmes gelegen hatte! Unwillkürlich streckten alle die Hände aus, da rief Thallian warnend: »Halt! Halt, rührt kein Stück davon an! Das ist Sssr'thon'choths Gold, und wer es berührt, befleckt sich an seiner bösen Macht!«

Erschrocken fuhren alle zurück. »Rührt es nicht an!« wiederholte Thallian, nun schon etwas gemäßigter. »An diesem Gold klebt das Blut unheiliger Rituale, die der Böse vollzogen hat; wir wollen nichts damit zu tun haben. Hier mag es liegen bis zum Ende der Zeiten. Fluch über jeden, der es berührt!«

Die beiden Hexen und die Golgariten nickten eilig Zustimmung, aber die beiden Diener zögerten und seufzten, als sie den gewaltigen Reichtum sahen, der da vor ihnen lag, als wäre er vom Himmel herab geregnet.

Nun argwöhnte Ofrim auch, was es mit dem Kratzen und Rascheln zu tun habe, das er überall hinter den Felsen hörte. »Ich fürchte«, warnte er, während er sich neben den Boroni ans Feuer kauerte und sich die kalten Hände wärmte, »was sich hier um uns regt, sind Spukgestalten, die an dieses Gold gebunden sind. Wir können sie nicht sehen, aber ...«

»Gewiß können wir das«, widersprach ihm Refardeon nicht ohne Stolz und zog aus den Tiefen seines Gewandes eine beinerne Dose. »Hierin ist ein Pulver, das sie sichtbar macht, wenn man es in den Wind bläst.«

Immer lauter und unruhiger wurde das Scharren, als die verfluchten Geister in Klüften und Ritzen nach ihrem Schatz suchten, und schon bald schoben sie, mit ihrer ungeheuren Körperkraft da und dort umgestürzte Mauerquadern auseinander und warfen sie so achtlos beiseite, wie jemand in einer Truhe voll Kram wühlt.

Ofrim schreckte hoch, als ein kopfgroßer Felsbrocken unmittelbar neben ihm vorbeirollte, und Refardeon sprang auf, die Dose in der Hand. »Laßt uns sehen, mit wem wir es zu tun haben!« rief er laut, öffnete die Dose und blies das Pulver in den Wind.

Da glotzten plötzlich überall zwischen den Steinen die von Gier verzerrten Fratzen längst verstorbener Menschen hervor, all jener Schatzgräber und Glücksritter, die den Schatz der Echsenpriester in den Ruinen gesucht hatten und dabei zu Tode gekommen waren. Gräßlich waren sie anzusehen, mit blauen Gesichtern, unterm Kinn von Ameisen zerfressen, die Zähne gefletscht und die Augen vorquellend vor Gier. Sie krochen auf Händen und Füßen herum und suchten das verstreute Gold aufzusammeln, aber es entglitt ihren Händen, als wäre es Wasser.

»Die Verfluchten!« murmelte einer der Golgariten. »Sie müssen hier ausharren, bis das Gold vernichtet ist und der Schatz zerstört.«

»Das mag noch viele Jahrhunderte dauern«, erwiderte ihm Morla, »denn das Gold verrottet nicht, und solange es hier liegt, solange müssen sie herumspuken.«

»Seht, daß euch nicht dasselbe Schicksal trifft!« warnte Thallian noch einmal. »Laßt es liegen, als wäre es Hundedreck!« Dann hob er den Spukgestalten, die von oben auf sie herunterstierten, die ausgestreckte Hand entgegen. »Bleibt uns fern!« rief er laut. »Laßt uns in Frieden, denn wir haben nichts mit euch zu schaffen! Laßt ihr uns nicht in Frieden, so möge Borons Strafe euch treffen!«

Die Verfluchten wichen vor seiner Drohung zurück, und bald hörten die Männer und Morla, wie sie an anderen Stellen der Ruinen das Gold vom Boden aufzuscharren versuchten, so vergeblich, als wollte einer mit einer Heugabel Körner auflesen.

Thallian sagte: »Diese Unglückseligen werden noch Jahrhunderte hier herumspuken, wenn wir sie nicht in Borons Reich schicken. Kommt, Gefährten! Helft alle mit! Wir wollen uns im Kreis zusammensetzen und ...«

Da schreckte alle ein Schrei auf – ein fürchterlich langgezogener, gurgelnder Schrei, als schnitte man jemandem den Hals ab. Entsetzt fuhren alle herum. Vor ihnen stand einer der Diener, das Gesicht zu einer dämonischen Fratze verzerrt, und an seiner Hand hing lodernd und zischend wie brennendes Pech ein kostbares Geschmeide. Unbemerkt hatte er es vom Boden aufgehoben, um es in seine Kleider zu stecken, und augenblicklich hatte ihn der Fluch des Echsengoldes getroffen.

»Boron erbarme sich deiner!« rief Refardeon, aber der Dieb heulte nur unter Zähneblecken: »Mein! Mein!« Und sprang mit seiner Beute, die ihm als flüssiges Feuer an den Fingern herabbrann, in wild verzückten Sätzen davon, bis er in der wimmelnden Schar der Untoten verschwunden war. Atemlos starrten alle ihm nach, dann senkte Thallian den Kopf.

»Wir können ihm nicht mehr helfen«, entschied er. »Sein Leben ist verwirkt. Laßt uns meditieren und Borons Gnade erbitten, daß er diese Unseligen in sein Reich aufnimmt und ihnen Ruhe gewährt.«

Der Baron dachte daran, wie seltsam es aussah, daß der einsame Paß hier mit Gold und Juwelen bestreut war – aber wer sollte es finden? Er selbst und Morla waren die einzigen gewesen, die hier heraufgeritten waren, und sie würden es nie wieder tun. Ihm schauderte vor dem Gold und den verwünschten Seelen, die daran gebunden waren, bis irgendein göttliches Wunder den unzerstörbaren Schatz vernichtete.

Er zog Morla eng an sich und beugte sich zu ihr hinab. »Weißt du«, flüsterte er leise, »was ich jetzt gern täte? Ich wünschte, heute wäre der Tag des Kürbisfestes, und wir könnten essen und trinken und Rahja dienen.«

Sie sah zu ihm auf. »Du sprichst, wie du immer gesprochen hast«, flüsterte sie. »Aber du bist verändert. Du bist in einer Nacht ein weiser Mann geworden, Bruder.«

»Nicht in einer einzigen«, widersprach er ebenso leise. »Es geschah viel mit mir, ehe ich Weisheit erlangte. Es war wunderbar, als mir klarwurde, was Amárandel mir vererbt hat. Aber ich – o Morla, ich wünschte nicht, ein *ganzer* Elf zu werden. Das wäre mir zu edel und vornehm.«

Sie flocht ihre Finger in die seinen, und beide schwiegen.

Da trat Thallian im Feuerschein an sie heran. »Wir wollen versuchen, diesen unheiligen Wesen ihre Ruhe wiederzugeben«, verkündete er. »Ich weiß, ihr seid keine Verehrer Borons, aber ich bitte euch, setzt euch zu uns und stimmt in unsere Absicht mit ein.«

Die Geschwister folgten, wenn auch ein wenig unsicher; sie wußten nicht recht, was sie dazu beitragen sollten, den fremden Gott gnädig zu stimmen. Sie setzten sich alle im Kreis um das Feuer, die Hexen, die beiden Boroni, die Golgariten und der verbliebene Diener (den das Schicksal seines Gefährten so zu Tode erschreckt hatte, daß er die Hände nicht aus den Taschen nahm, um nicht unversehens ein Goldstück anzurühren) und versenkten sich in Meditation. Schweigen breitete sich über die Gruppe. Die Atemzüge wurden immer ruhiger und gleichmäßiger. Auch Ofrim tat, was er konnte; er dachte an das elende Schicksal dieser Schatzgeister und wünschte ihnen aus ganzem Herzen, sie könnten frei werden, anstatt noch jahrhundertelang die immer wieder verschwindenden Schätze aufzusammeln.

Als es ganz still geworden war, murmelte Thallian mit dumpfer, feierlicher Stimme: »Boron ...«

»Boron ...« flüsterte auch Refardeon.

Immer wieder, während das Dunkel der Nacht wie ein riesiges Flügelpaar sich über sie breitete, wurde der Namen des Totengottes angerufen. Immer wieder hallte es dumpf durch die kalte Gebirgsnacht: »Boron!« Wie der Doppelschlag einer Begräbnistrommel.

Und dann geschah es.

Ofrim, der mit dem Kopf auf den Knien eingenickt war, schreckte auf; ihm war, als hätte sich die Erde unter seinem Hinterteil bewegt. Er horchte noch, da drang durch die Dämmerung ein dumpfes Grollen. Augenblicklich sprangen alle auf und staunten die Ruinen rundum an. Kein Zweifel – die Erde war in Bewegung geraten! Felstürmchen zitterten, schwankten und stürzten, Steine begannen zu rollen, erst faustgroße, dann kopfgroße, dann immer größere. Es war, als sackten die unterirdischen Krypten nun endgültig in sich zusammen.

Ohne sich noch um das Feuer zu kümmern, flohen sie, an grünen Basalttrümmern, an den Überresten vergoldeter Säulen, an den Fratzen und Schnörkeln vorbei, und als öffnete eine wunderbare Hand ihnen den Weg, war es immer dort, wo sie hinliefen, frei von Steinen. Hinter ihnen wurden das Gerumpel und Dröhnen immer lauter, wie Donnergrollen klang es über die Berge. Steine holperten und sprangen, Klüfte taten sich auf. Die Kleider hochgerafft, flohen Priester, Hexen und Ritter durch die zerfallenden Ruinen, bis sie atemlos und keuchend das Tor des Passes erreicht hatten.

Ofrim blieb mit stechenden Lungen stehen. Sein Blick schweifte über den Paß. Ein Trichter hatte sich dort geöffnet, wo die goldene Kammer mit dem Brunnen gewesen war, und in diesen Trichter rollten und rumpelten nun die Bruchstücke des Turmes und der unterirdischen Treppen und Gänge!

Noch während sie polternd übereinanderfielen, quoll von unten Wasser auf, ein grünes, giftiges Wasser, das sie bedeckte. Das Rumpeln und Bersten verstummten. In unglaublich kurzer Zeit befand sich an der Stelle, wo einst der Echsenturm gestanden hatte, ein See – so dunkel, bitter und kalt, daß kein Wesen von seinem Wasser zu trinken wagte und die Tiere des Waldes sich hüteten, ihm nahe zu kommen.

»Wir haben ein erhabenes Wunder gesehen«, murmelte Refardeon, als sie sich allmählich von ihrem Staunen und Entsetzen erholt hatten. »Boron sei Dank! Das Gold ist verschwunden und kann niemanden mehr in Versuchung führen, und die unglückseligen Geister sind frei.«

Die Boroni und ihr Anhang dankten ihrem Gott mit einem Gebet für die Befreiung der elenden Schatzgeister, während Ofrim und Morla stumm danebenstanden. Dann machten sie sich langsam auf den Heimweg.

Thallian rief: »Es wird ein harter Weg zurück nach Roswylde werden, so ganz ohne Pferde.«

Dennoch machten sie sich unverdrossen auf den Weg, und es dauerte nicht lange, da fanden sie zu ihrer Überraschung die Pferde wieder. Es war wohl Ofrims Grauschimmel gewesen, ein kluges Tier, das die anderen von der gefährlichen Stätte weggeführt und mit ihnen eine geschützte Lichtung in den Krüppelföhren aufgesucht hatte, wo sie geduldig auf ihre Reiter warteten.

Während sie aufsaßen, dachte Ofrim: Wenn ich nun auch noch Merewin gesund und munter wiedersehe, dann ist mir kein Wunsch mehr offengeblieben.

Er wußte, daß etwas Großes geschehen war und daß er sich wie ein Elf und ein Krieger fühlen sollte, aber er fühlte sich wie ein übernächtigter, zerschlagener Hexer, der nach Hause und in sein Bett wollte. Vielleicht, dachte er, begreife ich es morgen oder übermorgen, aber heute bin ich so müde, daß ich gar nichts mehr verstehe.

Als der helle Tag anbrach, standen sie vor den zersplitterten Ruinen der hohen Bäume.

Die alten waren gefallen – von Blitzen zerschmettert, die nicht zufällig ihren Weg in die mächtigen hölzernen Leiber gefunden hatten. Schwarz verbrannt, mit wenigen starren Ästen, die sich kahl zur Seite reckten, standen die Bäume da, einer wie der andere vom himmlischen Feuer versehrt und bis in die Wurzel gespalten.

Ofrim Mawr Bian hätte nicht gedacht, daß es irgend etwas geben könnte, das ihn noch mehr schmerzte als der furchtbare Angriff des Echsenpriesters auf seine Seele. Nun warf er sich den Mantel übers Gesicht und brach in hemmungslose Tränen aus. Die Fäuste geballt vor Qual, schrie er ein um das andere Mal auf, als würde er mit glühenden Eisen verbrannt, und wiegte sich im Sattel, als könnte er dem überwältigenden Schmerz durch die Bewegung entkommen.

Morla weinte nicht, aber ihr schönes Gesicht war so weiß wie Stein, und ihre Augen blickten glanzlos vor Kummer.

Die Boroni und ihre kriegerischen Begleiter hielten die Pferde neben ihnen an und warteten ihn stummem Mitleid, bis Ofrim sich soweit gefaßt hatte, daß er den Mantel zurückschlug und sie anblickte. Sein Gesicht war tränenüberströmt und sein Bart naß. Er blickte die beiden Geweihten an und schrie in heller Qual auf: »Habe ich darum mit den Schrecken der Finsternis gekämpft, daß mein Land hier verdorben liegt? O Rahja, o Peraine! Wie konntet ihr das zulassen? Wie konntet ihr mir nehmen, was mir das Liebste ist?«

»Was uns beiden das Liebste ist, Bruder«, mahnte ihn Morla mit leiser Stimme.

Er wandte sich um und sprach sie mit schmerzzitternden Lippen an. »Nein, Schwester«, antwortete er leise. »Verzeih mir. Das Liebste auf Erden bist du mir, aber gleich danach kommt das Land, und ich sehe es zu Tode verwundet vor mir liegen und weiß, daß es sterben wird.«

»Ihr werdet es wieder zum Blühen bringen, Herr«, versuchte ihn einer der Golgariten zu trösten.

Aber eine furchtbare Ahnung war über Ofrim gekommen, als er die alten Bäume zerstört und das Leichentuch aus Schnee über sein Land gebreitet sah, und er sprach sie mit bebender Stimme aus. »Wir haben eine Schlacht gewonnen«, sagte er leise, »aber nicht den Krieg. Die Macht der Dämonensphäre ist zu furchtbar, als daß dieses arme Land dagegen ankämpfen kann. Roswylde wird fallen, das spüre ich. Borbarads Statthalter werden den Sieg davontragen.«

»Nicht über ganz Aventurien!« rief einer der Golgariten.

Der Schwarze Baron schüttelte den Kopf. »Nein, das nicht, aber über den Teil Aventuriens, der mir und meiner Schwester lieb und wert war.« Er richtete sich hoch im Sattel auf, seine Augen hingen mit einem fremden und leeren Ausdruck an der Ferne im Osten, wo die Sonne hervorbrach. Mit dunkler Stimme flüsterte er: »Ich sehe es wie eine gewaltige schwarze Welle herankommen von Maraskan und aus dem Nordosten, und diese Welle wird Roswylde ertränken. O mein Roswylde! Ich wollte, ich wäre dort in der Tiefe gestorben.«

»Sprecht nicht so in Eurem Zorn und Schmerz!« wies ihn Thallian zurecht. »Es tut niemals gut, den Tod zu rufen, wenn er nicht von selbst kommen will, und Euch ist es noch nicht bestimmt zu sterben. Ich sehe, Ihr leidet, und so gut ich es kann, fühle ich Euer Leiden mit, aber verflucht Euch selbst nicht, und scheltet nicht die Tat, die Ihr vollbracht habt.«

Ofrim senkte müde und beschämt den Kopf. »Ihr habt recht, Geweihter des Boron«, antwortete er. »Ich will schweigen. Kommt, laßt uns hinabreiten und aus der Nähe besehen, was an Bösem geschehen ist.«

Sie ritten, ohne noch ein Wort miteinander zu wechseln, den Pfad hinab, der nach Schloß Roswylde führte.

Dort fand Ofrim einen geringen Trost, denn unter dem Tor schritt ihnen Josmabith entgegen, und bei ihr waren Merewin und Winnemore, beide wohlauf und gesund. Die Eingeborene trat auf ihn zu, und noch bevor er abgestiegen war ergriff sie seine Hand, sah ihm ins Gesicht und sagte mit leiser Stimme: »Ich wußte nicht, wie ich es dir hätte sagen können, aber ich sehe, du weißt es. Ich leide mit dir. Und auch mit dir«, sprach sie, nun Morlas Hand ergreifend.

Die Geschwister stiegen von ihren Pferden und küßten sie stumm. Dann hoben sie ihre Katzen auf und überhäuften sie mit Zärtlichkeiten. Die beiden krallten sich laut miauend und schnurrend an ihnen fest, stießen ihnen die feuchten Schnäuzchen ins Gesicht und leckten ihnen die Wangen. Sie wußten nur zu gut, wie nahe sie daran gewesen waren, ihre Seelengefährten zu verlieren, und die Beweise ihrer Zuneigung wollten kein Ende nehmen. Schließlich hob Ofrim Merewin auf die Schulter und schritt mit ihr in die Halle des Schlosses. Morla folgte mit Winnemore.

In der Halle brannte ein Feuer, Ruban erwartete Herrn und Herrin mit einer Kanne heißen Weins – alles war wie immer, und doch fühlte Ofrim das Verderben, das wie ein Leichentuch über dem vertrauten Saal hing. Es schien ihm, als sei er hellhöriger und feinfühliger geworden, als er je zuvor gewesen war. Er sah die schattenhaften Umrisse des Unheils, das sich schon über einen Teil Araniens gesenkt hatte, sah die ewige Nacht, die auch Roswylde bevorstand. Nicht einmal Rahjas Bäumchen konnten es vor diesem Unheil bewahren. Sie hatten wohl die Kraft, die Grenzen der Baronie zu beschützen, und mochten diese auch noch eine gute Weile behalten, nachdem die Nacht erst einmal hereingebrochen war. Aber was wäre Roswylde dann anderes gewesen als eine bröckelnde Insel in einer tobenden, fauligen See, ein einsames Haus in einer von Ungeheuern erfüllten Wüste? Vielleicht konnten die Geschwister noch eine Weile hier aushalten, Gefangene in ihrem eigenen Land, ehe die böse Macht eine Bresche fand und über sie hereinstürzte wie die Sturmflut durch einen gebrochenen Deich ... aber dann?

Mit einer müden Bewegung ließ der Hexer sich am Tisch nieder und stützte den Kopf in die Hand.

Thallian sah, daß die drei Hexen allein sein wollten, und so bat er höflich: »Erlaubt, daß die Krieger sich nach dieser harten Nacht zur Ruhe legen und wir Geweihten uns zum Gebet zurückziehen.«

Ofrim blickte auf. »Ja, geht«, antwortete er mit matter Stimme. »Schlaft. Möge Bishdariel euch heilende Träume senden.« Er sah ihnen nach, bis sie über die Eichentreppe nach oben verschwunden waren, dann bedeutete er Morla und Josmabith, sich zu setzen. Zu Ruban sagte er: »Laß uns allein, mein guter Diener. Geh du inzwischen zu den Knechten und Mägden, danke ihnen in unserem Namen für ihren tapferen Kampf, und gib ihnen den besten Wein aus dem Keller zu trinken, damit sie wieder zu Kräften kommen. Sag ihnen, wir werden noch selbst kommen und ihnen danken. Jetzt muß ich ein wenig mit meinen Lieben allein sein.«

Ruban verneigte sich tief und eilte davon, der Küche zu, um dem Gesinde die willkommene Botschaft zu bringen, daß die alten Eichenfässer im Keller angeschlagen werden durften.

Die drei Hexen saßen in der Halle beisammen. Ihre Schatten bewegten sich auf den getäfelten Wänden, als führten sie ein Eigenleben. Ofrim trank ein paar Schlucke von dem warmen, stark gesüßten Wein. Er fühlte, wie ihm das Getränk durch die Kehle rann und sich in seinen Adern verbreitete. Während er mit einer Hand Merewins Nacken kraulte, sagte er zu Josmabith: »Hast du es schon lange gewußt?«

»Nun, *geahnt* habe ich es schon seit mehr als einem Jahr«, erwiderte sie zögernd. »Ich fühlte Böses im Wind, der von Nordosten weht, und sah schlimme Zeichen in den Wolken.«

Ofrim lächelte matt und bitter. »Hat es sich überhaupt gelohnt, daß wir gegen den Seelenwanderer angekämpft haben? Er ist vernichtet, aber nun wird ein anderer kommen, stärker und schlimmer als er, und seinen Platz einnehmen. Hätten wir ihm gleich seinen Willen gelassen!«

»Du sprichst im Schmerz«, rief Josmabith streng, »und das ist auch der einzige Grund, warum ich deine Worte nicht strafe! Bezähme dich! Du hast deinen Teil getan. Ein anderer oder eine andere mag gegen den kämpfen, der nach Ssr'thon'choth kommt. Genügt es nicht, daß du deine Tat getan hast?«

Er senkte beschämt und erschrocken den Kopf. »Vergib mir. Aber mir ist zumute wie einem Mann, der die ganze Nacht träumt, er stürze in einen Abgrund, und am Morgen aufwacht, um gehenkt zu werden. Wer kann die Wege der Götter erkennen?«

»Viele Mächte auf Dere kämpfen gegeneinander, Götter und Dämonen, Menschen und Echsen«, antwortete Josmabith. »Auch die Götter kennen nicht das Ende aller Wege.«

Der Baron fuhr sich mit der Hand über die müden Augen. Er wünschte nichts mehr, als daß er sich zu Bett legen und an einem gewöhnlichen Morgen aufwachen könnte. Von nun an war jeder Morgen verflucht. »Was wirst du tun?« fragte er.

Josmabith zuckte die Achseln. »Ich werde so viele Schwestern warnen, wie ich erreichen kann, und dann werde ich fliehen, schnell und heimlich, bei Nacht, ohne jemandem Lebewohl zu sagen. Wohin, weiß ich noch nicht. Nach Süden zieht es mich nicht; in Al'Anfa und Mengbilla herrscht schon von alters her so viel Böses, daß es mich anwidert. Auch der Norden ist gefährlich, und überdies ist es mir dort zu kalt. Es ist nur noch der Weg nach Westen frei. Vielleicht werde ich ins Liebliche Feld reisen.« Sie lächelte matt. »Man sagt, es sei ein gutes Land für Kurtisanen.«

»Was rätst du uns?« mischte Morla sich ins Gespräch. »Sollen wir mit dir fliehen?«

»Nein, das braucht ihr nicht zu tun«, antwortete Josmabith. »Ich denke, ihr habt einen anderen Weg. Geht zu euren Verwandten.«

Die Geschwister sahen sie überrascht an.

»Wir haben keine Verwandten mehr«, sprach Morla. »Wir sind die Letzten unserer Familie und haben keine Kinder.«

»Da sind die Elfen«, sagte Josmabith leise.

Die beiden waren so verblüfft, daß sie keine Antwort fanden. Erst nach einer Weile sagte Morla: »Es ist lange Zeit her, seit die beiden Zweige der Familie sich getrennt haben. Amárandel war unsere Ururgroßmutter.«

Josmabith lächelte leise. »Nachdem Elfen so alt werden, sind bestimmt noch einige am Leben, die sich an sie erinnern.«

Ofrim starrte in die springenden Flammen des Kaminfeuers. Wieder überkam ihn das wunderliche Gefühl, das ihn oben auf dem Paß im Yalaiad ergriffen hatte, diese ferne Ahnung von einem anderen Leben, einem anderen Sein. In der vergangenen Nacht war er so sehr Elf gewesen wie nie zuvor. War es denkbar, daß er und Morla zu den Elfen zurückkehrten – daß sie unter ihnen lebten? Und wie würde das Schöne Volk sie empfangen? Josmabith hatte recht, womöglich lebten noch einige von denen, die Amárandel von Angesicht zu Angesicht gekannt hatten, aber er hatte keine Ahnung, wie Elfen zu Hexen standen. Vielleicht würden sie die Besucher voll Abscheu davonjagen.

Dennoch sprach er mit schwerer Stimme: »Das ist ein unerwarteter Vorschlag, den du da machst, Josmabith, aber er bringt mein Herz zum Klingen.« Er blickte versonnen vor sich hin. »Ich weiß von Mutter Amárandel freilich nur, daß sie aus einem Land kam, das man die Salamandersteine nennt. Meinst du, das genügt, um die Elfen zu finden?«

»Das ist nicht schwer. Die Salamandersteine sind kein Land, sie sind eine Gruppe von Bergen, und wenn ihr irgendwo in eurer schlampigen Bibliothek eine halbwegs brauchbare Karte von Aventurien findet, werdet ihr sehen, daß sie jenseits eines großen Sees liegen, den man den Neunaugensee nennt und der auf jeder guten Karte eingezeichnet ist.«

Bei diesen Worten fühlte Ofrim Seidenhaar, wie eine tiefe Sehnsucht in ihm aufwallte. Als Knabe hatte er sich oft gefragt, wie es in einem Land aussehen mochte, das Salamandersteine hieß, und in müßigen Phantasien hatte er sich ein Land ausgemalt, in dem drachenähnliche feurige Salamander herumkrochen. Er hatte immer ein wenig Angst davor gehabt, denn seine Mutter hatte ihm erzählt, daß es in diesem Land viel kälter war als in Aranien, und so hatte er gedacht, es herrsche dort immerzu Winter. Als er nun Josmabith dazu fragte, lächelte sie und sprach: »So schlimm ist es nicht. Es ist freilich viel kälter als hier, ihr werdet nachts eine warme Decke zum Zudecken brauchen, aber es gibt auch dort warme Sommertage und liebliche Ingerimmsmonde.«

Ofrim sann eine Weile nach, dann bemerkte er: »Und was wird aus unseren Bauern? Sie haben so tapfer gekämpft ... Was soll ich ihnen sagen? Daß alles umsonst war? Daß dennoch die Nacht kommt?«

Josmabith griff nach seiner Hand und hielt sie fest. »Sag ihnen, sie haben getan, was wackere und ehrbare Leute überall auf Dere täten. Dann laß sie gehen oder bleiben, wie sie wollen. Verstehst du nicht? Die Welt zerfällt. Mag sein, daß es hier schon bald keine Herren oder Bauern mehr gibt, sondern nur noch Aufseher und Sklaven.«

Morla fragte leise: »Wann sollen wir gehen?«

»So schnell ihr könnt. Wartet nicht zu lange, das Dunkel kann unversehens über euch hereinbrechen, wenn ihr zögert.«

»In einer Woche?«

»Ja, wartet nicht länger.« Josmabith stand auf und blies die beiden Kerzen aus, so daß nur noch das Feuerlicht den Saal erhellte. »Laßt uns zu Bett gehen. Was auch geschehen mag, wir müssen schlafen.«

Die alte Zulhamin humpelte, auf ihren Stock gestützt, zwischen den Feldern entlang. Ihr Greisengesicht hatte sich zu bitteren Falten verzogen. Sie stocherte da und dort mit dem Stock in der Schlammschicht, die die Felder bedeckte, und spießte vergilbte Tabakblätter und faulige Stengel auf. Ich hatte recht, dachte sie. In diesem Hagel und Schnee hatte sich mehr verborgen als nur die Macht der Kälte, dahinter hatte die böse Kraft gesteckt, die Roswylde belauerte wie ein Tiger seine Beute. Die Felder waren verdorben und würden es noch viele Jahre bleiben. Was aus dem Yalaiad herabgekommen war, hatte den Boden verpestet, so daß lange nichts mehr darauf wachsen würde.

Mit mühseligen Schritten kehrte sie über die nasse Straße, auf der immer noch schmelzender Schnee lag, zu ihrer Hütte zurück.

Aisha kam ihr entgegen. »Großmutter!« schalt sie liebevoll. »Ich habe dir gesagt, du sollst bei dem nassen Wetter nicht hinausgehen! Jetzt wirst du wieder die ganze Nacht lang husten.«

»Na, wenn schon – ich habe ohnehin nichts anderes zu tun«, erwiderte Zulhamin. Sie sah ihre Enkelin aufmerksam an, während sie von dem heißen Kürbisschnaps mit Wasser trank, den das Mädchen ihr zum Aufwärmen hingestellt hatte. »Was reden die Leute im Dorf?«

Aisha zog unbehaglich an ihren langen dunklen Zöpfen. »Sie sagen, alles ist erfroren und verhagelt. Wir werden keine Ernte haben in diesem Jahr.«

»Sagen sie noch mehr?« bohrte Zulhamin.

»Ja.« Aisha ließ sich mit einem unglücklichen Ausdruck im Gesicht auf das Kissen sinken, das neben ihrem niedrigen Tischchen stand, und nahm ebenfalls einen Schluck Kürbisschnaps. »Sie sagen, die Erde ist tot und das Wasser vergiftet. In Zaidas Bach schwimmen die Fische mit den Bäuchen nach oben.« Sie blickte angstvoll die alte Frau an. »Was geschieht da, Großmutter?«

Zulhamin hustete hohl. Es dauerte eine Weile, bis sie sich wieder erholt hatte und sich mit einer Prise Schnupftabak erfrischen konnte. »Diese Echsen aus Maraskan sind an allem schuld«, erklärte sie dann entschieden. »Sie haben sich gerächt, weil der gnädige Herr ihren König getötet hat. Deshalb haben sie uns das schlechte Wetter geschickt.«

»Was meinst du, was wird der Herr tun?« fragte Aisha besorgt.

Zulhamin überlegte, dann antwortete sie: »Ich glaube, gegen das, was hier geschieht, kann auch Herr

Ofrim nicht mehr viel ausrichten. Ich bin sicher, daß er sehr bald zu uns sprechen wird.«

Sie behielt recht. Ofrim kam noch am selben Abend ins Dorf geritten und ließ die Leute zusammenrufen.

An diesem Abend strahlte die Sonne wie eh und je, aber es war keine liebliche Landschaft mehr, auf die ihre Strahlen fielen. Das Laub an den Bäumen war verdorrt, als hätten sie gebrannt, die Büsche waren entblättert, in den Bächen faulten die aufgeblähten Kadaver der Fische, so daß niemand mehr daraus trinken konnte. Die Bauern und Bäuerinnen drängten sich verstört auf dem Platz zwischen den Hütten zusammen und blickten hilfeflehend zu ihrem Herrn auf, der seinen mächtigen Grauschimmel in ihre Mitte gelenkt hatte.

»Leute von Roswylde!« sprach er sie an, und man sah, daß Tränen in seinen dunklen Augen glitzerten. »Bevor ich noch irgend etwas anderes sage: Ich danke euch. Eure Treue und Liebe hat meinen Körper und meine Seele bewahrt, als ich den schrecklichsten Kampf meines Lebens kämpfte, und ohne eure Hilfe wäre ich dem Unhold unterlegen. So habt meinen Dank dafür. Und nehmt mein Lob entgegen für die Tapferkeit, mit der ihr für unser Roswylde gekämpft habt.«

Er ließ den Blick umherschweifen, nahm das Übermaß an Zerstörung wahr, und jetzt rannen ihm die Tränen über die Wangen, ohne daß er sie zu hindern suchte. »Ihr seht es selbst: Was war, ist nicht mehr. Wie es aussieht, werden Böses und Dunkelheit über dieses Land kommen. Keiner von uns wird hier bestehen können. Wer hierbleibt, Herr oder Knecht, wird zum Sklaven der schwarzen Horden. Daher gebe ich euch frei.«

Ein Murmeln äußersten Erstaunens lief durch die Reihen der Bauern. Wie konnte es angehen, daß ihr Herr sich so leichtfertig seinen Lehenspflichten entzog? Ofrim fuhr fort: »Die Dame Morla und ich haben keine

Erben, und selbst wenn wir Erben hätten, gäbe es hier nichts mehr, das wir ihnen hinterlassen könnten. So geht nach Hause und weint um alles, was ihr hier geliebt habt, aber weint nicht zu lange. Flieht rasch und bei Nacht, geht auf verstohlenen Pfaden, damit euch niemand aufhält.«

Hier und da klang leises Schluchzen auf, als er das sagte, aber Ofrim tadelte die Dörfler sanft: »Still! Ihr laßt hier nichts zurück als den Tod. Wendet euch nach Westen und bleibt, wo es euch recht erscheint. Die meisten von euch sind jung und haben starke Glieder, ihr könnt anderswo auch leben.«

Ja, dachte Zulhamin, da hat er recht. Aber sie war alt und gebrechlich. Sie konnte nicht mehr Schritt halten, wenn die anderen flohen. Aisha war ein gutes und treues Mädchen, sie wäre bei ihr geblieben, solange sie lebte, aber gerade das wollte die alte Frau nicht. Sie hätte ihre Enkelin nur auf der Flucht behindert, hätte sie gezwungen, langsam zu gehen und zu warten, und Zulhamin spürte, daß der Herr recht hatte: Nun durfte man keine Zeit mehr vergeuden.

Verstohlen zog sie sich aus der Menge zurück, die immer noch an Ofrims Lippen hing, und machte sich auf den Heimweg. Zuhause angekommen, öffnete sie die Truhe, in der sie ihre wichtigsten Habseligkeiten aufbewahrte, und kramte darin herum. Es dauerte eine Weile, bis sie gefunden hatte, was sie suchte: das hölzerne Döschen, das so stark nach Kräutern roch. Mit gichtknotigen Händen schraubte sie es auf und nahm ein graugrünes Kügelchen heraus, unscheinbar wie Mäusedreck. Zulhamin steckte es in den Mund und spülte es mit einem Schluck Kürbisschnaps hinunter.

Die Herrin Morla mochte ihr verzeihen, daß sie ihr – damals, vor so vielen Jahren – eins dieser Kügelchen gestohlen hatte, als sie herausgefunden hatte, wozu man sie gebrauchen konnte! Eigentlich hatte Zulhamin damit einen ihrer Ehemänner aus dem Weg schaffen wollen, aber dann hatte sie der Mut verlassen, und das graugrüne Kügelchen samt Dose war auf dem Boden der Truhe versteckt geblieben. Nun erfüllte es doch noch seinen Zweck. Zwar würde Aisha ein bißchen traurig sein, aber sie würde ihren Schmerz sicher bald überwunden haben – schließlich war Zulhamin eine sehr alte Frau. Und letztlich würde der Enkelin leichter ums Herz sein, nun, da sie auf ihren flinken jungen Füßen aus Roswylde fliehen konnte.

Mit immer schwerer werdenden Schritten hinkte Zulhamin auf ihr Lager zu und ließ sich mühselig darauf nieder. Eine angenehme Kühle, wie der Hauch einer Abendbrise, begann ihren gebrechlichen Körper zu durchströmen, und sie wußte, daß es der erste Bote des Todes war. Sie lächelte zahnlos. Ja, was die Herrin tat, tat sie richtig. Mochte Satuaria sie beschützen, sie und den schönen Herrn!

Zulhamin ließ ihre Gedanken zurückschweifen zu den längst vergangenen Nächten, in denen Ofrim von Roswylde in ihre Kammer gekommen war. Die Erinnerungen erschienen ihr so frisch, als wäre alles eben erst geschehen. Sie fühlte seine Hand, die unter ihren Nacken griff, fühlte seine glühenden Lippen auf den ihren, streckte die Hand aus, um mit scheuer Liebkosung sein Gesicht zu berühren – und starb.

Noch lange nachdem Ofrim Mawr Bian an diesem Abend auf sein Schloß zurückgekehrt war, saßen die Dorfleute vor ihren Häusern beisammen und berieten sich. Die jüngeren waren dafür, Herrn Ofrims Rat zu folgen und ihr Glück im Westen zu versuchen, vielleicht in Anchopal, wo man ein Paar kräftiger Hände jederzeit brauchen konnte. Viele von den Älteren jedoch schüttelten die Köpfe. Was sie dachten, faßte die alte Riftah – eine Mutter von sechzehn Söhnen und Großmutter zahlloser Enkelkinder – in die Worte: »Was sollen wir in der fremden Stadt? Wir werden dort zugrunde gehen wie Blätter, die im Winde verwehen. Besser ist es, wir bleiben hier, was auch kommen mag.«

»Wer weiß, was uns hier Gräßliches erwartet!« wandten die Jüngeren ein.

Riftah schüttelte hartnäckig den Kopf. »Selbst wenn sie uns töten, so wollen wir hier sterben, wo wir gelebt haben.«

»Sie werden Schlimmeres tun als euch töten«, warnte Aisha. Sie sah sich kurz um, ob ihre Großmutter ihr zustimmte, konnte sie aber in der Menge nirgends entdecken. Nun, wahrscheinlich war die alte Zulhamin nach Hause gegangen, um sich ein wenig niederzulegen – in letzter Zeit war sie sehr gebrechlich geworden und wurde oft vom Schlaf übermannt. Die junge Frau beschloß, später nach ihr zu sehen, und wandte sich wieder dem Gespräch zu.

Insbesondere die alten Leute beharrten darauf zu bleiben. Aisha hatte den Eindruck, daß sie sich keine richtige Vorstellung davon machten, was sie erwartete. Sie dachten vermutlich, es würden lediglich einige Maraskaner mehr und das eine oder andere Chimärenwesen über das Perlenmeer kommen, und vielleicht würde es wieder böses Wetter geben. Aber sie würden damit fertigwerden, wie sie mit so vielen Prüfungen im Leben fertiggeworden waren. Doch Aisha war ein sehr kluges Mädchen. Sie hatte die Tränen in Herrn Ofrims Augen gesehen und die Verzweiflung in seiner Stimme gehört und wußte, daß etwas unaussprechlich Schreckliches auf sie zukam – weitaus schlimmer als Maraskaner und Chimären.

»Wovon wollt ihr leben?« hielt sie den Alten vor. »Der Boden ist verdorben, das seht ihr selbst, es wird lange keine Ernte geben.«

Das bereitete den Dörflern einiges Kopfzerbrechen, aber Zelda, die Jägerin, zuckte nur die Achseln und antwortete: »Wir werden im Wald leben. Dort gibt es Wild genug und Beeren und Wurzeln, die wir essen können, wir werden nicht verhungern. Und wenn wirklich die Maraskaner kommen, werden sie uns im Wald nicht so leicht finden.«

»Ja«, stimmte Riftah ihr hoffnungsvoll zu. »Wir brauchen nur zu warten, bis die Bäche wieder klar sind und die Felder bereit zur nächsten Saat.«

Aisha schüttelte stumm den Kopf. Die Bäche würden wohl wieder klar werden, wenn die frischen Quellen aus dem Yalaiad sie von den Kadavern der Fische und dem giftigen Schlamm gereinigt hatten, aber der Boden würde noch lange keine Frucht tragen.

Zelda trat in die Mitte des Kreises. Sie wurde selten im Dorf gesehen, zumeist war sie in den Zedernwäldern und den Hügeln des Yalaiad unterwegs, um das Schloß mit Wildbret zu versorgen. Wenn sie ins Dorf kam, hörte man ihr gerne zu, denn sie war stark und klug und hatte in der Einsamkeit gelernt, ihren eigenen Entschlüssen zu folgen. »Es ist nicht schwer, im Wald zu leben!« rief sie. »Wir werden uns Hütten aus Zedernästen bauen und klares Wasser trinken und uns von Wildbret und Beeren ernähren, bis ihr zurückkehren könnt.«

Gleich stand auch eine andere Frau auf, Heyeshan, eine kräftige Alte, die oft mit einigen Begleiterinnen zur Küste ritt, um zu fischen. »Land und Meer sind voller Nahrung«, stimmte sie der Jägerin zu. »Wer will, kann mit uns an die Küste ziehen und Fische und Krabben fangen. Auch wenn man neuerdings bei jedem Fang allerlei … merkwürdiges Getier aussortieren muß, von dem Rest kann man immer noch gut leben.«

»Jenseits des Meeres liegt Maraskan«, wandte Chalibah ein, die eng an ihre Freundin Aisha gedrängt in der

Runde saß. »Wenn sie kommen, werden sie euch als erste erwischen.«

Aisha merkte indessen bald, daß die Sehnsucht, auf der heimatlichen Erde zu bleiben, in den meisten Dorfleuten weitaus stärker war als die Furcht vor dem Fremden, dem Bösen, das über sie zu kommen drohte. Der Baron mochte eine sehr klare Vorstellung davon haben, was sie bedrohte, die alten Leute aber nicht. Für sie bestand der ärgste aller Schrecken darin, Roswylde zu verlassen. Aisha war klar, daß sie lieber als Knechte der Maraskaner hier leben würden als in die Fremde zu ziehen.

»Wir sind arme Leute«, griff Riftah von neuem das Argument auf. »Was sollen sie uns schon tun? Wir haben nichts, was sie uns wegnehmen könnten – unsere dünnen Teppiche, unser Töpfe und Pfannen, wer will die schon! Es ist bitter, daß die Herrschaft uns verlassen will; aber für die Damen und Herren von Stand ist es auch leicht zu fliehen. Sie kennen die Welt und können überallhin gehen.«

Aisha dachte an Ofrims Tränen und widersprach: »Ich glaube nicht, daß dem Herrn Ofrim der Abschied leichtfällt.«

»Nein, so kam es uns auch nicht vor«, pflichtete man ihr ringsumher bei. »Aber er tat sich immer noch leichter mit dem Fortgehen als wir selbst.«

Aisha seufzte. Die Dörfler konnten sich einfach nicht vorstellen, morgens aufzuwachen und etwas anderes vor sich zu sehen als die Hütte, in der sie geboren worden waren, und vor die Tür zu treten und etwas anderes zu sehen als den Garten, der jeden Morgen ihres Lebens begrüßt hatte. In einer Weise hatte Riftah recht: Selbst wenn es ihnen gelang, sich bis Anchopal durchzuschlagen und dort Arbeit zu finden, würden sie vor Heimweh krank werden und sterben.

Sie wandte sich leise an Chalibah: »Was wirst du tun?«

»Ich gehe weg«, antwortete Chalibah prompt. »Es fällt mir nicht leicht, aber ich muß nur an diese schiefmäuligen maraskanischen Gesichter denken, daß es mich in den Fußsohlen juckt. Das fehlte mir noch, daß die herkämen und über uns herfielen! Die alten Weiber werden sie ja wohl in Ruhe lassen, aber uns, die wir jung und schön sind? Lieber laufe ich auf allen vieren über den Yalaiad, als meinen Schoß einem solchen Schurken zu überlassen!«

»Was sagt dein Mann dazu?« fragte Aisha. Chalibah war mit einem der hübschesten Burschen des Dorfes verheiratet, und die Ehe war glücklich.

Chalibah schüttelte düster den Kopf. »Er wird nicht gehen. Ich weiß, wie sehr er sein Haus und sein Feld liebt.«

»Und du willst ihn allein zurücklassen?«

»Ja«, antwortete Chalibah. »Ich habe Angst, Aisha – Angst vor dem, was ich in Herrn Ofrims Augen sah, als er zu uns sprach. Es werden schreckliche Dinge geschehen, und ich fürchte, Zelda und Heyeshan und alle anderen, die hierbleiben wollen, haben sich ein bitteres Schicksal gewählt.«

»Dennoch – sie haben es nicht anders gewollt«, sprach Aisha. Sie dachte besorgt an ihre Großmutter. Es kam nicht in Frage, daß sie die alte Frau zurückließ, aber was sollte sie mit ihr anfangen? Zulhamin war zu gebrechlich, um selbst auf einem Esel zu reiten. Aisha würde für ihre Großmutter einen Karren beschaffen müssen, und es würde nicht leicht sein, mit einem Karren über die verstohlenen Pfade zu fahren, die Herr Ofrim ihnen angeraten hatte.

Sie stand auf und zog ihr Umschlagtuch um die Schultern. »Ich laufe rasch ins Haus und sehe zu, wie es Großmutter geht. Wahrscheinlich hustet sie wieder.«

Aber als sie das Talglicht in der dunklen Hütte anzündete, sah Aisha, daß Zulhamin tot auf ihrem Bett lag. Eine Welle des Kummers überlief sie, aber zugleich auch eine Welle der Erleichterung. Sie hätte bis zum letzten bei der Großmutter ausgehalten, aber nun, da sie gestorben war, würde sie leichten Herzens gehen. Mit einer sanften Bewegung zog sie die Decke über das Gesicht der alten Frau und wunderte sich, woran sie im Sterben wohl gedacht hatte, daß sie so entspannt und friedlich aussah.

Ofrim von Roswylde hatte die Boroni und die Golgariten verabschiedet, die nach Zorgan zurückkehren wollten. Er hatte seine Pflicht getan und sie gewarnt, aber sie hatten nicht erkennen lassen, ob sie seine Warnung beherzigen würden oder nicht. Es waren, dachte er, doch sehr seltsame und verschlossene Leute.

Auch Josmabith mit ihrem Gefolge hatte Lebewohl gesagt. Er spürte, daß sie es eilig hatte, nach Zorgan zu reisen, zu den Schwestern. Ihr Abschiedskuß brannte ihm noch auf der Wange. Er wußte nicht, ob er sie jemals wiedersehen würde. Sie blieb ewig jung, aber sein eigenes Leben war beschränkt. Wer wußte schon zu sagen, wieviel Langlebigkeit ihm das Elfenblut schenken würde, das in seinen Adern floß, und heute fühlte er sich älter denn je.

Mit einem nachdenklichen Seufzer wandte er sich wieder dem Stück Pergament zu, das er seit zwei Tagen eifrig studierte. Er hatte in der Bibliothek von Roswylde tatsächlich eine umfassende Karte von Aventurien gefunden; das hieß freilich nur, daß in den weißen Feldern jenseits der aranischen Grenzen die wichtigsten Bergmassive, große Seen und bedeutende Städte wie Punin und Gareth eingezeichnet waren. Den Rest mußte man erraten.

Er betrachtete stirnrunzelnd das vergilbte Pergament

und überlegte – zum hundersten Male schon –, ob es ratsamer war, durch Mhanadistan und über die südlichsten Ausläufer des Raschtulswalls nach Punin zu reisen und von dort über die Reichsstraßen nach Norden oder ob sie den Weg nach Baburin und von dort entlang der Flüsse Darpat und Natter nach Gareth wählen sollten. Die erste Route führte sie weitaus schneller nach Westen und war damit die sicherere, stellte jedoch einen beträchtlichen Umweg dar. Auf der zweiten kämen sie schneller voran, aber sie müßten sich gefährlich nahe an die Trollzacken heranwagen, wo die Schwarzen Horden lauerten. Den Seeweg durch den Golf von Perricum nach Perricum – der zu anderen Zeiten entschieden bequemer gewesen wäre – wagte Ofrim wegen der dämonischen Seekreaturen schon gar nicht zu nehmen.

Schließlich wandte er sich an Morla, die gedankenversunken in dem mächtigen Ebenholzschrank mit den in Gold und Perlmutt eingelegten Türen kramte und überlegte, welche ihrer Tränke, Pulver und Tinkturen sie unterwegs brauchen würden. »Ich denke, wir sollten über Baburin reisen – wenn du einverstanden bist.«

Morla nickte zerstreut. »Mag sein … Du hast schließlich die Karten studiert.«

Er seufzte sehnsüchtig. »Ich wünschte, wir könnten fliegen. Wie schnell wären wir dann bei den Elfen!«

Morla wandte sich ihm zu. »Ja, aber wir wären sehr hungrig und durchfroren, wenn wir bei ihnen ankämen! Wir könnten weder Proviant noch warme Kleidung mitnehmen, und beides werden wir brauchen.« Ein schelmisches Grinsen überzog ihr Gesicht. »Im übrigen möchte ich in der Nähe von Gareth nicht auf einem Fluggerät gesehen werden.«

»Nein, ich auch nicht«, gab er zu. »Ich will überhaupt nicht nach Gareth, wenn du mich fragst. Ich will der Stadt des Lichts nicht einmal in die Nähe kommen. Aber es wird uns wohl nichts anderes übrigbleiben.«

214

»Wir werden uns nicht lange dort aufhalten«, tröstete sie ihn. Sie trat an Ofrim heran und schlang ihm die Arme um den Nacken. »Wann wollen wir gehen?«

»Morgen nacht, wenn es dir recht ist«, antwortete er leise. »Ich kann den Anblick des verheerten Landes nicht länger ertragen, und die Bauern werden nicht eher gehen, als bis wir gegangen sind. Schon deshalb müssen wir uns beeilen.«

Der nächste Tag war dunkel und unfreundlich. Schwere Wolken zogen von Maraskan herüber und ließen gelegentlich ein paar Regentropfen fallen. Der Baron war insgeheim froh darüber. Er wollte keinen letzten Blick auf ein Roswylde werfen, das in strahlender Abendsonne dalag; zu schmerzlich hätte es ihn daran erinnert, wie schön das Land einst gewesen war. So verbrachte er den Tag damit, Ruban beim Packen zu beaufsichtigen und die Leute vom Gesinde zu verabschieden, die nicht mit ihnen kommen würden. An Dienerschaft wollte er nur seinen treuen Leibdiener mitnehmen, und dazu den Kutscher, vier Bewaffnete, zwei stramme junge Mägde für die Hausarbeit und Aisha und Chalibah, die als Morlas Zofen mit ihnen kommen würden. Bei dem Gedanken an Aisha und Chalibah heiterte sich seine Stimmung ein wenig auf. »Es wird nicht ganz so schlimm werden, wenn wir sie dabeihaben, Merewin«, flüsterte er der Katze zu, die ihm beständig miauend nachlief.

Auch die beiden Vertrauten fühlten, daß es ans Abschiednehmen ging. Sie huschten durchs ganze Haus, um allen ihren Lieblingsplätzchen Lebewohl zu sagen und an allen Mauselöchern ein letztes Mal zu schnuppern, ehe sie auf die Reise gingen.

Gegen fünf Uhr nachmittags war die Kutsche gepackt, die Bewaffneten saßen auf ihren Pferden, und die beiden Zofen warteten bereits in der Kutsche.

Ofrim Seidenhaar ging, Merewin auf dem Arm, noch einmal in das Zimmer, in dem er geboren worden war und sein Leben lang geschlafen hatte. Er trat auf Morla zu, die dort mit Winnemore wartete, nahm sie in die Arme und küßte sie. Minutenlang standen sie so da und hielten einander umschlungen. Seine Tränen netzten ihr dunkles Haar.

Einen Augenblick lang verließ ihn die Kraft. »Ich kann nicht«, stieß er weinend hervor. »Ich kann nicht fortgehen.«

Sie gab keine Antwort, drückte ihn nur eng und zärtlich an sich, bis er sich wieder gefaßt hatte.

Zögernd ließ er sie los, ergriff den Schürhaken des Kamins und zerrte die glühenden Holzscheite aus der dunklen Wölbung auf den hölzernen Boden heraus, dicht vor die bis zum Boden reichenden Vorhänge des Bettes. Die Geschwister sahen zu, wie das kostbare Tuch sich in der Hitze bewegte, feine Rauchfäden aussandte und dann zu glosen begann. Morla öffnete weit die beiden Türen des Schrankes und warf ein Bündel Papiere, das darin gelegen hatte, auf die Glut. Ein unheimlicher roter Schimmer breitete sich im Raum aus, als die Flammen an den Papieren hochleckten.

Hand in Hand, jeder mit seiner Katze auf der Schulter, verließen die beiden Roswyldes den Raum.

Als sie aus dem Tor der Halle in den Hof traten, sahen sie bereits, wie oben ein rotgoldenes Licht hinter den Butzenscheiben des Schlafzimmerfensters flackerte. Ofrim schwang sich auf seinen Grauschimmel, während Morla zu den beiden Mädchen in die Kutsche stieg. Das Licht hinter ihnen wurde heller. Die Kutsche fuhr los, fuhr durch den Torbogen. Die Reiter folgten. Als der letzte Hufschlag unter dem alten Gewölbe hallte, barsten die gläsernen Scheiben des Fensters, und eine grellrote Lohe schoß heraus, die an den Mauern hochleckte. Der dunkle Himmel über Schloß Roswylde nahm einen rötlichen Ton an.

Weder Ofrim noch Morla blickten noch einmal zurück.

Wenige Stunden nachdem die Geschwister Schloß Roswylde verlassen hatten, legte unten an der Küste ein Boot an – heimlich, im Schutz eines vorspringenden Felsens, der es vor allen neugierigen Blicken aus dem Landesinnern verbarg. Die beiden Männer, die es gesteuert hatten – Maraskaner mit unruhigen, geringschätzigen Augen –, wandten sich dem einzigen Passagier zu. »Ihr könnt aussteigen, Herr.«

Der Passagier erhob sich ächzend. Es war ein ungeheuer fetter Mann von etwa sechzig Götterläufen, mit klobigen Händen, dicken Handgelenken, und einem Gesicht, das zur Hälfte unter einem graublonden Vollbart verschwand. Er war in Schwarz gekleidet, auf dem halbkahlen Kopf saß ein Samtkäppchen.

Es war noch nicht lange her, da hatte jedes Kind in Roswylde Meister Bunsegur gekannt, den Geweihten des Levthan. Kinder und Eltern hatten ihn gleichermaßen gefürchtet, denn die Rede ging, daß er ein Genosse von Ghulen und Gefährte von Leichenräubern war, der in manchen Nächten scheußliche Feste auf entlegenen Friedhöfen feierte.

Meister Bunsegur hatte viele Jahre lang in einer einsamen Hütte zwischen der Küste und Schloß Roswylde gelebt, wo er die unheimlichen Boten Maraskans, die Chimären, zu nächtlichen Gesprächen empfing und unheilige Rituale in den feuchten Sumpftälern zelebrierte. Dann hatten ihm die Bäumchen von Roswylde einen bösen Streich gespielt: Als er nachts in das Gut eindringen wollte, um ein neugeborenes Kind zu stehlen, hatte ihn ihr Zauber erfaßt, und er hatte tanzen und tanzen müssen, bis er vor Erschöpfung beinahe tot umgefallen wäre. Zu Tode erschrocken war er nach Maraskan geflohen, wo man seinesgleichen gerne aufnahm. Nun kam er zurück, um einige seiner wichtigen Gerätschaften und Bücher aus der Hütte zu holen, der sich seit seiner Flucht kein Mensch zu nähern gewagt hatte.

Schnaufend und fauchend – seine Leibesfülle machte ihm schwer zu schaffen – kletterte er aus dem Boot und beugte sich dann noch einmal hinein, um seine alte Gefährtin, die Kröte Gmorxas, zu sich zu holen. Das eklige Tier rollte die Goldaugen nach allen Seiten und stieß ein befriedigtes Quarren aus, als es die heimatliche Küste wiedererkannte. Bunsegur sah zu, wie die Maraskaner sein wichtigstes Gepäckstück an Land schafften: den Weidenkorb, in dem er zu fliegen pflegte. Er war froh, daß es ihm damals gelungen war, dieses wichtige Requisit mitzunehmen, denn zu Fuß wäre ihn der Weg hart angekommen. In Maraskan hatte er sich rasch angewöhnt, bequem auf einem Diwan zu liegen und die Diener mit Befehlen herumzuhetzen.

Er kletterte schwerfällig in seinen Korb. »Wartet hier«, befahl er den beiden Männern. »Es kann eine Weile dauern, ich muß allerlei suchen. Macht es euch bequem, aber zündet kein Feuer an, ich möchte nicht, daß wir gesehen werden.«

Das wollten die beiden auch nicht, also zogen sie sich in den Schutz des Felsens zurück und holten die Flasche Zuckerrohrschnaps hervor, mit der sie sich in den nächsten Stunden zu vergnügen gedachten.

Bunsegur murmelte »Oben aus und nirgends an!« Und sofort erhob sich der Korb in die Lüfte und trug ihn und Gmorxas über das dunkelnde Land seiner alten Behausung zu.

Als er in tiefer Nacht dort anlangte, fand er alles noch genauso vor, wie er es zurückgelassen hatte. Die Bauern hatten sich gehütet, seinem Haus nahe zu kommen, ob er zu Hause war oder nicht, denn sie erzählten einander Geschichten von schrecklichen Wesen, die in Flaschen und Töpfen dort aufbewahrt wurden und nur darauf warteten, einem Neugierigen den Hals umzudrehen. Dennoch hatte Bunsegur das merkwürdige Gefühl, daß nicht alles so wie früher war. Während er in seinen Büchern und Gerätschaften kramte, hob er immer wieder den Kopf und witterte in den Wind wie ein Tier. Etwas stimmte nicht. Etwas hatte sich verändert.

Schließlich hielt er es nicht mehr aus. Er ließ Zauberbücher und Alchimistenkram liegen, kletterte in den Korb und stieg auf, um eine Runde über Roswylde zu drehen.

Als er so hoch in den Lüften dahinglitt, sah er als erstes das brennende Schloß. Von dem Gebäude waren mittlerweile nur noch die Grundmauern übriggeblieben, auch ein Teil des umliegenden Zedernwaldes hatte Feuer gefangen und stand in hellen Flammen. Eigentlich hätte dieser erschreckende Anblick das gesamte Dorf in helle Aufregung versetzen müssen, aber kein Laut war zu hören, kein Mensch war zu sehen. Verwundert ging er tiefer und glitt über das Dorf dahin. Kein Bauer war auf die Straße gerannt, um das brennende Schloß anzuschauen, keine aufgeregte Stimme rief um Hilfe! Die Hütten kauerten still und unbeleuchtet am Rand der verwüsteten Gärten. Das verblüffte Bunsegur so sehr, daß er es – nachdem er sich aufs sorgfältigste nach allen Seiten umgesehen hatte – wagte, den Korb auf dem verlassenen Dorfplatz von Roswylde zu landen und hinauszuklettern.

Vorsichtig, auf Zehenspitzen, tappte er über die Straße. Rundum war es totenstill. Die Hütten mit ihren leuchtendweiß getünchten Mauern wirkten wie Tiere, die sich zum Schlaf hingekauert hatten. Er roch den Dunst des Unheils, das über das Dorf gekommen war, roch die Fäulnis auf den Feldern und das verbrannte Laub in den Gärten, und der Geruch tat seiner Nase wohl. Er meckerte gedämpft in seinen Bart. So gefiel es ihm! Tod und Verwesung, Fäulnis und Moder!

Er hätte zu gerne gewußt, was hier geschehen war – nach Maraskan war noch keine Nachricht gedrungen, jedenfalls keine, die ihm zu Ohren gekommen wäre.

Lautlos tappte er mit schlammigen Stiefeln weiter. Er erreichte den rosafarbenen Rahjatempel und sah, daß das Lämpchen über der Tür gelöscht war. Das Haus lag still in tiefem Dunkel. Er zuckte zurück, als er im schwachen Licht des Mondes eines der rotgefiederten Bäumchen entdeckte, die ihm einmal solche Schwierigkeiten gemacht hatte. Von jähem Schrecken erfaßt, fürchtete er, noch einmal das feine Stimmchen zu hören, das ihn gefragt hatte: »Freund oder Feind?« Wie gut er es noch im Ohr hatte!

Aber das Bäumchen fragte nichts, und als er näher trat, fühlte er, daß ihm keine Zauberkraft mehr innewohnte. Es war nur noch ein junger Baum.

Von triumphierender Bosheit erfaßt, riß Bunsegur einen der dünnen Äste ab und schleuderte ihn in den Schmutz, sprang und trampelte darauf herum, daß sein Wanst schwappte, bis ihm die Luft ausging. Dann hielt er keuchend inne. Seine Augen zogen sich zu schmalen Schlitzen zusammen. Was war geschehen? Wie war es möglich, daß Rahjas Bäumchen ihre Kraft verloren hatten? Es konnte nur einen Grund geben: Sie hatten nichts mehr zu beschützen. Roswylde existierte nicht mehr.

Er eilte zu seinem Gefährt zurück, faßte den fliegenden Korb am Henkel und lenkte ihn in Richtung Olabith. Hier – und später auch in Llyndall – bot sich ihm dasselbe Bild. Die Häuser waren verlassen, und die Bevölkerung war verschwunden.

Bunsegur kratzte sich den Kopf, auf dem ein dünner

graublonder Flaum sproßte. Seine dicken runzligen Ohren zuckten in mißtrauischer Aufmerksamkeit. Etwas ging hier vor, das ihm ganz und gar nicht gefiel. Es sah so aus, als wären die Leute, Herrschaft wie Bauern, freiwillig verschwunden. Und das hieß, daß sie Lunte gerochen hatten, daß sie witterten, was im Wind lag ...

Bunsegur wünschte, sie hätten das Schloß nicht angezündet. Er hatte sich bereits vorgestellt, daß es eine hübsche Heimstätte für seine alten Tage sein würde, wenn erst einmal ganz Aranien unter die Macht der Statthalter des Bethaniers gefallen war. Er hatte sich überhaupt bereits als Herrscher über die Baronie Roswylde gesehen. Nun, diesen Traum mußte er begraben. Wenigstens hatte er eine wichtige Neuigkeit für die schlangenleibige Herrscherin von Maraskan.

Er gondelte noch eine Weile dahin und dorthin, sah aber nichts Neues mehr, so daß er schließlich zu seiner Hütte zurückkehrte.

In aller Eile packte er dort das Notwendigste in den Korb. Alles übrige konnte warten. Es war wichtiger, daß er so rasch wie möglich nach Maraskan zurückkehrte und dort Bericht erstattete, bevor eine der widerlichen Chimären auf ihren Spähflügen das brennende Schloß entdeckte. Mit einem dumpfen Auflachen rief er Gmorxas zu: »Es stimmt, meine Liebe, die Ratten verlassen ein sinkendes Schiff. Aranien ist am Ende, ob sie es schon wissen oder nicht.«

Mit einem lauten »Hoi! Vorwärts!« wendete er den Weidenkorb und sauste über die schattenverhangenen Hügel dahin, zurück zum Boot.

Am Morgen – als Meister Bunsegur mit seinen beiden Begleitern bereits wieder unterwegs nach Maraskan war – legte im Hafen von Khunchom ein Schiff an, das aus Selem kam. Unter den Passagieren, die von Bord gingen, um sich bis zur Weiterfahrt nach Zorgan und Perricum zu erfrischen und sich ein wenig auf dem festen Land die Füße zu vertreten, war auch ein Mann, der einen grauen Kapuzenmantel trug. Dem einen oder anderen Reisenden mochte aufgefallen sein, wie er die Fahrt über ingrimmig brütend an der Reling gestanden und zuweilen etwas Unverständliches vor sich hingemurmelt hatte. Jetzt schritt der Graugekleidete rasch den Kai entlang, kehrte in der ersten halbwegs sauberen Schenke ein und befahl dem Schankburschen, ihm einen Krug mit halb Wein, halb Wasser zu bringen.

Zachaban Malle – den niemand anderer war der Reisende – stürzte das bestellte Getränk hinunter und löffelte die Gemüsesuppe, die er wenig später auftischen ließ, ohne zu merken, was er aß und trank. Seine Gedanken schweiften zurück nach Selem. Er war im Zorn von Cordovan geschieden, nachdem er bemerkt hatte, daß der Hochgeweihte – Praios strafe ihn! – nicht dazu zu bewegen war, einen Feldzug gegen die Hexen zu beginnen. Er war ihm gerade so weit entgegengekommen, daß er ihm ein Pferd und alle zur Reise nötige Ausstattung gegeben hatte, danach hatte er ihn mit vielen guten Wünschen hinauskomplimentiert und war sichtlich froh gewesen, ihn von hinten zu sehen.

Zachaban schnaubte angewidert. Der Bursche war nichts wert gewesen, ein Weichling, ein Dekadenter, dem die Sumpfnebel das klare Licht des Glaubens verwirrt hatten. Wie hätte er sonst so lange in dieser Stadt des Unflats aushalten können? Und wie gleichgültig ihm die Umtriebe des Nachtvolks waren! Er hatte tatsächlich gesagt, man möge es den Zwölfen überlassen, ob sie Ofrim von Roswylde straften oder nicht – diesen dreimal verdammten Schurken, der die Heilige Inquisition vor aller Welt lächerlich gemacht hatte! Ja, in gewisser Weise war er sogar schuld daran gewesen, daß Kunrad von Marmelund in diesem schrecklichen Abenteuer ums Leben gekommen war.

Daß sein Herr tot war, das fühlte Zachaban in allen Fasern seines Herzens. Sie hatten – auf ihre eigene Weise – einander so nahe gestanden, daß er im Augenblick, als Kunrad sich auf dem Dairig-Bhru-Paß in den Abgrund des Echsenpriesters stürzte, diesen Tod mitempfunden hatte. Ein harter Schlag hatte ihn getroffen, sein Herz drohte stehenzubleiben, während eine schreckliche Finsternis ihm Gesicht und Gedanken verhüllte. Er hatte zu sterben gemeint, aber gleich darauf hatte ihn ein gewaltiger innerer Jubel ergriffen. Ein paar Lidschläge lang glaubte er riesenhafte goldene Tore zu sehen, die sich mit freundlicher Einladung öffneten, und durch diese Tore trat Kunrad von Marmelund, nicht mehr in der schändlichen Gestalt eines Akrr'tzr, sondern in seinem eigenen Leib – hochgewachsen und hehr, mit klaren Zügen und leuchtenden Augen, in denen sich der Widerschein von Praios' Herrlichkeit spiegelte.

Wie Zachaban seine Liebe zu Kunrad verriet, daß sein Herr gestorben und in die Herrlichkeit des Lichtpalastes eingegangen war, so verriet ihm sein Haß, daß Ofrim von Roswylde immer noch lebte. Er hatte von ganzem Herzen gewünscht, der Schurke möge fallen, wenn Kunrad zu seinem vernichtenden Schlag gegen das Echsengezücht ausholte. Aber flink wie eine Natter war er wieder entwischt, hatte wohl Schutz hinter seinen elenden Hexenzaubern gesucht, um sein Leben zu retten!

»Ich finde ihn«, murmelte Zachaban vor sich hin. »Ich finde ihn, und wenn es das letzte ist, was ich tue.«

Er wußte auch bereits genau, wie er vorgehen wollte. Er würde nach Gareth reisen, in die Stadt des Lichts, und dort Unterstützung suchen. Er wußte, daß viele Priester Kunrad für überspannt, ja für wahnsinnig gehalten hatten, aber mit einiger Klugheit würde es möglich sein, Gleichgesinnte zu finden. Zachaban war ein besserer Diplomat, als Kunrad je gewesen war; er verstand es, seine Anliegen in glatte, kluge Worte zu fassen, die sich wie Honig ins Ohr träufeln ließen. Wenn es ihm gelang, sich beim Wahrer der Ordnung einzuschmeicheln, würde dieser ihm helfen, gegen das Hexenvolk vorzugehen.

Mit langsamen Bewegungen rieb er sich die spinnenfingrigen Hände. »Du bist noch nicht entwischt, Ofrim von Roswylde«, murmelte er in sich hinein. »Nein, noch lange nicht.«

Thallian von Stipen spazierte tief in Gedanken versunken im Garten des Boronklosters zu Zorgan umher. Während er im kühlen Schatten der Trauerweiden auf und ab schritt, ging ihm immer wieder durch den Kopf, was der Hexer gesagt hatte – diese Vision, die er angesichts der toten Bäume gehabt hatte, und die Leidenschaft, mit der er die Geweihten vor dem Angriff des Bösen gewarnt hatte. »Ihr wart meine Gäste«, hatte er gesagt, als er sie an den Grenzen seines Gutes verabschiedete, »und ich will euch nicht ohne Warnung ziehen lassen. War es nicht Bishdariel, wie ihr sagt, der mir meine Träume und Ahnungen eingegeben hat, und tut er es nicht auch jetzt? Wolken sammeln sich im Osten und über Oron, Wolken, die tödliche Stürme bringen. Ich sehe, wie eine Welle des Dunkels über Aranien kriecht. Mag sein, daß ihr nicht einmal in Zorgan mehr sicher seid. Flieht nach Westen!«

Thallian hatte weder ja noch nein darauf gesagt, aber er hatte keines dieser Worte vergessen. Seit er zurückgekehrt war, hatte er unablässig darüber nachgegrübelt und sich gefragt, was er tun sollte.

Was ihn selbst anging, war die Lage klar: Er konnte das Kloster und die Brüder nicht im Stich lassen. Er würde hier aushalten müssen, um Zorgan gegen die verderblichen Einflüsse des benachbarten Oron zu rüsten. Wenn dann eines Tages das Unsägliche über sie hereinbrechen würde, könnte er immer noch die Flucht ergreifen – oder auch nicht. Denn wann hatte je ein Geweihter des Boron den Tod gefürchtet?

Aber da war Refardeon – so jung, so schön, so begabt. Einmal schon hatte Boron ihn zurückgewiesen, also legte er Wert darauf, daß der Junge erhalten blieb. Refardeon hatte noch mehr in dieser Welt zu tun, das spürte Thallian. Ihn wenigstens mußte er in Sicherheit bringen.

So kam es, daß er Refardeon zu sich rufen ließ.

Der Jüngling trat vor seinen Meister, der unter einer Trauerweide im Garten des Klosters Platz genommen hatte, und verneigte sich vor ihm. Thallian erwiderte mit ernster Geste den Gruß und wies ihn an, sich neben ihm ins Gras zu setzen. Die Sonne spielte in den hängenden Zweigen der Weide und überschüttete sie beide mit einem Regen grüngoldener Funken, die auf ihren Kutten tanzten.

»Ich habe einen Auftrag für dich«, verkündete Thallian.

Refardeon neigte zustimmend den Kopf, daß die langen Locken seine Wangen liebkosten.

»Ich möchte«, fuhr der Vorsteher des Klosters fort, »daß du nach Punin reist.«

»Und was wünscht Ihr, daß ich dort tue?« fragte der Jüngling ein wenig überrascht. Bislang war keinen Augenblick lang die Rede davon gewesen, daß irgend jemand nach Punin reisen sollte oder daß das Kloster etwas mit der Kirchenleitung zu bereden hatte. Aber Refardeon war ein gehorsamer Jüngling; er sah seinen Meister aufmerksam an, was er ihm befehlen würde.

»Ich möchte«, befahl Thallian (der einige Nächte über diese Frage nachgedacht hatte), »daß du dich weiterbildest. Bleib ein halbes Jahr oder ein Jahr dort und lerne, was du kannst, dann kehre zurück. Du bist noch sehr jung, aber ich denke, daß wichtige Aufgaben hier auf dich warten.«

Refardeon gelang es nicht ganz, seine Gemütsbewegungen zu beherrschen. »Ich werde Euch sehr vermissen, mein Herr und Vater!« rief er aus. Er hing sehr an Thallian, der sein geistlicher Lehrer gewesen war, und es verdroß ihn, ihn zu verlassen. Gleichzeitig jedoch begeisterte ihn der Gedanke, nach Punin zu reisen. Punin, das Herz der Boronkirche! Ein seliger Schauder überlief ihn bei dem Gedanken, daß es ihm vergönnt sein würde, vor dem ehrwürdigen Bahram Nazir, dem Raben von Punin, zu knien und seinen Segen zu empfangen. In Gedanken sah er den gewaltigen Tempel vor sich, der aus der Vogelschau die Form eines gebrochenen Rades zeigte, und Bilder flirrten ihm durch den Kopf von Bibliotheken, von Zeremonien und Gottesdiensten, die das Herz erhoben und die Seele erfreuten, von Wandelgängen, in denen die Geweihten in ernste und göttergefällige Gespräche vertieft auf und ab schritten. Sein Herz schlug so heftig, daß er meinte, man könne es hören.

»Dennoch«, bemerkte Thallian mit der schwachen Andeutung eines Lächelns, »sehe ich, daß es dir nicht gänzlich mißfällt, dorthin zu reisen.«

Der Jüngling neigte den Kopf, bis seine Stirn das Knie des Klostervorstehers berührte. »Wann soll ich gehen?«

»Ich habe bereits einen Raben mit der Botschaft nach Punin geschickt, daß du kommst. Man erwartet dich. Das heißt, du kannst jederzeit aufbrechen. Vier Golgariten und ein Klosterknecht werden dich begleiten, damit du auch sicher ankommst.«

Refardeon tat sein Bestes, sein Erstaunen über diese unerwartete Hast zu verbergen, aber es gelang ihm nicht. »Ich soll sogleich aufbrechen?« fragte er verwirrt.

Thallian legte ihm die Handfläche auf den Scheitel. »Ja, gleich«, antwortete er mit einem Seufzer. »Geh mit meinem Segen und den guten Wünschen aller Brüder.«

Refardeon stand auf, verneigte sich und kehrte in das Kloster zurück. Er war ein kluger junger Mann, und so dauerte es nicht lange, bis er herausgefunden hatte, was hinter Thallians unerwartetem Auftrag steckte. Der Hexer, dachte er. Mein Meister ist überzeugt, daß er recht behalten wird mit seiner Warnung. Er will mich nach Punin schicken, damit ich dort in Sicherheit bin … Aber was wird mit ihm selbst?

Es drängte ihn, zurückzulaufen und Thallian zu fragen, was er selbst tun wolle, wenn das Unheil über sie hereinbräche, aber er wußte, daß er das nicht tun durfte. Seine Sache war es, dem Befehl zu gehorchen, den er erhalten hatte.

Langsam öffnete er die Tür seiner Zelle und trat ein, um seine wenigen Habseligkeiten zu packen.

Auch im Kloster der Noioniten in der Nähe von Selem stand ein Mann in einer Klosterzelle und packte.

Mit leichtem Schritt betrat jemand hinter ihm die Zelle, und als er sich umwandte, sah er Schwester Palmeya hinter sich stehen. »Wollt Ihr wirklich schon reisen?« fragte sie.

Der schwergewichtige Mann mit dem rotgefärbten Haar nickte. »Ja. Ich bin gesund – so gesund, wie ich jemals sein werde. Und ich halte es hier nicht mehr aus. Jede Nacht träume ich von Echsen, riesigen Echsen, die aus dem Meer kriechen und das Kloster überfallen … Ich fühle es in meinem Herzen, ich muß fort. Weit fort.«

»Bis nach Bethana?« fragte die Pflegerin. Mariwan hatte sein Haus und seinen Laden in Selem verkauft, und nachdem er das Kloster für seine Pflege bezahlt hatte, hatte er sich in einen Handelszug eingekauft, der am äußersten Rand der Khom-Wüste entlang nach Methumis und von dort nach Arivor und schließlich nach Bethana ziehen wollte.

»Ja«, antwortete er. »Ich glaube, ich werde mich dort wohl fühlen. Es liegt am Meer, und das Klima, hörte ich, erfrischt die Sinne. Vor allem aber liegt es weit drüben im Westen.«

»Was fürchtet Ihr so sehr?« fragte sie. »Daß die Maraskaner uns überfallen?«

Er machte eine hilflose Bewegung mit beiden Händen, daß seine blauen und rotbraunen Kleider flatterten. »Ich weiß es nicht. Ich verstehe nichts von Politik. Es sind nur diese Träume, die mich ängstigen. Immerzu sehe ich Echsen aus dem Meer kriechen und alles Land überziehen, grausige Echsen, wie ich sie selbst in den Sümpfen noch niemals gesehen habe, sie sind schwarz wie Onyxstein, und ihre Rachen triefen von Blut. Sie fressen das Land auf, so weit ich es sehen kann, und hinter ihnen geht ein bewaffneter Mann und treibt sie mit einem eisernen Stock an, wie ein Hirte seine Herde antreibt. In meinen Träumen ist immer nur im Westen ein wenig Licht, deshalb will ich dorthin. Ich hoffe, dort in Sicherheit zu sein.«

Schwester Palmeya verstand auch nicht viel von Politik; wenn sie an Gefahr dachte, kamen ihr keine Echsen, sondern Maraskaner und Al'Anfaner in den Sinn, und insgeheim war sie überzeugt, daß Mariwan noch längst nicht so gesund war, wie er glaubte. Diese schrecklichen Alpträume, die ihn quälten! Oft war es so schlimm mit ihm, daß er nachts schreiend aus seiner Krankenzelle rannte und den Flur entlanglief. Es hätte ihm gutgetan, noch eine Weile in der Obhut des Klosters zu bleiben.

Sie wußte aber auch, daß gewisse Seelenleiden sich am leichtesten heilen ließen, wenn man dem Kranken keinen Zwang antat, sondern ihm seinen Willen gewährte. Warum auch nicht! In Bethana war Mariwan so gut aufgehoben wie in Selem, vielleicht noch besser, denn das Klima dort war weder feucht noch sumpfig, und die Leute schienen weniger verdorben.

Also lächelte sie ihn an und antwortete: »Es tut mir nur leid, daß Ihr uns verlaßt. Wir haben Euch liebgewonnen.«

Er lächelte verlegen zurück. »Ihr habt viel für mich getan. Ohne euch wäre ich den Dämonen des Wahnsinns verfallen.«

»Das ist unsere Aufgabe, im Dienste des Herrn.« Sie streckte ihm die Hand hin. »Lebt wohl. Möge Marbo Euch auch in Bethana beschützen.«

Mariwan verabschiedete sich von ihr und schritt zum letzten Mal durch die kühlen, hallenden Gänge des Klosters. Er hatte sich so an den dumpfen Lärm gewöhnt, der aus den Zellen der Wahnsinnigen drang, daß er ihn kaum noch wahrnahm. Mit entschlossenen Schritten ging er durch den rosenduftenden Garten, in dem da und dort die ruhigeren Kranken spazierengingen, und trat dann durch das Tor. Der Pförtner nickte ihm zu, als er es hinter ihm schloß.

Mariwan blieb stehen und atmete tief durch. Es war ein guter Ort gewesen, und er war dankbar, daß die Götter ihn – trotz seiner kärglichen Opfer – hierhergeführt hatten. Jetzt wollte er Selem so rasch wie möglich verlassen. Er brannte vor Ungeduld, nach Westen zu ziehen.

Er wußte, daß Schwester Palmeya und ihre Oberen ihn insgeheim für verrückt hielten, und er stimmte ihnen zu, daß er eine Zeitlang verrückt gewesen war. Aber jetzt war er ganz klar im Kopf. Diese Träume waren keine Ausgeburten des Wahnsinns, sie waren

Warnungen. Er fühlte deutlich, wie etwas Böses sich im Osten zusammenbraute. Er mußte fliehen, und zwar bald. Jeder Tag, den er westwärts zog, brachte ihn einen Schritt weiter in Sicherheit.

Mit einem tiefen Seufzer der Erleichterung stieg er in den Wagen, der ihn am Tor des Klosters erwartete, und rief dem Fahrer zu: »Nach Selem, in die Karawanserei in der Gasse der Goldhändler!« Dort warteten schon seine Kamele und die beiden Burschen auf ihn, die ihn als Knechte begleiten würden. Morgen abend würden sie losziehen.

Er stand im Wagen auf und schüttelte die geballte Faust nach Osten, wo in seinen Träumen die mörderischen Echsen aus dem Golf von Tuzak auftauchten. Dann setzte er sich wieder hin und sah ruhig zu, wie die Eukalyptusbäume entlang der Straße rechts und links an ihm vorüberzogen. Zum ersten Mal seit längerem wußte er, daß er in dieser Nacht wieder gut schlafen würde.

Ghorka Plinsen, wie sie sich selbst nannte, ›die erfolgreichste Räuberhauptfrau südlich des Ochsenwassers‹, stand mit ihrer Adjutantin auf einem Ausguck, der die von Baburin kommende Straße überblickte. Sie war eine vierschrötige Frau mit kurzem, stoppeligem Haar und nur einem Auge, das mit stechendem Blick unter dichten Brauen hervorglühte. Die leere Höhle des anderen war unter einer Klappe verborgen. Sie trug einen Brustpanzer über zerlumpten Kleidern, einen Lederhelm auf dem Kopf und einen schweren Säbel an der Seite.

Ghorka verdankte ihren Erfolg nicht zuletzt dem Umstand, daß sie niemals eines ihrer Opfer am Leben ließ, das gegen sie aussagen konnte. Wer das Unglück hatte, ihr zu begegnen, verlor Gut und Leben zugleich –

und das zumeist nicht durch einen raschen, gnädigen Dolchstoß, sondern auf langwierige und qualvolle Weise. Sie war dafür bekannt, daß sie Männer, die in ihre Hände fielen, mit einem Schnitt ihres krummen Dolches der Männlichkeit beraubte und die Unglückseligen verbluten ließ, und die Frauen fanden meist ein trauriges Ende unter den groben Fäusten ihrer männlichen Mordgenossen. Ja, Ghorka war in ihrem ganzen ›Herrschaftsgebiet‹ gefürchtet.

Jetzt stand sie auf dem Ausguck, in einen braunen Mantel gehüllt, der ihre Gestalt mit den Bäumen und Büschen verschmelzen ließ, und rief ihrer Adjutantin Hirva zu: »Ein paar Minuten noch, dann müßte die Kutsche in Sicht kommen.«

Hirva – ein fettes Weib mit kahlrasiertem Schädel – nickte, wandte aber ein: »Die Späher erzählten, daß sie von vier Bewaffneten begleitet wird.«

»Na und?« knurrte Ghorka. »Es sind Aranier – also Feiglinge, ob bewaffnet oder nicht. Außerdem steht es drei gegen einen. Wir werden unseren Spaß mit den Burschen haben, ehe wir sie töten!«

Hirva lachte, ein heiseres, kehliges Lachen, aus dem Vorfreude auf das zu erwartende Gemetzel sprach. Dann fragte sie: »Wir erwarten sie wie üblich an der Straßenkehre?«

»Natürlich, wo sonst?«

Die Straße machte an dieser Stelle eine scharfe Kehre um einen vorspringenden Felsen herum. Unmittelbar hinter dem Felsen befand sich eine von Buschwerk geschützte Bucht, die ein gutes Versteck für zwei Dutzend Leute bot. Auf der anderen Seite der Straße fiel eine steile Böschung ab, so daß es kein Ausweichen gab. Meist sprangen die Räuber mit gezogenen Waffen aus ihrem Versteck hervor, um der Kutsche den Weg zu verstellen und sie in ihre Gewalt zu bringen – oder sie trieben die panikerfaßten Zugtiere die Böschung hinunter, um dann das hilflos umgekippte Gefährt mit seinen toten und verletzten Insassen auszuplündern.

Auch diesmal verbargen sie sich im Buschwerk – verwegene Gestalten in zerlumpten Kleidern, nach allen nur denkbaren Moden gekleidet, vom tulamidischen Kaftan bis zur mittelreichischen Tracht. Auf den Köpfen trugen sie Turbane oder Schlapphüte, die mit Hahnenfedern geziert waren. Der übelste Abschaum zwischen Rommilys und Zorgan hatte sich in Ghorkas Bande gesammelt, Kerle und Weiber, die man andernorts selbst unter den Ausgestoßenen des Landes ihrer Grausamkeit und Gemeinheit wegen verachtete. Nun lauerten sie in den Büschen auf ihre Opfer, Messer zwischen den Zähnen, Säbel in der Hand.

Der Ausguck hatte gemeldet, daß sich in der Kutsche reiche Leute befänden, wohl auf dem Weg nach Gareth. Es sei ein schönes Gefährt, hatte der Späher gemeldet, mit zwei Pferden bespannt, in dem eine Frau mit ihren Mägden saß. Ein reichgekleideter Mann auf einem Grauschimmel begleitete sie. Es gab auch vier bewaffnete Männer, aber ihr rotes Haar und ihr dunkler Teint verrieten, daß sie ebenfalls Aranier waren, und Ghorkas Leute waren sich einig, daß die Aranier zwar geschickt sein mochten, ihnen aber der rechte Kampfgeist fehlte. Es würde nicht schwer sein, die Reisenden zu überwältigen.

»Es sitzen drei Weiber in der Kutsche!« grunzte einer der Räuber, ein pockennarbiger Kerl mit so langen Armen, daß es aussah, als schleiften seine Fingerknöchel beim Gehen auf der Erde. »Da wird mein Hahn heute noch was zu tun bekommen! Ich fühle schon, wie er kräht!«

»Dein schlapper Hahn!« höhnte ein anderer. »Was der schon krähen wird! Ich wette mit dir, ich schaffe alle drei Weiber – die Adelige zuerst!«

»Abgemacht!« Der Affenähnliche hielt ihm die

schmierige Pfote hin. »Schlag ein! Wer mehr Weiber mitnimmt, hat gewonnen!«

Ghorka, die inzwischen in der Bucht Posten bezogen hatte, wandte sich um und stieß mit der Hellebarde, die sie in einer Hand hielt, nach den Schwätzern. »Haltet die Schnauze, ihr grunzenden Schweine! Erst die Arbeit, dann das Vergnügen.«

Ein kleiner dürrer Späher kam durch die Büsche gehuscht. »Herrin Ghorka«, zischte er, als er die Räuberhauptfrau erreichte, »der Adlige auf dem Grauschimmel reitet neuerdings voraus! Ich fürchte, sie haben Gefahr gewittert ...«

Die Räuberhauptfrau fingerte an ihrem Säbel herum, während sie dastand und nachdachte. Die Blutgier brannte heiß in ihren Adern, aber zugleich war sie vorsichtig geworden. Diese Burschen schienen nicht dumm zu sein. Jedenfalls wußten sie, daß man an unübersichtlichen Wegstellen aufpassen mußte, was dahinter lauerte. Trotzdem knurrte Ghorka schließlich: »Warum nicht? Holt ihn mit einer Wurfschlinge vom Pferd und stopft ihm das Maul. Wenn wir schnell sind, erwischen wir die Kutsche trotzdem.«

Der Späher wagte zu bemerken: »Ihr werdet Eure Freude an ihm haben, Herrin, er ist ein schöner Mann.«

»Gut«, rief Ghorka, »um so mehr Freude wird es mir bereiten, ihm den Bauch aufzuschlitzen! Und jetzt vorwärts! Auf eure Posten!«

Sie kauerten sich ins Gebüsch und schwiegen. Aus der Ferne war bereits deutlich das knirschende Rollen der Räder auf dem Schotter der Straße vernehmbar, gemischt mit dem Hufgetrappel mehrerer Pferde. Eins der Pferde war allen anderen deutlich voraus – das des Adligen, wie der Späher berichtet hatte. Ghorka grinste, daß die Lücken zwischen den fauligen Zähnen sichtbar wurde. Ein schöner Mann also! Nun, sehr vergnüglich! Gerade die schönen Männer haßte sie besonders. Vielleicht sollte sie diesen hier auf dem Boden ausstrecken, ihm Holz auf den nackten Unterleib häufen und es anzünden lassen. Es würde ihr eine Menge Spaß bereiten, sein Jammern zu hören, während ihm der Schaft und die Levthansfrüchte anschmorten.

Ihr einzelnes Auge zog sich zu einem schmalen Schlitz zusammen. Sie stieß Hirva an, die die Wurfschlinge in der Hand hielt. »Aufgepaßt!« Da kam auch schon der Kopf des Pferdes in Sicht, ein schöner starker Grauschimmel, und dann der Mann darauf. Wirklich ein gutaussehender Bursche! dachte Ghorka in dem Augenblick, als sie sein Gesicht betrachten konnte: viel weißer als die meisten Aranier, mit einer Flut von Haar, das er offen trug. Vielleicht sollte sie ihm das Haar auf dem Schädel anzünden, ehe sie ihn fertigmachte ...

Jetzt war das Pferd auf gleicher Höhe mit ihnen. Hirva und Ghorka, die es gewöhnt waren, jeden Angriff persönlich zu führen, sprangen mit gellendem Schrei aus ihrem Versteck.

Ghorka sah, wie der Mann erschrak, wie er abwehrend eine Hand hob und dann – vielleicht aus Verwirrung – eine kuriose Bewegung machte, als werfe er ihnen einen Ball zu. Sie stürmte vorwärts ... und wäre um ein Haar in eine Dornenhecke gerannt, die aus dem Nichts vor ihr auffuhr! Neben sich hörte sie Hirvas entsetztes und überraschtes Gebrüll und sah, wie die Adjutantin sich mitten im Sprung nach hinten warf, als hätte sich zu ihren Füßen ein Abgrund geöffnet. Und es war auch keine gewöhnliche Hecke, die ihnen den Weg versperrte, sondern ein bluttriefendes schwarzes Dickicht, so hoch wie sie selbst, in dem gräßliche Fetzen von Haut und Fleisch hingen! Ghorka war an alle möglichen Schrecken gewöhnt, aber diese unerwartete Überraschung nahm ihr den Atem.

Hexen sind das! fuhr es ihr durch den Kopf. Verfluchte Hexen! Sie hatte nicht daran gedacht, weil ein

Mann die Gesellschaft anführte – bei einem Trupp Frauen wäre sie weitaus vorsichtiger gewesen. Jetzt hörte sie den Hexer lachen, während sie mit dem aufgerissenen Auge die Hecke anstierte. Sie verstand genug von der Hexenkunst, um zu wissen, daß sie es hier mit einer Illusion zu tun hatte – und doch konnte sie es kaum begreifen, wie täuschend lebensecht dickes rotes Blut von den Dornen troff und die grausigen Haut- und Haarfetzen darin verstrickt hingen. Die Räuberin sprang knurrend wie ein enttäuschter Hund zurück.

Die Dornenhecke verblaßte und verschwand. Aber natürlich hatte der Zauber den Gegnern die nötige Zeit verschafft, sich zu fassen, und nun stürmten die vier Bewaffneten, angeführt von dem Hexer, schreiend gegen sie an. Ghorka überließ es ihren Männern und Frauen, mit ihnen zu kämpfen, und rannte auf die Kutsche zu. Wenn der Bursche auf dem Grauschimmel ein Hexer war, dann war die Frau in der Kutsche garantiert eine Hexe, und das hieß, daß sie ihr den Kopf von den Schultern hauen mußte, bevor sie auf dumme Gedanken kam – obwohl sie sie viel lieber langsam zu Tode gefoltert hätte.

Ghorka sah, wie die Frau heraussprang, eine auffallend schöne kleine Frau in einem scharlachroten Reisekleid, und rannte mit gezogenem Säbel gegen sie an, um ihr mit einem schwungvoll geführten Hieb den Garaus zu machen. Doch gerade, als sie die Waffe hob, schlitzte etwas, wie Feuer brennend, ihren Ärmel und auch den darunterliegenden Arm auf, und sie sah, daß die Frau ein Rapier in der Hand hielt. Verfluchte Hündin! Kämpfen wollte sie also! Ja, ihr bleiches Gesicht flammte vor Kampfeslust auf, ihre Augen blitzten, ihr roter Mund stand offen wie in höchster Wollust, als sie der Räuberin entgegensprang!

Ghorka hatte Mühe, den mit blitzartiger Schnelligkeit geführten Stich abzuwehren.

Stumm drangen die beiden Frauen aufeinander ein, während hinter ihrem Rücken der Lärm der anderen Kämpfenden tobte. Ghorka erreichte die Brust ihrer Widersacherin mit der Säbelspitze, merkte aber, daß die Gegnerin ein starres Korsett unter dem Kleid trug, denn die Spitze der Waffe rutschte ab, ohne Schaden zu tun. Auch gut, dann würde sie eben in den nächsten Hieb ein wenig mehr Kraft legen. Wieder stürmte sie mit Wucht vorwärts, aber die Aranierin war flink wie eine Eidechse; sie drehte und wand sich auf ihren zierlich gestiefelten Füßen und griff ihrerseits so rasch an, daß Ghorka gerade noch parieren konnte, ehe ihr die Spitze des Rapiers unter dem Brustpanzer in den Bauch fuhr. »Warte, Weib!« knirschte sie zwischen den löchrigen Zähnen hervor. »Dir lasse ich heute noch einen ungeschälten Ast ins Loch stecken, einen hinten und einen vorn! Das wird dich lehren, die Heldin zu spielen!«

In diesem Augenblick kam ihr zu Bewußtsein, daß die Hexe schon längst Zeit gehabt hätte, ihr einen Fluch entgegenzuschleudern – und daß jene nur deshalb darauf verzichtet hatte, weil es ihr Spaß machte, mit dem Rapier zu kämpfen, als wolle sie eine längst herbeigesehnte Gelegenheit nutzen. Es bereitete ihr Vergnügen, ja, das war es! Und was für unheimliche Augen sie hatte! Schwarz wie Onyx, kalt und unergründlich wie ein See in den Trollzacken, hielt ihr Blick die Räuberin gefangen und brachte sie aus der Fassung. Wieder mußte Ghorka spüren, wie das Rapier ihr Fleisch aufschlitzte, diesmal knapp unterhalb der Leistenbeuge am Schenkel. Blut drang in ihre Kleider und durchfeuchtete sie.

Da sah sie aus dem Augenwinkel, wie Hirva herbeistürmte. Wollte sie ihrer Herrin helfen, oder wollte sie sich nur das Vergnügen nicht entgehen lassen, die Hexe aufzuspießen? Jedenfalls kam sie angerannt, den langen Speer in der Hand. Wie es ihre Gewohnheit war,

236

trug sie keinen Brustpanzer, ihre birnenförmigen Brüste und ihr fetter Bauch schwappten unter dem Leibchen, nur von einem runden Schild beschützt, das sie mit großer Geschicklichkeit handhabte. Sie fing einen Stoß des Rapiers ab und schlug mit dem Speer zu, wobei sie ihn wie einen Kampfstab in der Hand wendete. Ghorka nutzte die Gelegenheit und griff von der Seite mit einem Säbelhieb an. Gemeinsam würden sie es dieser aranischen Besenreiterin schon zeigen!

Weder Hirva noch Ghorka beachteten die beiden Mägde, die sich bei dem Angriff hinter die Kutsche geduckt hatten. Die waren, dachten sie, keine Gegner. Vor Angst kreischendes Weibervolk, das nur dazu gut war, nach dem Kampf den Männern der Horde überantwortet zu werden!

Aber Aisha und Chalibah hatten nicht lange gebraucht, bis sie den ersten Schrecken überwunden hatten. Zorn war in ihnen aufgeflammt. Da hatten sie siegreich gegen die Untoten gekämpft, und nun wollten diese Strauchritterinnen ihnen ans Leder? Nicht mit ihnen! Aisha, die keine Waffe trug, hatte sich kurzerhand nach einem Stein umgesehen, und nun sprang sie hinter der Kutsche hervor, einen klobigen Brocken in Händen, und schmetterte ihn Hirva von hinten auf den Kopf.

Die Räuberin stieß ein dumpfes Grunzen aus und verlor den Halt; der Schild entglitt ihren Fingern, der Speer fiel zu Boden. Die Hexe sah es, sprang vor wie eine Katze und rannte Hirva das Rapier zwischen beiden Brüsten in die Eingeweide. Mit einem entsetzlichen Aufquieken, wie ein Schwein, das gestochen wird, sackte die Räuberin in sich zusammen, fiel auf ihren mächtigen Hintern nieder und saß mit ausgestreckten Beinen da, den verschwimmenden Blick auf das Rapier gerichtet, das zwischen ihren Brüsten herausragte. Jetzt erst sah Ghorka die Magd, die den blutbefleckten Stein noch ein zweites Mal hob und ihn mit aller Kraft Hirva auf den Kopf schlug. Die Adjutantin kippte zur Seite, zappelte noch einmal schwach mit den Beinen und lag dann still.

Aufbrüllend schwang Ghorka den Säbel über den Kopf und drang auf die Hexe ein, die nicht Zeit genug gehabt hatte, ihr Rapier wieder an sich zu bringen. Der Schlag drohte fürchterlich zu werden. Sie hatte ihre ganze gewaltige Stärke hineingelegt, um dieses Weibsbild von Kopf bis Fuß in zwei Teile zu hauen. Fast wäre es ihr auch gelungen – da kam etwas durch die Luft geflogen, auf das sie nicht gefaßt gewesen war, und gleich darauf verschwamm ihr die Welt vor Augen. Sie fühlte einen dröhnenden Schmerz an der Stirn, die Beine wurden zu Wasser, sie fiel um und verlor das Bewußtsein. Chalibah, die den faustgroßen Stein geschleudert hatte, sprang in die Höhe und klatschte laut lachend in beide Hände.

Als Ghorka wieder zu sich kam, war der Kampf vorüber. Ein Teil ihrer Leute lag tot auf der Straße, die anderen hockten – wie sie selbst – entwaffnet und gefesselt im Gras der Bucht, in der sie sich verborgen hatten. Die beiden Hexen standen, von ihren Wachen und den Mägden – diesen hinterhältigen Weibern! – umringt, vor ihnen und funkelten sie aus Augen an, die nichts Gutes verhießen.

Ghorka hatte – wie alle erfolgreichen Räuber – nicht damit gerechnet, daß sie einmal an einen übermächtigen Gegner geraten und daß es ihr selbst an den Kragen gehen könne. Sie sah stumm und zähneknirschend zu der rotgekleideten Hexe auf, die sie aus ihren unheimlichen dunklen Augen anblickte. Sie machte sich nichts vor – der Tag würde ein schlimmes Ende nehmen.

So kam es, daß Ghorka Plinsen mitsamt dem überlebenden Rest ihrer Bande am Straßenrand gehenkt

wurde, sehr zur Freude der Reisenden, die in der Fol-
gezeit die Straße zwischen Baburin und Gareth benutzten.

In dem prächtigen Haus, das an den Tempel des Lichts
in Selem anschloß, saß Tempelvorsteher Cordovan der
Weise am Fenster und blickte nachdenklich auf die lärmende Straße hinunter. Er wartete auf eine Nachricht.
Er wußte noch nicht, von wem und wie sie kommen
würde, aber er wußte, daß sie eintreffen mußte. Kunrad
von Marmelund war in die Berge im Nordosten gezogen, um sein letztes Abenteuer zu bestehen, und Cordovan war sicher, daß er früher oder später davon
hören würde, wie dieses Abenteuer ausgegangen war.
Er zweifelte nicht, daß es mit dem Tod des so seltsam
verwandelten Inquisitors geendet hatte, nur – hatte er
etwas bewirkt? War es ihm gelungen das Übel zu vernichten, das er so unerbittlich verfolgt hatte? Oder war
er zugrunde gegangen, und das Unheil war immer
noch übermächtig?

Cordovan saß auf dem marmornen Fenstersims und
starrte grübelnd in das bunte Getriebe hinunter, ohne
es richtig zu sehen.

Er schreckte auf, als einer seiner Diener eintrat und
vor ihm hinkniete. »Ein Bote ist da, Euer Hochwürden.«

»Was will er?«

»Es ist ein Falke, Herr. Er bringt eine Botschaft aus
Zorgan.«

»Laß sie sehen.« Cordovan erhob sich rasch. Von seinen weiten Gewändern umweht, eilte er zum Schreib-
tisch und griff nach der Brille, mit der er Schriftstücke
zu lesen pflegte. Gleich darauf brachte der Diener ihm
ein zusammengerolltes Pergament.

Cordovan studierte die Unterschrift und sah, daß es
von einem der Vertrauten – Spione war ein so häßliches

Wort – der Praioskirche in Zorgan stammte, der den Auftrag hatte, dort Augen und Ohren offenzuhalten. Wenn der Mann einen Falken geschickt hatte, die Nachricht zu überbringen, mußte es eine eilige und wichtige Botschaft sein, denn die edlen Tiere ließen sich nur ungern als Brieftauben gebrauchen. Zumeist mußten die Geweihten der Praioskirche sich wie alle anderen Leute auf berittene Boten verlassen.

Cordovan setzte seine Brille auf und begann zu lesen. Kaum hatte er die ersten der eng hingekritzelten Zeilen überflogen, wurde ihm klar, daß es sich tatsächlich um eine wichtige Nachricht handelte.

Der Beobachter hatte Kenntnis davon erhalten, daß ein Ritter der Golgariten im vertrauten Zusammensein mit anderen Rittern von einem höchst schrecklichen und unglaublichen Abenteuer berichtet hatte, das er und seine Gefährten mit zwei Geweihten des Boron und einem aranischen Paar erlebt hatten. Zuerst hatte der Agent gedacht, der Mann müsse wahnsinnig oder vom Rauschkraut benebelt sein, so irrwitzig war die Geschichte gewesen, die er erzählte. Dann hatte er ihm allmählich geglaubt. Und nun berichtete der Agent, was auf den Höhen des Dairig Bhru-Passes geschehen war, welches schaurige und zugleich gloriose Ende der Inquisitor Kunrad von Marmelund gefunden hatte und wie das Mahnmal des Bösen in sich zusammengestürzt war. Der pflichtvergessene Golgarit hatte, offenbar verstört von dem Erlebten, von der Verschwiegenheit seiner Glaubensbrüder Abstand genommen und seiner Geschwätzigkeit freien Lauf gelassen. Von den fürchterlichen Mumien der Leviathanim bis zu der goldenen Kammer mit dem Leichnam des Sssr'thon'choth und dem Bannfluch gegen die Schatzsucher hatte er alles erzählt, was er wußte, und nun schrieb der Vertraute, daß das Gerede bereits in Zorgan die Runde mache.

An die beiden Boroni, die bei dem Geschehen im

Echsenturm dabeigewesen waren, war natürlich nicht heranzukommen, aber der Beobachter hatte den überlebenden Diener zu fassen bekommen, und der hatte ihm, mit Drohungen, und Versprechungen gefügig gemacht, zumindest einen Teil der Geschichte bestätigt. ›So eile ich‹, beendete er den Brief, ›Euch, Hochwürdiger Herr, diese Nachricht zu übermitteln, da von Eurem Namen die Rede war, gleichzeitig sende ich das Dokument auch nach Neu-Gareth in die Stadt des Lichts.‹

Cordovan lächelte schief. Daß diese Burschen immer ihre kleinen Tricks ausspielen mußten! Hatte der Kerl etwa Angst, er würde dem Wahrer der Ordnung nicht selbst Bericht erstatten? Oder wollte er sich nur wichtig machen mit seiner Neuigkeit?

Wie auch immer, er wußte jetzt, was aus Kunrad von Marmelund geworden war. So unglaublich es klingen mochte – der Verrückte hatte zuletzt recht behalten! Dieser Echsenpriester, den man in der Stadt des Lichts für eine Ausgeburt seines Wahns gehalten hatte, hatte tatsächlich existiert – und ein übler Bursche mußte er gewesen sein, wenn man dem Bericht Glauben schenkte! Praios sei Dank, daß er von Dere verschwunden war!

Dennoch wollte keine rechte Freude in Cordovan aufkommen. Er wußte selbst nicht, woran es lag, aber der Gedanke an das Ende des Ungeheuers erfüllte ihn nicht mit dem Jubel, der eigentlich angebracht war. Vielleicht, dachte der alte Mann seufzend, hatte es damit zu tun, daß in der Welt so viele Übel unterwegs waren. Kaum hatte man das eine ausgerottet, erhob ein anderes das Haupt. Wenn er an Maraskan und die Echsen dachte, bedrückte weiterhin eine dunkle Wolke sein Gemüt. Sssr'thon'choth war vernichtet, aber nach ihm würde ein anderer kommen.

Cordovan war überzeugt, daß Borbarads Statthalter sich nicht mit dem Erreichten zufriedengeben würden. Es lag in der Natur des Bösen, daß es um sich fraß wie ein Geschwür. Es wollte sich weiter und weiter ausbreiten, von Osten nach Westen, von Norden nach Süden. Es wollte Aventurien von Küste zu Küste verschlingen und mit Finsternis überziehen. Der Rückschlag, den es auf dem Dairig Bhru-Paß erlitten hatte, würde das Böse nicht lange aufhalten. Wahrscheinlich stand schon ein anderer oder eine andere bereit, um einzuspringen, wo Ssr'thon'choths Ende eine Lücke hinterlassen hatte.

Der Weise kehrte zum Fenster zurück, blickte von neuem über Selem hinaus und sah die Seeluft in kränklichen Farbtönen schillern. Wenn die Mächte der Finsternis jemals an dieser Küste anlegten, würden ihnen die Selemiten mit offenen Armen entgegenrennen und sie als ihre Helden begrüßen. Der ganze Abschaum der Stadt, alle Huren, Rauschkrauthändler und Meuchelmörder würden sich freuen, Borbarads Knechte zu werden. Cordovan sah es kommen, daß er dies noch erleben würde, so alt er auch war. Der Himmel wurde schon dunkel, der Donner grollte bereits, es war nicht schwer zu erkennen, daß bald das Gewitter folgen würde. Und wenn es hereinbrach, würde es vieles davon hinwegwaschen, was Cordovan der Weise gekannt und geliebt hatte.

Eine Welle der Niedergeschlagenhiet überschwemmte ihn. Er wollte verzagen – aber gleich darauf faltete er die Hände zum Gebet und rief mit lauter, triumphierender Stimme aus: »Und wenn Dere als Ganzes zerstört würde – Praios bleibt Herrscher in Ewigkeit, gepriesen sei Sein Name!«

Throndwig Bennain, der würdige Wirt des Gasthofs *Großfürst* im Herzen von Gareth, stand unter der Tür des prunkvollen Speisesaals und ließ den Blick über seine Gäste gleiten. Wie immer war das Haus hauptsächlich von Baronen und Landadligen belegt, die nach Gareth kamen, um in der gegenüber liegenden Reichskanzlei ihre Geschäfte zu erledigen. An allen Tischen wurde über Reichspolitik geschwatzt, und nicht selten hörte man die Klagen eines Barons, der wieder einmal besonders benachteiligt worden war. Kein Wunder, daß andere Gäste dem Gasthof fernblieben. Hier war man unter sich, und Throndwig Bennain verstand es, auch dem unbedeutendsten Baron das Gefühl zu vermitteln, eine besondere und wichtige Persönlichkeit zu sein.

Sein prüfender Blick blieb an dem Paar hängen, das am Vortag angekommen war. Die beiden mußten aus dem hintersten Hinterwald stammen – ihre Kleidung war jahrelang aus der Mode, und ihrem tolpatschigen Gesinde waren die Augen aus dem Kopf gefallen, als die Leute die prächtige Halle des *Großfürst* betreten hatten. Zweifellos waren die Gäste Aranier, das verriet schon ihr stark dialektgefärbtes Garethi und die Art, wie der Mann sich immer zwei Schritte hinter der Frau hielt. Sie war es auch, die für das vornehme Doppelzimmer bezahlt hatte.

Die beiden hatten sich als Geschwister bezeichnet, aber Throndwig Bennain nahm eher an, daß sie ein Liebespaar waren. Er fragte sich, ob eine heimliche romantische Verschwörung hinter ihrem Besuch in Gareth steckte oder ob sie wirklich nur gekommen waren, um der Kaiserstadt einen kurzen Besuch abzustatten und dann nach Norden weiterzureisen. Es kam nicht so selten vor, daß diese Barone aus allen Ecken des Reiches die Gelegenheit nutzten, wenn sie sich fern von den heimatlichen Gefilden wußten, um einmal hemmungslos über die Stränge zu schlagen. Throndwig war es gewohnt, seine Gäste mit aller Diskretion zu behandeln, wenn sie mit schwerem Kopf und leeren Taschen im Morgengrauen aus den ›Sechzehn Ministerinnen‹ heimkehrten und sich kaum noch in ihre Zimmer schleppen

konnten. Er nahm an, daß die beiden Aranier eine heimliche Liebesaffäre hatten, von der man in ihrem Heimat-
ort nichts wissen sollte. Es war ja nicht zu übersehen,
wie tief sie einander jedesmal in die Augen blickten,
wenn sie sich vorbeugten, um aus ihren Pokalen zu trinken! Außerdem hatten sie kaum einen Fuß vor die Türe
gesetzt, um sich die Sehenswürdigkeiten von Gareth anzuschauen. Sie hatten gesagt, sie seien müde von der
Reise, und blieben deshalb in ihren Zimmern, aber
Throndwig dachte, daß sie wohl etwas Besseres zu tun
wußten, als die Hofgebäude zu bewundern.

Im übrigen waren es vornehme Leute, die sich ma-
nierlich benahmen. Unstimmigkeiten hatte es nur gegeben, als sie mit größter Selbstverständlichkeit ihre Katzen in den Speisesaal mitgebracht hatten. Throndwig
schauderte bei dem Gedanken, wie diese beiden fetten
Dachhasen ihn aus ihren kugelrunden Glühaugen an-
geblickt und sichtlich erwartet hatten, er würde ihnen
ihr Futter auf seinen besten Porzellantellern servieren.

Er schritt in seiner pompösen Art durch den Saal, die
Hände auf dem Rücken wie ein Feldherr, der seine
Truppen inspiziert, und blieb wie unabsichtlich in der
Nähe der Aranier stehen. Dann, als der Kellner die leeren Teller der Fleischspeise abtrug (die beiden hatten
einen Appetit wie die Wölfe), näherte er sich und fragte
freundlich: »War alles zur Zufriedenheit?«

»Ja, das war es«, antwortete die Frau. »Eure Küche ist
sehr gut.«

Der Mann lächelte, und seine Zähne unter dem dunklen Bart blitzten. Throndwig hatte es bislang noch nicht
erlebt, daß er in der Öffentlichkeit den Mund öffnete.

»Darf es noch etwas sein? Eine Süßigkeit vielleicht?«

Er hatte schon am Vortag bemerkt, daß die beiden
wild auf Süßigkeiten waren. Sie hatten sich durch drei
verschiedene Desserts durchgefuttert und dann noch
eine Schale Backwerk aufs Zimmer bestellt – zusam-

men mit drei Flaschen Wein, die am Morgen leer gewesen waren. Throndwig verbeugte sich in Gedanken vor der Trinkfestigkeit seiner Gäste. Jeden anderen hätte der schwere Raschtulswaller in solchen Mengen umgeworfen, aber die beiden waren frisch wie die Fische.

Die Aranier sahen einander an, dann nickte die Frau. »Ja, bringt uns etwas Süßes – etwas, das wir noch nicht hatten.«

Throndwig hob mit lässiger Gebärde die Hand und schnippte mit den Fingern nach dem Kellner, der augenblicklich herbeieilte. Den flinken Äuglein des Wirts war nicht entgangen, wie schwer die Geldkassette gewesen war, die zwei bewaffnete Knechte des Paars auf das Zimmer getragen hatten. Gute Gäste, dachte er. Schade, daß sie schon so bald wieder abreisen wollen.

Natürlich war er zu diskret – und zu schlau –, sie geradeheraus zu fragen, wohin sie reisten und was sie im Norden wollten, und auf seine listig gestellten Fragen antwortete die Frau nur, daß sie Verwandte besuchen wollten. Er fragte sich, welche Verwandten Aranier im Norden haben mochten. Aber wahrscheinlich war das Ganze ohnehin nur eine erfundene Geschichte.

Er wandelte mit feierlichem Schritt weiter und machte einer Gesellschaft darpatischer Barone seine Aufwartung.

Als Ofrim und Morla sich nach dem üppigen Mahl auf ihr Zimmer zurückzogen, bemerkte Ofrim: »Eines muß man den Garethiern lassen – sie können kochen. Nach der langen Reise ist das ein Genuß.«

Morla rekelte sich auf dem Bett wie eine Katze und verschränkte die Arme unter dem Kopf. »Es ist dir nicht so schlecht gegangen in letzter Zeit, mein Lieber. Die Schwestern, die wir unterwegs besucht haben, haben dich mit Zuckerwerk und Braten gefüttert, als wärst du ihr Schoßhündchen.«

Er lachte, keineswegs beleidigt über den Vergleich, und ließ sich neben ihr nieder. Seine Hand streichelte zärtlich erst ihren Bauch und glitt dann höher, wo die Brüste unter dem roten Reisekleid prangten. »Eine so große Stadt ist schon ein wenig erschreckend, nicht wahr?« bemerkte er. »Man wird ganz wirr im Kopf. All das Gelärme und Gedränge! Selbst bei einem Fest war es in Roswylde nicht so laut wie hier an einem gewöhnlichen Tag. Ich bin froh, wenn wir wieder abreisen.«

Sie zog seine Hand an die Lippen, knabberte sanft an einem Finger und ließ ihn wieder los. »Ja, ich auch. Ich fühle mich nicht wohl, so nahe an all diesen Praiospriestern. Die Pferde sind ausgeruht, laß uns morgen weiterziehen.«

»Wie du willst.« Er war froh, daß sie den Vorschlag gemacht hatte. Es war gewiß eindrucksvoll gewesen, Gareth, die vielberedete Kaiserstadt des Mittelreiches, einmal zu sehen, aber nach drei Tagen reichte es ihm hier. Ihm schwirrte der Kopf, und die Ohren klingelten ihm von dem unablässigen Lärm, der sogar nachts durch die Straßen tobte. In Roswylde hörte man nachts die Fledermäuse fliegen, so still war es dort. Hier war er schon zweimal aus dem Schlaf hochgeschreckt und hatte nach dem Dolch gegriffen, weil er meinte, überfallen zu werden – dabei hatte nur ein nächtlicher Herumtreiber dem anderen etwas zugebrüllt. Und Morla hatte recht; es wimmelte hier geradezu von Praiospriestern. An allen Ecken sah man sie, zu Fuß, zu Pferd, in Kaleschen. Natürlich war nicht jeder von ihnen ein Inquisitor, aber Ofrim saß der Schrecken des letzten Jahrs noch in den Knochen; er zuckte schon zusammen, wenn er nur eine der charakteristischen gefältelten Roben aus rotem oder rotgoldenem Tuch an einer Straßenecke auftauchen sah. Nein, es war an der Zeit, daß sie sich auf den Weg machten.

Er streckte sich neben Morla aus und zog die goldgewirkte Decke über sie beide. »Komm«, flüsterte er, während er den Arm unter ihren Nacken schob und sie zärtlich an sich drückte, »laß uns ein wenig schlafen.«

Zachaban Malle war übler Laune, als er früh am Morgen durch die Straßen von Gareth ritt. In den letzten Tagen hatte er beharrlich versucht, einen der höhergestellten Praiospriester auf sein Anliegen aufmerksam zu machen und eine Strafexpedition der Inquisition nach Aranien durchzusetzen, aber keiner hatte so recht anbeißen wollen. Wahrscheinlich war er ihnen – als bloßer Angehöriger des Ordens *Bannstrahl des Praios* – zu gering, als daß sie sich mit seinen Sorgen abgeben wollten! Einer, der noch am freundlichsten gewesen war, hatte ihn wissen lassen, daß sie aus Zorgan einen vertraulichen Bericht über Kunrad von Marmelunds Ende erhalten hatten und die Sache damit für erledigt hielten. Der Geweihte hatte zart angedeutet, daß die Verwandlung des Inquisitors in einen Akrr'tzr bei allen seinen unbestreitbaren Verdiensten und trotz seines heiligmäßigen Endes nicht dazu angetan war, ihm ein Denkmal zu setzen; man habe in der Stadt des Lichts zudem andere Sorgen als einen Hexer im aranischen Hinterwald. Um den mochte der nächste Inquisitor sich kümmern, der nach Aranien entsandt wurde – wenn es überhaupt einen gab, denn die Zukunft des Landes lag sehr im ungewissen.

Zachaban war so wütend, daß er seinem Pferd einen boshaften Tritt in die Flanken versetzte, worauf das Tier erschrocken stieg und ihn um ein Haar abgeworfen hätte. Er biß die Zähne zusammen und murmelte ein »Praios strafe dich!« Was sollte er tun? Inzwischen wäre er durchaus bereit gewesen, Ofrim von Roswylde ohne alle langwierigen rechtlichen Formalitäten mit einem

Dolchstich niederzustrecken, aber selbst das war leichter gesagt als getan. Er konnte natürlich allein nach Aranien reisen, aber es war kaum anzunehmen, daß er viel ausrichten würde; dieses unselige Hexengezücht hätte ihn zweifellos wiedererkannt, wenn er nach Roswylde gekommen wäre, und ihn an Ort und Stelle verflucht oder erschlagen.

Er ritt durch die Straßen, ohne seine Umgebung wirklich wahrzunehmen. Als er am Gasthof *Großfürst* vorbeikam, fiel sein geistesabwesender Blick auf eine prächtige, wenn auch altmodische Reisekutsche, die zur Abfahrt gepackt vor der Tür des Gasthofs stand, und auf zwei fröhliche Mägde, die unter Lachen und Schwatzen am Wagenschlag standen und sichtlich auf ihre Herrschaft warteten. Das Bild zog an ihm vorüber wie so viele andere auch. Dumpf grübelnd ritt er dahin. Seine Gedanken beschäftigten sich unablässig und fieberhaft mit einer Möglichkeit, eine Audienz bei Pagol Greifax von Gratenfels zu erreichen, aber ihm wollte nichts einfallen, wie er die Bürokratie (die ihn bereits abgewimmelt hatte) umgehen und doch noch zu dem Wahrer der Ordnung vordringen konnte.

Während er langsam auf die Stadt des Lichts zuritt, drängte sich jedoch ein anderer Gedanke in seinen Kopf. Er dachte an ein Mädchen – ein hübsches Mädchen mit dunklen Zöpfen. Das war ungewöhnlich genug, denn Zachaban konnte sich nicht erinnern, daß er jemals, selbst in seinen hitzigen Jugendtagen nicht, an ein Mädchen gedacht hatte. Der Gedanke verblüffte ihn so sehr, daß er ihm weiter nachhing. Dann wurde ihm bewußt, daß er nicht etwa an die Maid dachte, weil er sie begehrt hätte – nein, er *erinnerte sich* an sie. Irgendwo hatte er sie gesehen … Ja, sie war das Mädchen, das vor dem Gasthof *Großfürst* an der Kutsche gestanden war! Warum dachte er bloß an sie? Sie war überhaupt nichts Besonderes. Eine einfältige Magd, ihrer Kleidung und

Haartracht nach zu schließen, die besser in ein aranisches Dorf gepaßt hätte als …

Ein aranisches Dorf!

Dort hatte er dieses Mädchen schon einmal gesehen – dort, in Roswylde! Jetzt erinnerte er sich ganz deutlich! Sie war eine der Bäuerinnen dieses Schurken gewesen – und jetzt war sie hier, in Gareth!

Mit einem Aufschrei, der die Passanten rundum aufschreckte, riß er sein Pferd herum und jagte durch die Straßen zurück zum *Großfürst*. In Gareth vorwärtszukommen, war freilich nicht so einfach, wie es sich anhörte, denn schon früh am Morgen waren die Straßen gedrängt voll mit geschäftigen Einheimischen und den nicht minder geschäftigen Besuchern, die aus allen Ecken des Reiches in die Kaiserstadt strömten. Zachaban Malle fand sich in einem Strom von Kaleschen, Reitern, Sänften und Eselskarren, der nur schrittweise vorwärtsrückte. Schnaubend vor Wut und Ungeduld schlug er auf sein Pferd ein, erreichte jedoch nicht mehr, als daß das Tier – das beim besten Willen nicht vorwärts konnte – protestierend wieherte und mit den Vorderhufen stieg, wobei es beinahe die Seitenfenster einer Kalesche eingeschlagen hätte. Der Insasse des Gefährts, ein grober bornländischer Baron, fuhr wie ein wütender Dämon mit Kopf und Schultern zum Fenster heraus und wollte wissen, was die Narretei zu bedeuten habe, und Zachaban hatte Glück, daß er einen größeren Auftritt vermeiden konnte.

Wie auch immer, eine gute halbe Stunde war vergangen, bis er den Gasthof *Großfürst* wieder erreichte, und natürlich stand keine Kutsche mehr vor dem Tor. »Wo sind sie hin?« rief er dem Portier zu, der mit erhabener Miene vor dem Eingangsportal stand.

Der Mann warf ihm einen vernichtenden Blick zu und hob die Nase noch höher in die Luft. Wohin wäre man gekommen, wenn man mit jedem Dahergelaufenen geredet hätte, und schon gar über das Woher und Wohin der Gäste!

Wütend trieb Zachaban sein Pferd näher, riß den Mantel auf und zeigte dem Mann die reinweiße, goldgestickte Kutte, die ihn als einen Angehörigen des Ordens *Bannstrahl des Praios* auswies. »Gib Antwort, Schurke!« rief er. »Oder ich melde dich der Inquisition!«

Erschrocken trat der Portier näher. Die Geißler, wie man die Angehörigen des Ordens im Volk nannte, waren wenig beliebt, um so mehr wurden sie gefürchtet. »Was wollt Ihr wissen, Herr?« fragte der Portier darum mürrisch, aber gehorsam.

»Vor einer halben Stunde stand eine Kalesche am Tor hier – ein altmodischer Wagen. Wem gehörte er?«

»Den aranischen Gästen«, gab der Portier mit gedämpfter Stimme Auskunft. »Bruder und Schwester, die einige Tage zu Besuch in Gareth weilten und …«

»Wohin sind sie gefahren?« kreischte Zachaban.

»Nach Norden. Sie wollten nach Wehrheim, und dann noch weiter …«

Zachaban hörte schon nicht mehr zu. Er sprengte drauflos, daß die Hufeisen seines Pferdes auf dem Pflaster Funken schlugen.

Die Kutsche der beiden Hexen rollte gleichmäßig über die gutgepflasterte Reichsstraße, die schnurgerade von Gareth nach Wehrheim und darüber hinaus nach Baliho führte, und von dort aus nach Trallop, wo sie am Ufer des übel beleumundeten Neunaugensees endete. Morla genoß die Straße. Der Weg zwischen Baburin und Gareth war nicht immer der beste gewesen, manchmal hatte die Kutsche gewaltig geholpert und geschlingert, so daß sie und die beiden Mägde sich rundum blaue Flecken holten – ganz zu schweigen von den beiden Katzen, denen das Gerumpel ganz und gar nicht gefiel.

Die Hexe lehnte am Fenster und blickte nachdenklich in die grüne Landschaft, die an ihr vorüberzog. Sie war erstaunt, wie hübsch es hier im Norden war (für ihre Begriffe befand sie sich bereits hoch im Norden), und sie bemerkte zu Ofrim, der nebenherritt: »Ich dachte nicht, daß es hier so satt und grün wäre. Ich hatte Angst, es wäre alles von der Kälte verkümmert.«

Sie zogen gemächlich dahin, denn auf der Reichsstraße war viel Verkehr, und selbst die kühnsten Wagenlenker dachten nicht daran, die langen Kolonnen zu überholen. Morla döste vor sich hin, den Kopf an das Kissen gelehnt. Sie wachte davon auf, daß Winnemore sie wiederholt mit der Schnauze anstieß und an ihrer Jacke zerrte. »Was ist?« fragte sie. »Komm, Herzchen, schlaf.«

Aber der Vertraute wollte sich nicht beruhigen. Immer wieder zerrte er mit ausgestreckten Krallen an ihrer Jacke und miaute kläglich, und gleich darauf fiel auch Merewin, die mit ihnen in der Kutsche gesessen hatte, in das Gejammer mit ein.

Morla winkte ihren Bruder heran und sagte leise: »Etwas stimmt nicht. Die Katzen sind unruhig. Ich fürchte, uns droht Gefahr.«

Der Baron sah sich rasch um, konnte aber niemanden entdecken, der einen bedrohlichen Eindruck machte. Ein einzelner Reiter – ein kleiner Mann in einem grauen Kapuzenmantel – ritt dicht an ihnen vorbei und machte kurz eine Bewegung, als wollte er anhalten, aber dann trieb er sein Pferd auch schon wieder weiter und war bald zwischen den Reisenden vor ihnen verschwunden.

Die Katzen beruhigten sich wieder, und bald dachten die Geschwister nicht weiter an den Zwischenfall. Sie hatten keine Ahnung, daß in eben diesem Augenblick Zachaban Malle an ihnen vorbeigeritten war, Wahnsinn im Kopf und Mord im Herzen.

Zachaban hatte seine Gründe gehabt, warum er weiter-ritt, anstatt die Delinquenten an Ort und Stelle zu stellen. Nachdem er die Stadt in siedendem Zorn verlassen hatte, hatte seine Wut sich allmählich abgekühlt. Ihm war zu Bewußtsein gekommen, daß er den Hexen nicht nachreiten und ihnen auf offener Landstraße den Dolch ins Herz rennen konnte, wie es ihm in der ersten besinnungslosen Wut durch den Kopf gegangen war. Zum einen hätte sich eine solche Tat schwerlich mit dem im Mittelreich herrschenden Recht und Gesetz vertragen, zum zweiten hätte zumindest eine der beiden Hexen Zeit gehabt, ihn mit einem Fluch niederzustrecken.

Nein, sobald er sich beruhigt hatte, hatte er einen besseren Entschluß gefaßt. Die beiden wollten nach Wehrheim, nicht wahr? Sollten sie doch unbehelligt dorthin reisen! Es gab keine bessere Stadt im ganzen Mittelreich, um sie zu fangen, denn dort, auf Burg Auraleth in Wehrheim, residierte der oberste Meister des Ordens, der Erwählte Ucurian Jago. Er würde Zachaban ein geneigtes Ohr leihen. Der Bannstrahler brauchte das Hexenvolk nur in die Stadt ziehen zu lassen – *hinaus* würden sie nicht so bald wieder kommen!

Tief befriedigt ritt er in flottem Trab weiter.

Das Gasthaus *Zur Kaiserlichen Reichsstraße* war ein schmucker Fachwerkbau, drei Stockwerke hoch, mit zwei Höfen und einem Gesindehaus – ein Palast in den Augen von Aisha, die sich noch immer nicht von all den Wundern und Schrecken erholt hatte, die sie auf dieser Reise erlebt hatte. Manchmal mußte sie sich mit aller Kraft zusammennehmen, um nicht das Gefühl zu haben, sie würde auf der Stelle verrückt. Erst Baburin, das ihr schon als die größte Stadt auf Dere erschienen war, und dann erst Gareth! Dieser Lärm! Dieses Gedränge! Sie hatte es kaum gewagt, über die Straße zu laufen, aus Angst, überfahren zu werden, und war meistens still in der Gesindestube des Gasthofs sitzengeblieben. Chalibah ging es nicht besser, die sprang nachts bei jedem Geräusch von ihrem Lager hoch und rief: »Aisha! Zu Hilfe! Räuber! Mörder!«

Auf der Reichsstraße war es dann etwas besser geworden, aber auch da war sie aus dem Staunen nicht herausgekommen über all die Gefährte, vom bäuerlichen Ochsenkarren bis zur goldbeschlagenen Kalesche, die in unablässiger Folge an ihnen vorbeirollten. Und erst die Gasthäuser, in denen sie nächtigten! Das kleinste war noch so groß gewesen wie drei Roswylder Bauernhäuschen übereinander, und es gab so viele Treppen und Flure darin, daß sie immer Angst hatte, sie könnte ihr Zimmer nicht wiederfinden. Sie war wirklich froh, daß ihre Freundin Chalibah und die beiden Mägde aus dem Schloß dabei waren. Ohne sie hätte sie sich völlig verloren gefühlt.

Die Gesindestube in der *Kaiserlichen Reichsstraße* war ein gewölbter Raum mit Holzboden, in dem viele Tische und Bänke standen. Alle waren gedrängt voll mit den Dienern und Dienerinnen der Herrschaften, die auf der Reichsstraße unterwegs waren. Aisha, Chalibah und die beiden anderen Mägde saßen still in einem Winkel und löffelten ihren Rübeneintopf. Alle vier hatten mit Mißvergnügen festgestellt, daß die Männer hier im Mittelreich nicht wohlerzogen waren wie in Aranien, sondern sich Frechheiten gegenüber den Frauen herausnahmen; sie waren mehr als einmal gezwickt und geknufft worden, und das Männervolk, das sie mithatten, nahm bereitwillig die schlechten Sitten an! Also saßen sie an der Wand entlang aufgereiht, um das Hinterteil vor den frechen Händen zu schützen, und hörten dem Gespräch zu, ohne sich zu beteiligen. Es fiel ihnen schwer, die Leute zu verstehen, obwohl sie beide außer dem heimatlichen Tulamidya auch hinreichend Garethi verstanden. So kamen sie nicht ganz mit, als ein frech aussehender junger Mann in einer roten Livree auf einen Tisch stieg und Witze erzählte.

»Wißt ihr, wie die Leute in Wehrheim das Brot schneiden?«

»Nein, wie denn?«

Er schwang ein imaginäres Schwert über den Kopf, brüllte »Attacke!« und hieb vor sich in die Luft. Allgemeines Gelächter stieg auf.

»Und wißt ihr, wie sie sich schneuzen?«

»Nein, wie denn?«

Er schlug militärisch die Hacken zusammen, donnerte: »Die Nase – schneuzt!« und blies in ein imaginäres Taschentuch. Wieder brüllte das Publikum vor Vergnügen.

Schließlich wagte es Aisha, eine nett aussehende ältere Frau – eine Amme, nach ihrer Tracht zu urteilen – an ihrem Tisch zu fragen: »Was ist denn so lustig an den Geschichten, die er erzählt?«

»Ach, man sieht, ihr kommt von weither, Mädchen!« rief die Alte. »Nun, solche Witze hört ihr überall über die Wehrheimer, denn sie sind ein gar strammes Volk. Alles muß bei ihnen wie das Exerzieren zugehen, und noch für die kleinsten Kleinigkeiten werden strenge Regeln erlassen. Es ist eine grimmige Stadt. Hübsch sauber, das muß man ihnen lassen, dort wagt es keiner, in die Ecken zu pinkeln oder gar seinen Haufen auf offener Straße zu machen. Man sagt, wenn man in Wehrheim laut lacht, kommt gleich ein Büttel gelaufen und sieht nach, wer da die Ruhe stört!«

»Ei, das ist eine gar strenge Stadt!« rief Aisha mit runden Augen.

»Ja ja«, fuhr die Alte geschwätzig fort, »das kommt wohl auch von den Praiosrittern, die dort ihr Hauptordenshaus haben, die Leute vom *Bannstrahl des Praios*. Die sehen es nicht gern, wenn einer ein lustiges Gesicht macht. Die Stadt wimmelt von ihren goldgestickten Kutten und Waffenröcken, daß man meint, man wäre in einem Tempel, nicht in einer Stadt!«

Aisha spitzte die Ohren. Sie war ein aufgewecktes Mädchen und wußte, daß die Herrschaft für solche Nachrichten dankbar wäre. »Ach ja? Erzählt mir doch mehr davon«, bat sie und bestellte für sich und die alte Frau ein Krüglein süßen Wein.

Die Amme nahm dankend an und plauderte gefällig weiter. Es dauerte nicht lange, bis Aisha wußte, daß sie ihre Herrschaften sofort unterrichten mußte – diese Stadt Wehrheim war lebensgefährlich für sie, wohl noch gefährlicher als Gareth! Sie stand auf, überließ der Alten den Rest Wein im Krüglein und huschte die dunkle Treppe hinauf zum Zimmer ihrer Herrschaften. Dort pochte sie verstohlen an die schwere Eichentür.

Es dauerte eine Weile, bis man ihr zurief, sie möge eintreten, und als sie es tat, sah sie die Herrschaften in ihren Nachthemden im Bett sitzen, ein Tablett mit Wein und süßen Früchten zwischen sich.

»Was willst du, Aisha? Warum störst du uns?« fragte Morla unwirsch.

Das Mädchen knickste. Rot vor Aufregung bis hinter die Ohren, stammelte sie: »Ich habe etwas gehört … unten in der Gesindestube … etwas Wichtiges … Ihr dürft keinesfalls nach Wehrheim reisen, gnädige Herrin, gnädiger Herr, es wimmelt dort von Praiosgeweihten und Geißlern …«

Die beiden merkten auf. »Nimm einen Schluck von dem Wein und dann erzähl von Anfang an, ohne dich in einem fort zu verhaspeln«, befahl Morla.

Aisha tat ihr Bestes, um sich zu beruhigen. Immer noch rasch atmend, erzählte sie der Herrschaft alles weiter, was sie in der Gesindestube gehört hatte: von den strengen Sitten in Wehrheim, den Praiosrittern, die dort ihr Hauptordenshaus auf der Burg hatten, ihrem gnadenlosen Kampf gegen alle Magiebegabten und den scharfen Strafen für die kleinsten Übertretungen, von denen die Alte ihr erzählt hatte.

Ofrim und Morla waren mit einem Schlag hellwach und nüchtern. Als die Magd geendet hatte, lobte Morla: »Es ist gut, sehr gut, daß du uns das sofort berichtet hast, du bist ein braves Kind. Nun erzähl es niemand anderem, auch den Mägden nicht, niemand braucht zu wissen, was du uns gesagt hast.«

Aisha versprach es und huschte davon. Sie war froh, daß die Herrschaften nicht in dieses Wehrheim reisen würden. Sie mochte keine Stadt, in der man das Brot mit dem Schwert schnitt und sich brüllend die Nase schneuzte.

Am Morgen war der Himmel bedeckt, und ein leichter, flauer Wind wehte. Die beiden Pferde an der Kutsche der Aranier scharrten unternehmungslustig mit den Hufen. Der Wirt der *Kaiserlichen Reichsstraße*, ein freundlicher dicker Mann mit einem roten Samtkäppchen auf dem Kopf, verabschiedete seine Gäste persönlich. »Gute Reise nach Wehrheim!« rief er ihnen zu, als die Kutsche davonratterte. Ofrim und Morla lächelten freundlich, aber sie hatten nicht die geringste Absicht, nach Wehrheim zu fahren.

Sobald der erste leidlich befahrbare Weg von der Reichsstraße abzweigte, befahlen sie dem Kutscher, dorthin abzubiegen. Der Mann gehorchte kopfschüttelnd. Da hatten sie die beste Straße in Aventurien unter den Rädern gehabt, die sie schnurstracks nach Wehrheim geführt hätte, und nun verlangte man, er sollte dieses Waschbrett befahren! Doch wer kannte sich schon mit den Plänen der Herrschaft aus …

»Was meinst du«, fragte Ofrim seine Schwester, »wohin führt diese Straße?«

Sie zuckte die Achseln und lächelte dünn. »Zumindest führt sie nicht nach Wertheim, das zählt am meisten. Wahrscheinlich kommen wir in irgendein Dorf. Wir müssen uns nur immer nordwärts halten, bis wir an Wertheim vorbei sind.«

Das taten sie auch, und so kam es, daß die Späher Ucurian Jagos vergeblich auf ihre Beute warteten, während die aranische Kalesche weitab von Wehrheim durch verschlafene Dörfchen und lichte Buchenhaine rumpelte.

Nachdem sie Wehrheim in weitem Bogen umrundet hatten, kehrten sie auf die Reichsstraße zurück und fuhren weiter nordwärts, der Stadt Baliho zu. Jetzt merkten sie den Unterschied im Klima schon sehr deutlich. Es war viel kühler hier als in Aranien, und es regnete so oft, daß Morla klagte, die Kutsche verschimmele. Sie staunten über das viele Vieh, das in den Dörfern und auf den umliegenden Weiden zu sehen war, all die fetten buntscheckigen Kühe, die zahllosen Schweine und die stattlichen Schafherden. In den Gasthäusern, in denen sie nächtigten, kosteten sie neugierig vom Rindfleisch, das man ihnen vorsetzte, und hatten sich bald daran gewöhnt. Auch die Milch und die vielen leckeren Speisen, die man daraus zubereiten konnte, mundeten. Unbehelligt kamen sie nach Baliho und nach Trallop und am Ufer des unheimlichen Sees entlang in die Stadt Donnerbach.

Dort, in Donnerbach, sahen sie zum erstenmal Elfen.

Sie hatten sich im Gasthof *Zum lauten Wasser* eingemietet, einem alten Gebäude an der Straße, die zum Rondratempel führte. Es war so alt, daß die Täfelung im Speisesaal voller Holzwurmlöcher war und der Boden so bucklig, daß man Holzstückchen unter die Tische legen mußte, damit sie nicht wackelten. Aber das Haus war gediegen und das Essen gut, vor allem gab es viele Fische, die die beiden Hexen gern aßen.

Sie saßen eben im Speisesaal, als die beiden Besucher

den Saal betraten. Ofrim wußte nicht, ob es Frauen oder Männer waren, aber sein Herz offenbarte ihm, daß es Elfen waren. Er staunte sie mit aufgerissenen Augen und wild pochendem Herzen an.

Sie waren schön, wunderschön, alle beide. Ein wenig größer als Menschen und sehr schlank, hatten sie eine blasse Haut, spitze Ohren und wie Juwelen leuchtende Augen. Sie waren in lange Hemden aus einem weichen Material gekleidet, die über und über bestickt waren, und trugen Gürtel um die Hüften, an denen allerlei putziges Schmuckwerk hing: Federn, Holzlöffel und klimpernde, grünlich schillernde Fläschlein. An den Beinen trugen sie enge Beinlinge aus weichem Leder. Sie setzten sich an einen Tisch nahe an der offenen Tür, die in den Hof hinausführte, und bestellten zu essen.

Morla stieß ihren Bruder an. »Starr sie nicht so an«, flüsterte sie. »Sie werden denken, wir seien Tölpel.« Aber sie konnte nicht verhindern, daß sie selbst immer wieder einen Blick auf die wunderschönen Geschöpfe warf.

Ofrim Mawr Bian bebte das Herz bei dem Gedanken, daß er dasselbe Blut in sich trug wie diese beiden Wesen. Er bemerkte, mit welcher Grazie sie sich bewegten, wie fein ihre Finger das Essen zerpflückten, das ihnen serviert wurde. Was immer sie taten, sie schienen stets von einem schwachen weichen Lichtschein eingehüllt, der sie wie Mondglanz umflimmerte.

Als der Wirt vorbeikam, hielt Morla ihn mit einer Handbewegung auf. »Gestattet uns die Frage«, sagte sie mit gedämpfter Stimme. »Wir kommen von weither und wissen in diesen Landen hier nicht Bescheid. Wer sind die beiden schönen Gäste an dem Tisch dort?«

Der Wirt sah hin und lächelte. »Oh, das sind Elfen«, antwortete er. »Man sieht eine Menge von ihnen in Donnerbach. Sie kommen aus den Salamandersteinen, aber viele von ihnen haben sich hier gut eingerichtet. Ich glaube, es gibt keine Stadt im Mittelreich, wo Elfen und Menschen so gut zusammenleben wie in Donnerbach.«

»Dürfen wir Euch auf ein Gläschen einladen?« fragte Morla.

Der Wirt war einverstanden. Er setzte sich zu ihnen und beantwortete bereitwillig ihre neugierigen Fragen. Es belustigte ihn, daß die beiden Fremden die Elfen so bestaunten, ja geradezu ergriffen von ihnen waren – dabei waren es ganz gewöhnliche Elfen, ein Flötenschnitzer und ein Jäger, die in Donnerbach in der Seeufer-Gasse wohnten. Er konnte es sich nicht verkneifen, ein wenig aufzutrumpfen. »Die Leute, die Ihr hier seht«, erklärte er, »sind Städter, sie haben sich an die Menschen gewöhnt und leben größtenteils wie wir – freilich mit einigen Unterschieden. So mögen sie kein Brot und kein Bier, überhaupt keine Speisen, die durch Gärung gewonnen werden, und sie sitzen gern bei offenen Türen und Fenstern, wo sie viel frische Luft haben. Aber Ihr müßtet einmal die Waldelfen sehen!«

Die beiden Fremden staunten ihn an. »Um die zu treffen, sind wir gekommen«, bemerkte die Frau. Der Mann machte nur große Augen und konnte es nicht erwarten, mehr zu hören.

»Ja, die Waldelfen, die sind etwas Besonderes«, fuhr der Wirt fort, der sehr stolz auf diese Donnerbacher Attraktion war – obwohl er erst einmal im Leben jemanden gesehen hatte, den er für einen Waldelf hielt. »Sie sind freilich nicht leicht zu finden, man muß in die Wälder am Fuß der Salamandersteine ziehen, und auch dort sieht man sie nur, wenn sie sich sehen lassen wollen. Sie wohnen auf den Mammutbäumen, wo sie ihre Häuser und ihren Ausguck haben. Doch wartet! Wenn Ihr mehr über Elfen erfahren wollt, kann ich Euch eine gute Adresse nennen; dort hat man mehr Zeit als ich, Euch alles über das Schöne Volk zu erzählen, und wird sich noch daran freuen.«

»Und wer ist das?« fragte die Frau neugierig.

»Ihr habt sicher schon vom *Seminar für elfische Verständigung in Donnerbach* gehört, nicht wahr?« fragte der Wirt.

Zwei Paar dunkle Augen blickten ihn ahnungslos an.

»Nein?« rief er und schlug fassungslos die Hände zusammen. »Nun, bei den Göttern, Ihr müßt wirklich von sehr weither kommen! Ganz Aventurien kennt dieses Seminar!« Dann fuhr er fort, ihnen von dem berühmten Ort der Verständigung zu erzählen, der in einem Ulmenhain am Stadtrand lag. Sie hörten, daß die eigentlichen, mittlerweile verlassenen Gebäude der alten Magierakademie von Reichsflüchtlingen zur Zeit der frühen Priesterkaiser gegründet worden waren. Ein gewaltiges Gebäude mit drei Türmen und vier Kuppelbauten, die untereinander durch unterirdische, mittlerweile wohl überschwemmte Gänge verbunden gewesen waren, war sie acht Meilen südlich der Stadt in einem unzugänglichen Sumpf am Seeufer erbaut worden. Ursprünglich war sie – was man inzwischen kaum noch wußte – ein Hellsicht- und Beherrschungsinstitut gewesen, in dem die Schwarze Magie studiert wurde. Erst durch den engen Kontakt mit den Elfen hatten die Magi und Magae sich vom Weg der Linken Hand abgewandt. Schließlich, im Jahre 451 v. H., hatte Rohal der Weise die Stiftungsurkunde für das neue graumagische Institut ausgestellt.

Die moderne Akademie bestand aus einigen schlichten, freundlichen Holzhäusern, die von einem Ulmenhain beschattet wurden. Unter der Leitung Jesco von Koorbruchs studierten dort zur Zeit an die dreißig Schüler, von neun Lehrmeistern angeleitet. »Wenn Ihr dorthin geht«, versprach der Wirt, »so kann man Euch sicher alles über Elfen erzählen, was Ihr nur wissen wollt, und Ihr werdet einige sehr gebildete Elfen antreffen.« Damit verließ er sie wieder, um sich seinen Pflichten zu widmen.

Die beiden Hexen waren sehr nachdenklich geworden. »Es scheint mir«, bemerkte Ofrim, während er immer wieder einen Blick zu den beiden Gästen hinüberwarf, »als seien wir hier an den richtigen Ort gekommen, was meinst du? Ich kann es mir gar nicht vorstellen, wie der Wirt zwei so atemberaubende Geschöpfe ›ganz gewöhnliche Elfen‹ nennen kann! Wie übernatürlich herrlich müssen erst die anderen sein!«

Morla stimmte ihm zu. Noch am selben Tag schickten sie einen Diener des Gasthauses mit der Nachricht zum Seminar, zwei aranische Edelleute seien eingetroffen, die lebhaftes Interesse an Elfen hätten und gekommen seien, um dem Seminar einige Geschenke zu machen (das war Morlas Einfall gewesen). Der Mann kehrte mit der Botschaft zurück, sie seien willkommen; ob es am nächsten Tag nach dem Mittagessen passe …

Es gibt in Aventurien zweifellos prächtigere Magierakademien als das *Seminar für elfische Verständigung und natürliche Heilung,* aber wohl kaum eine, die eine freundlichere Atmosphäre ausstrahlt. Obwohl es (jedenfalls für die Begriffe der beiden Aranier) ein sehr kühler Tag war, schien über dem Ulmenhain das strahlende Sonnenlicht eines Sommertages zu liegen, so golden und heiter war die Stimmung, die diesen schlichten Ort umgab. Der Schwarze Baron fühlte, wie eine Unbeschwertheit ihn durchströmte, die er seit dem Verlassen von Roswylde nicht mehr gefühlt hatte. Er wandte sich an Morla, die neben ihm ritt. Sie hatten die Kutsche im Gasthaus eingestellt und waren, nur von Ruban und Aisha begleitet, zu Pferd zum Seminar gezogen: »Fühlst du es auch? Es ist, als wehe hier ein besonderer Wind. Mir scheint, ich kann die Sterne sehen, obgleich es heller Tag ist, und den Mondschein auf meinem Gesicht fühlen, obgleich kein

Mond scheint. Ich dachte, mein Herz werde nie wieder froh werden, aber jetzt fühle ich, wie Frohsinn zurückkehrt. Dies ist ein guter Ort. Spürst du, wie wohlgesonnen die Bäume hier sind?«

Morla nickte den mächtigen alten Buchen zu, die den Weg ins Seminar säumten. »Ja, ich fühle es. Es sind sehr gütige Bäume. Ich hätte große Lust, ihnen *feörn* zu bereiten und ihre Wurzeln zu begießen. Das würde ihnen Freude bereiten.«

Ofrim ließ sein Pferd ein wenig langsamer gehen. »Sollen wir den Leuten sagen, daß wir Hexen sind?«

»Wenn sie gute Magier sind, werden sie es rasch selbst herausfinden«, antwortete Morla. »Nein, wir wollen noch ein wenig warten. Laß uns erst sehen, wie sie selbst sind.«

Sie kamen in die Nähe der Häuser und trafen dort auf Gruppen von jungen und älteren Leuten, Menschen und Elfen zusammen, die unter den Bäumen spazierengingen und dabei ihre Lektionen lernten. Alle grüßten ernst und freundlich, und Ofrim dünkte es, daß sie alle denselben matten Lichtschimmer um sich verbreiteten wie die Elfen im Gasthaus. Er atmete tief durch. Dies war ein guter Ort hier, ein sehr guter Ort.

Sie wurden im Haupthaus von Jesco von Koorbruch persönlich empfangen, der sie allerdings nach den einleitenden Höflichkeiten an einen Elf weiterreichte. Er stellte ihn als Eleon Wasserlied vor, den Lehrer für heilende Musik an der Schule.

Ofrim reichte ihm schüchtern die Hand. Dies war der erste Elf, dem er tatsächlich die Hand gab, und es konnte kein Zweifel bestehen, daß Eleon sich weitaus mehr ursprünglich elfisches Wesen bewahrt hatte als die Gäste im Wirtshaus. Er war groß und schlank und von unbestimmbarem Alter – manchmal schien er ein Jüngling zu sein, manchmal ein weiser alter Mann. Sein Haar hatte eine Farbe zwischen Blond und Weiß und hing ihm in einer weichschimmernden Welle auf die Schultern. Seine schräggestellten Augen waren goldgrün. Er trug ein knöchellanges besticktes Gewand und weiche Schuhe, an seinen Ohren hingen Häherfedern, in seinem Gürtel steckte eine Flöte mit mehreren verschieden langen Pfeifen.

»Es freut mich, daß du kommst – *talar*«, begrüßte ihn Eleon, wobei er Ofrims Hand ergriff. Vor dem Wort *talar* – ›Menschenmann‹ – hatte er kaum merklich gezögert, und seine Goldaugen glitten prüfend über das Gesicht des Mannes. Einen Augenblick sah es aus, als nehme er seine Witterung auf wie ein Tier. Dann reichte er Morla die Hand, und wieder verhielt er ein paar Lidschläge lang, ehe er sie als ›Menschenfrau‹ ansprach. Er lächelte ihnen jedoch freundlich zu und schlug ihnen vor, sie durch das Seminar zu führen.

Die hölzernen Häuser enthielten bis auf die kostbare Bibliothek nichts sonderlich Bemerkenswertes, und Eleon geleitete die Gäste bald in einen gemütlichen sonnendurchfluteten Raum, in dem als einziges Einrichtungsstück farbige Kissen auf dem Holzboden lagen. »Setzt euch und stellt eure Fragen«, forderte er die beiden Besucher auf. »Es müssen wichtige Fragen sein, daß ihr von so weither gekommen seid.«

Ofrim konnte nicht länger an sich halten. Er platzte heraus: »Wir suchen unsere Verwandten … unsere Ahne war eine Elfe aus den Salamandersteinen mit Namen Amárandel.«

In den goldgrünen Augen des Elfen blitzte es auf. »So hat mein Herz mich nicht getrogen, und ihr habt Elfenblut in euch!« rief er. »Ich dachte es mir … eure Augen … und wie es mir im Herzen pochte, als ich eure Hände berührte … Was treibt euch vom fernen Aranien hierher? Denn von dort kommt ihr, wenn ich eure Worte recht verstanden habe.«

»Ja, wir sind aus Aranien«, antwortete Morla. »Es ist

eine lange Geschichte, wie Amárandel dorthin kam. Nun sag uns, gibt es noch Elfen hier, die Amárandel kannten? Sie war unsere Ururgroßmutter, aber ich weiß, wie alt Elfen werden können – so alt wie die Bäume.«

»Nicht ganz so alt«, widersprach Eleon lächelnd. »Aber sicherlich leben noch einige, die sie gekannt haben.« Ein leichter Schatten zog über sein Gesicht. »Freilich, die sie gekannt haben, leben tief in der Wildnis der Salamandersteine und sind nicht vertraut mit den Menschen. Wir müßten Botschaften senden, damit sie Bescheid wissen und sich zeigen.« Von einer inneren Bewegung ergriffen, faßte er erst Ofrim, dann Morla mit beiden Händen an den Oberarmen und drückte sie innig an sich. »Elfen aus Aranien! Wer hätte das gedacht! Sprecht, seid ihr nur gekommen, um eure Ahne zu suchen? Oder …«, seine hellsichtigen Augen forschten in den Gesichtern der beiden – »treibt euch ein anderer Grund?«

Der Baron sah ihn ernst an. »Wir sind Flüchtige«, bekannte er leise. »Uns treibt das Dunkel, das von Nordosten und Maraskan her über Dere zieht. Schon sehr bald wären wir Sklaven der Statthalter Borbarads geworden. Da sind wir geflohen, und da wir keinen anderen Ort hatten, wohin wir gehen konnten und wollten, sind wir hierhergekommen – hierher, wo die Quelle unseres Blutes entspringt.«

»So seid uns hier willkommen«, sprach Eleon mit warmer Stimme. »Kommt hierher, sooft es euch gefällt und soviel ihr zu fragen habt, und wir werden euch als Brüder und Schwestern begegnen. Und nun erzählt! Erzählt! Nichts höre ich lieber als Geschichten!«

So freundlich war sein Ausdruck, und so viel Mitgefühl sprach aus seinen Worten, daß die beiden, sie wußten selbst nicht wie, ihm ihre ganze Geschichte berichteten. Und nachdem sie das getan hatten, rief er andere

Elfen herbei, Lehrmeister und Schüler des Seminars, und die Geschwister mußten gleich alles noch einmal erzählen.

Ofrim Seidenhaar hatte weitaus öfter, als er es seiner Schwester gegenüber zugeben wollte, an Roswylde gedacht, und nicht selten hatte er nachts verstohlen geweint, wenn ihm ein vergangenes Kürbisfest oder ein Fest der Mittsommernacht im Kreis der Dörfler einfiel. Er hatte sich auch auf der gesamten Reise in seiner Ansicht bestätigt gefunden, daß Dere nun einmal nirgends so schön war wie in Roswylde. Es war alles ganz hübsch, fand er, aber es fehlte der rechte Schmelz. Allein in Roswylde hatte die Sonne die richtige Wärme gehabt, der Mond den richtigen Glanz, und die Früchte hatten den richtigen Geschmack gehabt.

Das änderte sich nun, als sie beide hinter Eleon – der sich ihnen als Führer zur Verfügung gestellt hatte – in das Gebiet der Salamandersteine ritten. Sein Herz schlug lauter, als sie in die tiefen Wälder eindrangen, die von zahlreichen Wasserläufen und stillen, dunklen Waldteichen durchzogen am Fuß des Gebirges lagen.

Mit staunenden Augen sahen die beiden Hexen die prachtvollen Ahornbäume, die kräftigen Buchen und die undurchdringlichen grünen Nadelwälder mit dem dichten Unterholz. Sie konnten es kaum glauben, als sie hier Bäume sahen, die so gewaltig wie die alten Bäume hinter Roswylde waren – Rottannen, deren Stamm sechs Männer nicht hätten umfassen können. Und das waren noch nicht einmal die mächtigsten: Eine Weile später stießen sie auf riesige Mammutbaume, die hoch aus dem Wald aufragten. Oft huschten Tiere über den Weg, ohne sich sonderlich ängstlich zu zeigen, und sie sahen eine Unzahl der schönsten Schmetterlinge, die auf den offenen Lichtungen gaukelten. Ein goldenes

Licht brachte alle Spielarten der Farbe Grün zum Leuchten, vom dunkelsten Tannengrün bis zum hellsten Grasgrün. Immer wieder stießen die Besucher auf leise plätschernde Quellen und kleine Wasserfälle, die ihren Weg über moosbewachsene Steine suchten. Die Hufe der Pferde versanken in den üppigen weichen Moosen, die den Boden des Waldes bedeckten.

»Dies«, sagte Eleon mit leiser Stimme, »ist die Heimat der Waldelfen – die Heimat eurer Ahne Amárandel.«

Der Baron nickte schweigend. Sie hatten eine Weile warten müssen, während Botschaften hin und her gingen zwischen dem Seminar und den Baumhäusern der Waldelfen, bis die scheuen Waldbewohner sich geneigt gezeigt hatten, die verwandten Gäste zu empfangen. Nun ritten sie tief in den Wald hinein, um zum ersten Mal ihrer elfischen Familie zu begegnen.

Eine Weile später hielt Eleon seinen Schimmel am Rande einer Lichtung an. Auf der anderen Seite der Lichtung stand vom strahlendhellen Sonnenlicht umflutet ein riesiger Mammutbaum. »Steigt ab und wartet hier«, flüsterte der Elf. »Sie werden gleich kommen.« Die beiden Geschwister glitten von ihren Pferden und blieben im Schatten der Tannen stehen, die diese Seite der Lichtung bildeten.

Wenig später sahen Ofrim und Morla, wie eine Strickleiter am Stamm des Mammutbaumes herabgelassen wurde, farblos und dünn wie eine Spinnwebe. Zwei Waldelfen huschten daran herunter – so leichtfüßig, als kletterten sie durch die leere Luft – und kamen durch das hohe Gras auf sie zu. Jetzt sah Ofrim deutlich den Unterschied zu den beiden Gästen im Wirtshaus *Zum lauten Wasser,* ja sogar zu Eleon, der auch schon viele Jahre unter den Menschen lebte.

Im Sonnenschein wirkten die beiden Elfen, als bestünden sie selbst aus nichts anderem als Sonnenstrahlen. Ihr Haar war golden, von einem grünlich-goldenen Ton wie Laub, das im Sonnenlicht zittert. Sie waren sehr schlank und bewegten sich so leicht, daß ihre Schritte das Gras kaum zur Seite bogen. Beide waren in Beinlinge und Hemden aus dem weichsten Rauhleder gekleidet und trugen reichen Schmuck an den Ohren und um den Hals – Federn, beschnitzte Hölzchen, polierte Knöchlein von kleinen Tieren und anderen Tand, wie der Wald ihn hergab. Ihre Augen waren von hellstem Blau und erschienen Ofrim wie ein klares Wasser, das keinen Grund erkennen ließ. Die Pupillen zogen sich zusammen und erweiterten sich wie Katzenaugen, als die beiden von der Sonne in den Schatten traten.

Er mußte beide Hände aufs Herz drücken, um nicht laut aufzustöhnen, so sehr überwältigten ihn die Schönheit dieser beiden Geschöpfe und die Klarheit ihres Wesens, das er deutlich fühlte. Er verstand mit einem Schlag, was ihm in den dunkelsten Stunden seines Lebens beigestanden hatte. Es war, als wäre er in einen klaren, süß duftenden Wasserfall getreten, der über sein Haupt und seine Glieder rauschte. Wie im Traum hörte und sah er, wie der erste der beiden Elfen ihm die Hand entgegenstreckte und in seinem sanften Isdira, das wie der Laut einer Windharfe klang, zu ihm sprach: »Sanyasala, feyiama! Feydha Dendayar!«

Das Isdira, das er einst gelernt hatte, fiel Ofrim Seidenhaar mühelos wieder ein, obwohl es schon so viele Jahre her war, daß er wirklich Isdira gesprochen hatte. Dendayar hatte gesagt: »Ich heiße dich willkommen, Elfenfreund! Ich bin ein Elf und heiße Dendayar.«

Und es überkam ihn mit überwältigender Macht, daß er die zarte Hand ergriff und mit bewegter Stimme antwortete: »Sanysala, feyjama Dendayar! Sur feydha Ofrim Mawr Bian ...«

Auch ich bin ein Elf und heiße Ofrim Seidenhaar ...

Anhang

Begriffe, Namen, Orte

Achaz = ein Echsenvolk

Bishdariel = Bote Borons, der die Träume bringt; erscheint in der Gestalt eines Raben

Borons Schlafgemach = das Paradies der Borongläubigen

Chimären = Zwitterwesen aus Mensch und Tier oder verschiedenen Tieren, nach allgemeiner Ansicht das Ergebnis eines schwarzmagischen Experiments

Efferdsfrüchte = Meeresfrüchte

Eigeborene = hochrangige, alterslose Hexe, die nicht von einer Frau ausgetragen wurde, sondern aus einem Ei geschlüpft ist

Golgariten = kriegerischer Orden der Boronkirche

Götterlauf = das derische Jahr

Ingerimm = Gott des Feuers, sein Monat entspricht dem irdischen Mai

Khunchomer = schwere, krumme Hiebwaffe

Mada = der derische Mond

Maraskan = Insel vor der Ostküste Aventuriens, zur Zeit, da die Geschichte spielt, unter der Herrschaft der Statthalter des Dämonenmeisters Borbarad

99 Gesetze = Die heilige Schrift der Rastullah-Gläubigen

Noioniten = barmherziger Orden der Boronkirche, der sich um die Geisteskranken kümmert

Oron = Halbinsel in Aranien, nördlich des Yalaiad gelegen; wird zum Zeitpunkt der Romanhandlung von einer Statthalterin Borbarads regiert.

Phex = Gott der Händler und Diebe

Rabe von Punin = Oberhaupt der Boronkirche nach dem Puniner Ritus

Rahja = Göttin der Liebe und des Rausches

Rssahh = Sprache der Echsenvölker